この世界の顔面偏差値が高すぎて目が痛い

2

暁晴海 Illust. 茶乃ひなの

TOブックス

contents

Kono Sekai no Ganmen Hensachi ga takasugite Me ga itai.

イラスト●茶乃ひなの　デザイン●世古口敦志＋前川絵莉子（coil）

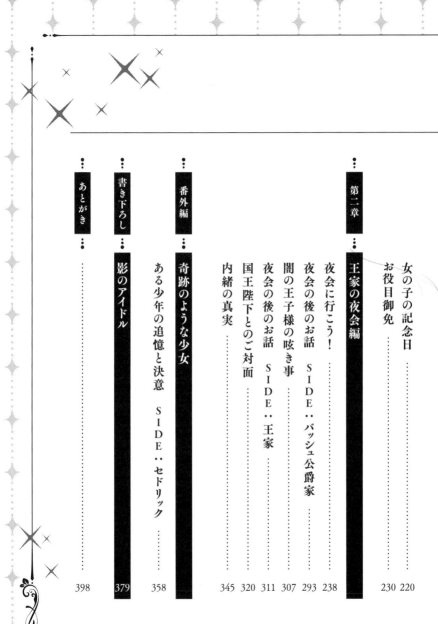

Character

エレノア・バッシュ

超女性至上主義の世界に転生した、恋愛経験ゼロの喪女。顔面偏差値が高すぎる兄達に傅かれて奉仕される事には、いまだに困惑している。

オリヴァー・クロス

エレノアの兄であり、婚約者。優しく、眉目秀麗で、知力、魔力、思慮深さは他に追従を許さず、全てにおいて完璧。エレノア一筋で、他の女性には目もくれない。

クライヴ・オルセン

エレノアの兄。婚約者で、専従執事でもある。剣技や武術に秀で、魔力量もずば抜けている。怜悧な美貌を持つが、エレノア以外の女性全般が苦手。

アシュル・アルバ

アルバ王国の第一王子。全属性の魔力と甘やかな美貌を持ち、文武両道のザ・王子様。女性への気遣いや扱いも完璧。

ディラン・アルバ

アルバ王国の第二王子。魔力属性は『火』。攻撃魔法や剣技に特化している。

リアム・アルバ

アルバ王国の第四王子。魔力属性は『風』。強力な魔力量を持つ。

序章

お友達になりましょう

私はとても疲れていた。

ダンジョンに行って魔物の大群に襲われ、それを何とかしに行ったら死にかけた挙句、人工呼吸法と言う名のファーストキスをしちゃったり……。齢十一にして、ハードモードな人生ですわ。

ところで私からダンジョンでの出来事を聞いた後、父様方は何やら話し合いがあるとか言って、部屋を出て行ってしまった。

そして、それと入れ替わるようにセドリックが訪ねて来た。

手には何やら、美味しそうなお菓子が載ったトレイを持っている。

「エレノア様、少し宜しいでしょうか？」

「はい、セドリック様。私は全然構いませんよ」

むしろ暇していたので、喜んで迎え入れる。断じて彼が手に持っているお菓子が気になったからとは言わない。

「あの……。エレノア様が、甘いものがお好きと兄から聞きまして。お口に合うか分かりませんが」

そう言って、私の横に控えているウィルに渡してくれたトレイの上には、美味しそうな苺をふんだんに使ったスイーツが沢山並べられていた。

——おおっ、こ、これは……ッ！

苺のミルフィーユ。こちらはフレッシュな苺のクリームをふんだんに使ったケーキ。わぁ……！　苺のマカロンもある！

「有難う御座います！　とても美味しそうです！」

目をキラキラさせ、取り敢えず……と、手にしたマカロンを口に入れる。

すると濃厚な生クリームと、苺の甘酸っぱさのハーモニーが口の中一杯に広がった。

外側のマカロンもあまり甘くなく、サクサクしていて凄く美味しい……。至福……。

「如何でしょうか？」

ちょっと不安そうな顔をしたセドリックに、私は満面の笑みを向けた。

「凄く美味しい！　こんなに美味しいマカロン、初めて食べました！」

私の言葉に、セドリックはホッとした様子でニッコリ笑顔を浮かべた。

「それは良かったです。頑張って作った甲斐がありました」

「え？　作った……って、これ全部セドリック様が⁉」

「はい。僕、お菓子を作るのが趣味なもので。……あの……。エレノア様に、大変失礼な事をしてしまったお詫びになればと思って……」

私はポカンとした後、セドリックの発言により、またしてもぶり返してしまった羞恥に顔を赤くした。

それにしても、このお菓子を目の前の少年が作ったというのか。

プロのパティシエが作ったと言われても違和感がない、完璧な見た目と美味しさだ。

私が感心しきりでお菓子とセドリックをまじまじと見ていると、セドリックはちょっと困り顔で笑った。

「引かれましたか？　あの兄達の弟である僕の趣味が、お菓子作りなんかで」

「へ？」

キョトンとした私を見て、セドリックは少し顔を俯かせる。

「僕はオリヴァー兄上と父親が同じなのに、兄上と違って父上の素晴らしい資質を全く受け継ぐ事が出来ませんでした。魔力の才能も、剣術の才能も……強烈なカリスマも……」

独白のようなその言葉は、間違いなく彼の本音であろう。

まだ会ったばかりの私に対して弱音を吐かずにはおれないほど、彼は自分の身内に深い劣等感を抱いているのだ。

「……確かに。セドリック様はオリヴァー兄様やメルヴィル父様とは似ておりませんが……」

ピクリ……と、セドリックの肩が揺れるのを見ながら、私は言葉を続けた。

「それでも。セドリック様にはセドリック様にしか出来ない、素晴らしいことが沢山あると思います。例えば、強い『土』の魔力をお持ちなところとか」

「僕の『土』の魔力ですか？」

「はい。クロス子爵領は、ダンジョンがとても多い領地です。その『土』の魔力がきっと、ダンジョンの視察や管理にとても役に立つでしょう。それに、このお菓子を作る才能とかもそうです」

私は一口サイズの可愛いタルトを手に取る。

「私、今迄食べた中で、貴方の作ったお菓子が一番好きです。美味しいだけじゃなくて、食べるとホッとする優しい味がします。まるで、セドリック様の優しいお心のようですね」

セドリックは私の言葉に目を丸くした後、顔を真っ赤に染めた。

その目は信じられないものを見たような、驚きの色を浮かべている。

「そ……んな事……初めて言われました。母にはそんなものを作っている暇があったら、魔術の一つでも覚えろと……。クロス子爵家の血を引く者として、情けないと……」

「あら？　ひょっとして同じような事を、メルヴィル父様にも言われましたか？」

「……それは……ありません……。でもきっと心の中では、僕の事を情けないと思っておられるかと……」

「いいえ。メルヴィル父様だったら、思っていたら腹に溜めたりはせず、直にずばと相手に伝えているはずです。大切な身内であるのなら、なおさら馬鹿正直に！」

「ば……馬鹿正直……」

「そうです。だから言われていないという事は、本当にそう思っていないという事だと思いますよ？」

だってねぇ……。メル父様、ああ見えて凄くおちゃめな性格しているんだよね。

自分が面白ければ、息子であろうと義理の娘であろうと、容赦なく弄るし、煽るし、からかうし。今迄どんだけ、オリヴァー兄様がメル父様にブチ切れているか、セドリックに見せてやりたいぐらいだ。

「オリヴァー兄様やクライヴ兄様には？　何か言われた事ありましたか？」

「……いいえ。お菓子を作って差し上げると、いつも『有難う、美味しいよ』って……」

「でしょう？　兄様方はとても優しい方達ですし、メルヴィル父様同様、大切な弟に嘘なんて言わないはずです」

「大切な……弟……」

「そうだ！　私がちゃんと動けるようになったら、一緒に兄様方に稽古をつけてもらいませんか？　私、オリヴァー兄様からは魔力操作を、クライヴ兄様からは剣の稽古をつけていただいているんですよ！」

「えっ⁉　エレノア様が剣を習っておられるのですか⁉」

「そうですよ。私、女だてらに剣を習っているんです。淑女としてはあまり褒められないですよね。でも、好きだし楽しいからやってるんです。セドリック様と一緒ですね」

そう言うとセドリックは絶句し、それから少し顔をくしゃりと歪めた。

「エレノア様と……同じ……か。そう……ですね」

「ねえ、セドリック様。私とお友達になっていただけませんか？」

「えっ⁉　ぼ、僕が……エレノア様の……ともだち……⁉」

「はい。私、年齢の近いお友達が一人もいなくて、ずっと寂しかったんです。セドリック様とお話するのはとても楽しいですし、もしセドリック様がお嫌でなければ……」

「い、嫌だなんて‼　……そのっ……ぼ……僕でよろしければ……喜んで！」

おお、物凄い真っ赤になっているよ。

う～ん、可愛いな。思わず顔が緩んでしまいそうだよ。

「あの……エレノア様……」

「『様』は要りません。私達はお友達同士なのですから。これからは普通に『エレノア』と呼び捨てにしてくださいませ」

「えっ⁉　そ、そんな……」

「それでは、私も貴方の事は『セドリック』と呼びます。ね？　セドリック。これからよろしくね！」

砕けた口調でそう言ってニッコリ笑うと、セドリックは暫く呆けた後、ふんわりと凄く嬉しそうな顔で笑った。

ああ、この優しい笑顔。父様みたいで本当に癒されるなー。

「分かりました。……これから宜しくお願いします。エレノア」

私達は顔を見合わせ、互いに笑い合った。

◆◆◆◆◆

「ああ、本当に美味しかった！　ご馳走さまでした！」

お手製のお菓子を全部食べ切り、満足顔の私を見ながらセドリックが嬉しそうに笑う。

「ふふ……。エレノアは本当に美味しそうに食べてくれますね。作った甲斐がありますよ」

「あら、だって本当に美味しいんだもん！　ね、セドリック。よかったらまた作ってね？」

「はい。言われずとも、毎日作らせていただきます。……その……。今回のお菓子だけでは、お詫びにならないと思いますし……」

ま、まだ気にしているのか！　もういい加減そこ、引きずらないでほしい。それにまだ微妙に言葉遣いが堅いよ。もっと気楽に接してほしい。ほら、リラックス、リラックス！

「ど、努力はします。……あの、婚約者がいらっしゃるご令嬢は……エレノアの年齢では……その、口付けなどは挨拶程度にされていたりするもので……。まさかまだとは思いもよらず。ましてや、その……婚約者があの兄上方だったもので……。勘違いが恥ずかしいというか……。兄上方にも申し訳なくて……」

そこまで言うと、セドリックは真っ赤になって俯いてしまった。

まあ、そうだよね。婚約者差し置いて唇奪っちゃったら、いたたまれなくもなるよね。

ましてや、それが兄の婚約者だったらなおの事申し訳なくて、どうしていいか分からなくなるかもしれないな。

……それにしても。

私以上の恥じらいっぷりに、なんだか自分の羞恥心も忘れて笑いがこみ上げてくる。

ふふ、可笑しいねセドリック。私が口付けが初めてだと知る前は、あんなに普通に堂々としていたのに。

そこでふと、私は思いついた事を聞いてみた。

「セドリックは……えっと、ひょっとして経験あるの？」

「経験？」

「あの……口付けの……」

「あ、はい。ありますよ。男子としての嗜みですから」

そうだよね、セドリック、カッコいいもん。そりゃキスの一つや二つ……って、ん？

「嗜み……とは？」

「僕達アルバの男性は、女性と接する為に必要なマナーを成人する前から学び、実践しているんです。何時《いっ》いかなる時でも、女性に恥をかかせる事の無いように」

……なんか、話の流れがおかしい方向に向かっている気がする。

女性に恥をかかさない……って……。それって、ひょっとしたら……。

「……え～っと、その……。く、口付けも、そのマナーの一つ……なのかな？」

「はい。初歩のマナーの一つですね。でも口付けにも段階がありまして、実は僕、まだ上級までは教わっていないんです」

口付けにランクってあるのか⁉　というか上級ってまさか、いわゆるディープなアレ⁉

「……という事は、これからまだ色々と習われると？」

恐る恐るそう尋ねると、セドリックは当然といった様子で頷いた。

「はい。平民の男性の場合はよく分かりませんが、貴族の男性はそういうマナーを専門に教える方に、ひととおりの事は教わります。その後は自分なりに見識を深めたり、技術を向上させていったりするみたいですね。エレノアもそういった話は他の方々やお母上に、色々聞かされているのでしょう？」

『何を？』とは、恐ろしくて聞く事が出来ない。いやまあ、多少は想像つくけどさ。

――……待てよ？　って事はまさか。

「あの……という事は、兄様方もその……キ、キス……とか、そういった勉強を……？」

「はい、当然されています。特にオリヴァー兄上は、どの先生方からも絶賛……」

「セ、セドリック様！　その辺で、どうか！」

ウィルが真っ青な顔で、セドリックに待ったをかける。

「え？　どうしたの、ウィル？」

「エ、エレノアお嬢様は誰からも、そのようなお話をお聞きになっておりません！」

「……え？」

「ですから！　男女間における、そこら辺の裏事情は全くご存じないのです！　貴方様との口付けであれほど恥じらわれていたのですよ⁉　お察しください！」

そこで初めて己の失言に気が付いたセドリックが、慌てた様子でエレノアの方を振り返る。

が、時すでに遅く。エレノアは能面のような顔で、自分の世界に浸りながら何やらブツブツ呟いていた。

「そう……そうか……。そうだよね。……でもどの先生からも絶賛って……。オリヴァー兄様……一体どんな凄技を……⁉　他のご令嬢とはやましい事はしていないって言っておきながら……。いや、それは勉強だからノーカンという事なのか……？」

「あ……あの……。エレノア……？」

「お、お嬢様……？」

恐る恐るといった様子で、セドリックとウィルが声をかけてくる。が、妄想に脳内を支配されたエレノアは止まらない。

「……クライヴ兄様だって、あんなに女に興味ないって言っていたのに……。はっ！　ま、まさかウィルも……？　勉強と称して……」

「おっ、お嬢様⁉　そ、そのような目で私を見ないでください！」

——そのような目……とは？

「……ウィル……」

「は……はい？　お嬢様……？」

「暫く……一人にしてください。他の方々や兄様方にも、暫く私のお部屋に来ないようにと伝えておいて。お食事はお部屋の前に置いておいてくれればいいから」

「お、お嬢様～!!」

この世の終りのような悲愴な声を無視して、ベッドの中へと潜り込む。

……うん、寝よう。寝て落ち着こう。それが一番だ。

その後、ウィルから説明を受けた兄様方や父様方が血相を変え、必死にドアの前で何やら喚いていたらしいが、夢の世界へと強制的に旅立った私の耳に入る事はなかった。

ある少年の奮闘

「セドリック！　脇が甘い！　実戦では直ぐにそこを突かれるぞ！」

「はいっ！」

「そうだ！　その勢いを持続させろ！　俺を殺す勢いでかかってこい！」

「は、はいっ！」

あれから数日が経過した。

私は至れり尽くせりの食っちゃ寝生活と、ついでにセドリックが連日私の為にせっせと作ってくれたスイーツを存分に満喫し、見事復活を果たした。

そして今現在。セドリックとの約束通り、騎士達に交じって一緒にクライヴ兄様から剣の特訓を受けている真っ最中である。

え？　私のプチ引きこもり？　……まあ、その食っちゃ寝生活の間になんとなく終了しました。

だってさ、この世界の男性達って、あの肉食系女子達と渡り合って選んでもらって、猶且つ自分の子供をつくってもらわなければいけないんだよ？

ならばセドリックの言うところの『男子の嗜み』を習得し、万全の体制で立ち向かわなくては、到底太刀打ち出来ないだろう。

そういう事を色々と考えた結果、私の中で「まあ、しょうがないか」という結論に達した訳なのだ。

しいていえば、パプアニューギニアの極彩色な鳥達が織りなす、歌やらダンスやらナイスな巣作りやらと一緒だろう。

己を高め、芸を極めなければ、異性には選んでもらえないのだ。

それに、私の世界の常識とこちらの常識は全く違うんだから。いちいち目くじら立てていたら、それこそやっていけないよね。……まあ、なんだ。兄様方が私ぐらいの年で、既に大人の階段を上っていた（らしい）ってのは、ちょっと……いや、だいぶショックだけどさ。

そう結論付けて皆に出禁解除を告げた途端、飛び込んで来た兄様方や父様方に、私はぎゅうぎゅうと抱き潰されました。

おいこら、あんたら！　いくら出禁解除っても、この世界の男女間における裏事情にへこんでいた娘に対して、いきなりのスキンシップはどうかと思うぞ⁉

「良かった……。もう、君に嫌われたかと思った……！」

でも、そんな風にオリヴァー兄様から言われてしまえば、うだうだ拘っていた自分が馬鹿みたいに思えてくるのだから、私もたいがい重度のブラコンだよね。

まあ、そんなこんなで冒頭に戻る。

基礎訓練を一通り終わらせた私とセドリックは、まず互いに打ち合いを行った。

結果は、やや私が優勢ってところ。セドリック、ちょっと悔しそうだったな。

でも私、ほぼ毎日クライヴ兄様からしごかれているし、たまにグラント父様にも指導を受けているから。それを考えたら、普通に訓練しているセドリックが私にやや劣るって、かなり良い線いっているると言えるのではないだろうか？

まあそうは言っても、単純に女の子に負けているなんて悔しいだろうから、慰めにはならないだろうな。

でも多分だが、暫くクライヴ兄様に鍛えられれば、私なんてあっという間に追い抜かれてしまうんじゃないかなって思う。

聞けば私がベッドでうだうだしている間に、もう何回もクライヴ兄様の指導を受けていたらしいし。やる気があるならその悔しさをバネに、きっと奮起するだろう。

そんな私達を、クロス家の騎士の皆さんは微笑ましそうに見つめている。

特にセドリックが必死にクライヴ兄様と訓練をしているのを見て、とても嬉しそうだ。

うん。オリヴァー兄様はバッシュ侯爵家に婿養子に入る訳だから、このクロス子爵家を継ぐのはセドリックだもんね。

将来自分達を率いる跡取りが、一生懸命頑張っている姿を見て嬉しくない訳がない。

「いやあ、先程の打ち合いを拝見させていただきましたが、姫の剣筋は素晴らしいですな！　まだ甘いところはありますが、これからも鍛えられれば、きっと素晴らしい剣士におなりになるでしょう」

素振りをしていた私の傍にルーベンがやって来て、私の剣筋を褒めてくれる。

私はそれに対して礼を言いつつ、ダンジョンでディーさんに同じような事を言われたのを思い出していた。

『ディーさんもヒューさんも、今どうしているのかな？　またいつか、会えるのかな？』

「それにしても、セドリック様があんなにも真剣にクライヴ様の訓練に参加されるなんて……。本当に、姫様には感謝しかありません」

しみじみとそう言われ、私は首を傾げた。

「セドリック、あんまり訓練は好きじゃなかったんですか？」

「いえ。ちゃんと定期的に訓練はされていました。ですが、どこか諦めてしまっているような……。自分の限界を定めてしまわれているような、そんな様子が見受けられまして……。剣術自体はお好きなようでしたが、なにせ一番身近な兄上方が、あのように天賦の才をお持ちの方々でしたから」

ああ。やはり、優秀な兄達を前に委縮してしまっていたのか。

「セドリック様は、元来の気性のお優しさが剣筋にも出てしまうのが難点でした。クライヴ様もそこを気にされ、セドリック様の指南役を申し出られたのですが、「自分なんかがクライヴ兄上の鍛錬の邪魔をしたくない」と頑なに拒まれて……」

「……そうなんですか……」

「ですが今回、自らクライヴ様に頭を下げられて訓練を請われました。これはとても大きな一歩です。なんでも、オリヴァー様にも魔術の指南を請われたとか。お二人とも、それは喜んでおられましたよ」

そうか。セドリック、自分の前にある大きな壁に立ち向かう事を決意したんだね。

きっと私を一生懸命助けようとしてくれて、それを尊敬している親兄弟に褒めてもらえたのが嬉しくてやる気になったんだな。

「いえいえ、姫様。男がやる気になる切っ掛けなんて、しごく単純なものですよ」

「え？　じゃあ、その切っ掛けって何なんですか？」

「ははは！　姫様はまだまだ、お子様でいらっしゃるのですね！」

首を傾げる私に向かって、ルーベンが面白そうに笑いながらウィンクした。

何だとルーベン！　失敬だな！

確かに私の見かけはお子ちゃまですよ？　でも前世ではもう二十歳を超えている、立派な大人の女なんだぞ⁉

「さて、それでは私はこれで。これ以上サボっていると、若様にどやされてしまいそうですからね」

ムッとしてしまった私を見て、触らぬ神に祟りなしとばかりに、ルーベンはそそくさと自分の部下達の方へと戻って行ってしまった。

おい、ルーベン！　せめて答えを言ってから逃げろや！

「うーん。それにしても、皆大変そうだなー」

私は周囲をぐるりと見回した。

今回クライヴ兄様は、剣に魔力を込めて戦う方法をクロス子爵領の騎士達に指南するつもりだったらしく、あちらこちらで騎士達が自分の剣に魔力を込めようと四苦八苦している。

うん、分かる。あれって本当に大変なんだよね。

下手すると魔力切れを起こすし……って、それは私だけか。

……そういえば、あのダンジョンで初めて私、完璧に刀に魔力を込められたんだよね……。

「魔力操作が安定するまで、絶対に魔力を剣に込めるな！」と、きつく言い渡されているんだけど……ちょっとぐらい……いいんじゃないかな？　幸い、今誰も私の傍にいないし……。

そう思い、借りた訓練用の剣に、こっそり手をかける。

自分の刀はどうしたのかというと、あのダンジョンの地面に刺したまんま兄様方の元に戻ってしまったので、今現在行方不明なのである。

兄様方は、また別の刀をプレゼントしてくれるって言っていたけど、あれはクライヴ兄様から貰った初めての刀で凄く思い入れがあったものだから、地味にショックが続いている。

思い続けていれば再会出来るって聞いた事があるし、いつか手元に戻ってくるといいな……。

「よう、エレノア。元気そうだな？」

「ひゃあ！」

剣に魔力を込めようとした絶妙のタイミングで、突然背後から声をかけられ、思わず跳びはねる。

そんな私の身体を、誰かが軽々と抱き上げた。

「グラント父様！」

爽やかかつ、精悍な容姿が非常に眩い眉目秀麗な義父の登場に、エレノアは顔を赤くしながらも嬉しそうに抱き着いた。

そんな愛娘に相好を崩しながら、グラントもエレノアの柔らかな頬に挨拶とばかりにキスをする。

その瞬間、エレノアの顔が真っ赤に沸騰するのを笑いながら見ていたグラントの元に、多くの騎士達が嬉しそうに集まって来た。

「閣下！」

「グラント様！　お久し振りです！」

「おう、お前ら！　訓練サボってねーだろうな？　後できっちり俺がチェックしてやるから、覚悟しとけよ？」

途端、「ヤバイ……」「俺、殺されるかも……」と、あちらこちらから声が上がるが、表情は皆とても嬉しそうだった。

それもそのはず。『アルバ王国の英雄』と謳われるグラント手ずから鍛え上げられたという事実は、クロス家騎士達全員の誇りであるのだ。その上、グラントはこの国における軍事の最高責任者に抜擢された。

つまり剣を持つ者にとって、グラントはまさに尊敬と崇拝の対象な訳で、そんな彼にまた指導を受けられるとあれば、騎士達が喜びに沸き立つのも至極当然の事なのである。

「……おい、クソ親父。いつまでエレノア抱き締めてんだよ！　さっさと離しやがれ！」

そんな中、絶好調に不機嫌顔のクライヴが、セドリックを引き連れやって来る。

「おう、クライヴ！　何だお前、やけに男ぶりが上がってんじゃねぇか？　魔獣ごときに手こずりやがった挙句、女に助けられやがって！　やーっぱまだ全然、修行が足んねーな！」

グラントのからかい口調にムッとしたクライヴが、グラントの腕からエレノアを強引に奪い取るなり、頬にキスをする。

「うひゃあっ！」

ボンッと、音を立てるようにエレノアの顔が先程以上に真っ赤に染まった。

「ク、ク、……クライヴ兄様！　い、いきなり何なんですかっ⁉」

「消毒だ！　エレノア、お前も大人しくクソ親父なんかにキスさせてんじゃねぇ！」

「そ、そんな事言われても……ふ、不可抗力ですっ！」

「やかましい！　……そういや、あん時無茶したお仕置きがまだだったな……。地獄の特訓、いってみるか……？」

「わ、私まだ病み上がりなんですよ⁉　横暴です！　酷いです！　兄様のバカ！」

「婚約者に対してバカとはどういう了見だ！」

「やれやれ。ったく、修行が足んねーうえに狭量ときたか。困ったもんだぜ、なぁ？　てめぇら」

呆れ顔で笑いながら騎士達の方を振り向いたグラントだったが、騎士達はいちゃついて（？）いるクライヴとエレノアを、羨望の眼差しで食い入るように見つめていて……というか、どちらかというとエレノアをうっとりと見つめていて、グラントの話を聞いちゃいなかった。

「ああ……なんて愛らしいんだ……！」

「恥じらうお姿の、なんと尊い事か……！」

「若……ッ！　羨ましい……！」

「いいなぁ……」

このクロス子爵領の騎士達もルーベン同様、あまりエレノアに対して良い感情を持っていなかったのだが、ルーベンからダンジョンでの顛末を聞かされ、その認識は大いに変わった。

更に、実際のエレノアの可愛らしさと人柄に一瞬で心臓を鷲掴みにされてしまい、今ではエレノアを天使か女神のごとくに崇め奉っている。

「………」

悲しき独り身な野郎共を憐れみの眼差しで見つめていたグラントだったが、ふと複雑そうな顔でクライヴ達を見つめるセドリックに気が付き、声をかける。

「おう、セドリック。珍しいな、お前も訓練か？」

「――ッ!? あ、グラント様！」

そこでセドリックは我に返った様子で、慌ててグラントにお辞儀をする。

「そうだ！ 折角だから、これから俺と手合わせでもするか？ 剣に魔力を込めるやり方、俺が直々に教えてやるよ」

「……いえ。僕、これから学問の家庭教師が来ますので。……失礼します」

そう言うと、セドリックはもう一度クライヴとエレノアの方を見た後、グラントにお辞儀をして走り去ってしまった。

「……ふ～ん……？」

そんなセドリックの後姿を、グラントは興味深そうに見つめていたのだった。

◆◆◆◆◆

「ディラン殿下と一緒にいた男？ あー、そりゃー『ヒューバード・クライン』だな」

「ヒューバード・クライン？」

グラントの口から出た人物名に、アイザックが首を傾げる。

今現在、アイザック達は報告会も兼ねた酒宴の真っ最中である。グラントは手にしたグラスの中身を一息に飲み干した後、頷いた。

「滅多に表に姿を現さないが、王家を守護する最強の剣と言われている男だ。確か、王子達の剣の指南役もしていて、更に王家直轄『影』の総統……って噂もある。ま、今回の件で、噂ではなく真実だって事が分かったがな。確かにかなり腕は立つようだ」

「へぇ……。君がそう言うなんて、相当だね」

アイザックがグラントのグラスに新たなワインを注いでやるのを見ながら、メルヴィルは静かに口を開いた。

「グラント。貴族達の捕縛は終わったのかい？」

「ああ。ほぼ終了だ。今回、そのヒューバードと、第二王子のディラン殿下が先頭切って動いているから、高位貴族でも言い逃れや抵抗が出来なかったみてぇだな。なんせ、当事者本人が指揮を執っているんだから最強だよ。捕虜達も、少しの時間もかからず組織の全容から協力者から、全て吐いたって話だからな。一体全体、どんなえげつねぇ拷問したのやら」

そこまで言って、グラントは思い出したようにニヤリと口角を上げた。

「……にしても、あのディラン殿下。以前会った時はまだ青臭いガキだったが、中々どうして一皮剥けた感じになっていたな。やっぱ惚れた女が出来ると、男は成長するもんだな」

「グラント……。やはりディラン殿下は……」

「ああ、間違いなくエレノアに惚れたな。知っているか？　今、掃討作戦と並行して『影』が総動員で人捜ししてるって話」

「ふむ。エレノアを捜しているのか」

「まあ、間違いねぇだろ。しっかし、エレノアも大した奴だな。クライヴ達を救う為に単身敵地に乗り込んだ挙句、敵ともしっかり戦って、しまいにゃクリスタルドラゴンと自分達両方を無傷で守り切るとは……。そりゃあ、ディラン殿下じゃなくても惚れるだろ。我が義娘ながら誇らしいぜ！ところでメル、お前の所に王家から連絡が来たか？」

「ああ。ダンジョン視察を行ったかどうかってね。隠し立てをすれば痛い腹を探られる可能性があるから、正直に『是』と答えたよ。もっとも、エレノアを連れて行った事は内緒にしたけどね」

「だが、調査は入ると思うぞ？」

「問題ない。そもそも魔物は外に一匹も出さず、全てダンジョン内で始末している。それにオリヴァーの指示で、外にいた者達に事態を悟られないよう徹底させたからね。だからダンジョンの周囲にいた者達は、普通の視察だったと誰一人疑っていないはずだ」

グラントがヒュゥと口笛を吹く。

「流石はオリヴァーだな。あの危機的状況で大した判断力だ。ま、俺の知る限り、他にもダンジョンの視察をしていた貴族や地方領主達はかなりの数いたようだから、大丈夫だろ。なんせ丁度、王立学院が長期連休中だからな。自分の子供達に領地経営の一環として、視察をさせる親が多かったようだ」

「そうか。それは好都合だったな」

「運が良いのはそれだけじゃねぇぞ？　例の、オリヴァーを狙った元使用人。あいつが誰か知っていた奴らはごく少数だったようで、その上全員、ディラン殿下に始末されちまっていたらしくて、捕縛者のリストに名前が挙がってなかった。ま、裏を返せば、まだ関与していた貴族を取りこぼしているって可能性があるが……」

「問題ない。あの男の生家は、僕が徹底的に潰す事にしたから。その際、関与が疑われる者達の事も独自に色々調べてみるさ」

温厚で、常に笑顔を絶やさない親友の冷たい表情に、グラントは男の一族に「ご愁傷様」と心の中で呟いた。

この人畜無害そうな男がひとたび切れると、メルヴィル並みに情け容赦がなくなる事を知る者は少ない。自分もそのうちの一人だが、普段が普段なだけに、そのギャップに肝が冷えた事も一度や二度ではない。

……まあ、そういうところも込みで、この男を気に入っているのだけれども。

「それじゃあ話を元に戻して、最大の懸念はエレノアの事だね。これで益々、エレノアを表に出す事が難しくなってしまった」

「まあなぁ……。まさかダンジョンに行って王子様と遭遇するなんて、誰も想像しなかったからな」

「想像出来る者がいたとしたら、奇跡だろう」

三人が三人とも、深い溜息をつく。

男装していたとはいえ、エレノアはばっちり素顔をディランに晒してしまっている。

しかもしっかり女の子だと見破られてしまっているのだから、今後は素顔を晒して行動する事は難しい。

しかも、王家直轄の『影』達が総動員で捜しまくっている上、それを統轄するヒューバード本人までもがエレノアの素顔を知っているのだ。

いつどこに彼らの目があるか分からない以上、エレノアを外に出すのは自殺行為に他ならない。

「う～ん……でもまぁ、エレノアのような型破りなご令嬢は、そうそういない……というか絶対いないからな。見つけようとしたって、見つからないだろ」

「まあねぇ。……はぁ……。エレノアには本当に可愛そうだけど、結婚するまでは今まで以上に行動を制限せざるを得ないね。メルには負担をかけるけど、ここの騎士達や召使達にも、情報の漏洩防止を徹底してもらって……勿論、我がバッシュ侯爵家の面々にも同様に徹底させるけど。う～ん……。オリヴァーとクライヴにも、負担をかけさせてしまうなぁ……」

「いや、あの二人だったら苦労と思わず、寧ろ喜ぶんじゃないかな？　まあ、でも婚約者が二人だけだと、いざという時何かしら不便だね。バッシュ侯爵家レベルだったら、せめてもう何人か、婚約者なり恋人なりがいた方が良いんだろうけど」

そこでふと、グラントが思い出したように口を開いた。

「そういやセドリックの奴だが、あいつも何か変わったな。前は年齢の割に達観したような枯れた雰囲気を持っていたが、今は年相応のガキの顔になっていたぞ。あんなに敬遠していたクライヴとの稽古にも参加していやがったし」

「ふふ……。私も驚いているよ。実はね、あの子、エレノアに友達になってほしいって言われたんだそうだよ。だから自分でも、今のままじゃ駄目だと思ったんじゃないかな？」

「へぇ～、やっぱりか！　男は惚れた女が出来ると、変わるもんだからな」

メルヴィルが『父親』の顔をして笑うのを見て、グラントも目を細めた。

実力はあるのに母親のせいで自己評価が低く、何事においても一歩引いていた息子の事を、メルヴィルは常に気にかけていた。

「お前はそのままで、十分素晴らしい子なんだよ」

そう諭しても、コンプレックスの原因であるメルヴィルとオリヴァーの言葉は、決してセドリックの心に届かない。

どうしたものかと思案していたところに、エレノアがあっさりとセドリックの殻を破ってくれたのだ。本当に、エレノアには感謝しかない。

「あの子はエレノアを望むのかな？　それともいつも通り、兄達に遠慮して引くのかな？　……ねぇ、アイザック。もしセドリックがエレノアを望んだら……」

「メル。何度も言うけど、僕にとって一番大切なのはエレノアの気持ちなんだ。彼が望み、エレノアがそれを受け入れれば、僕はその事について何も言う気は無いよ。それに、セドリックはとても良い子だからね」

「そうか。では、私もあの子の頑張りに期待する事にしよう」

そう言うと、メルヴィルは含み笑いを浮かべながら手にしたグラスをアイザックへと向け、アイザックもそれに応える。

チン……と、グラスとグラスが重なりあい、その場に涼やかな音が響き渡った。

温泉大作戦

クロス子爵邸には貴族の館にしては珍しく、大浴場が備え付けられている。

しかもその大浴場、ただのお風呂などではない。

源泉かけ流しの温泉を使用していて二十四時間入り放題という、まさに夢のお風呂なのである。

元日本人の私からしてみれば、まさに天国と言っても過言ではない魅惑のお風呂だ。

なんせ前世の私の故郷では、温泉が全国津々浦々に存在しているとは言っても、一般人は温泉旅館に行かなければ中々入れなかった。

それが自宅に居ながら、二十四時間入りたい放題ですよ!? ……いや、自宅というには温泉旅館並みに豪華なお屋敷なんだけどさ。

ともかく、公共浴場でもないのに泳げるほど広い大浴場があるのって、本当に最高！

オリヴァー兄様に聞いたところ、このお風呂になったのって、グラント父様のごり押しが切っ掛けだったのだそうだ。

以前はちゃんと、自分の部屋についているお風呂を各自使用していたらしいのだが、全国各地を飛び回っていた冒険者のグラント父様は、当然というか色々な土地に自然に湧いている温泉や、温泉を引いている宿泊施設などをちょくちょく利用していた。

なのでどうやら、自分の家（メル父様の家）にもあったらいいなと思い、メル父様に温泉を引いた大浴場を造らないかと提案したのだそうだ。

普通だったら「有り得ねーよ、バカ！」で終わるところだけど、そこはメル父様。「へぇ～、面白そうだね！」と、ノリノリで館に大浴場を造ってしまったのだそうだ。しかも、源泉かけ流しの大自然風岩風呂式で。（温泉はグラント父様が『水』の魔力を使って、敷地内に掘り当てました）

私、あの二人のこういうノリって、本当に大好きだ。

だってそのお陰で、こんな中世風の世界で岩風呂温泉に入れるのだから。

そういう訳で、私はこの屋敷に来てから毎日温泉を満喫していた。

多い時には一日数回入ったし、なんと言っても訓練後のひとっ風呂は最高なんてもんじゃない快適さだ。（親父くさいと言うなかれ）

そんな温泉パラダイスな日々だったが、私には一つだけ不満があった。

それは一人でお風呂を満喫出来ないって事。

必ずジョゼフがお風呂に一緒についてきて、あれこれ世話を焼いてくれるのだ。

まあねぇ。初っ端に「泳ぐの楽しみ！」なんて言ってしまったが為に、一人風呂を禁止されてしまった私が悪いのは分かっているよ。だけどこんだけ広ければ、はしゃぎたくもなる！　広いお風呂は泳ぐ為にあるんじゃないのか⁉　（違います）

我慢出来ず、父様に「温泉一人で入りたい」と強請《ねだ》ったんだけど、父様……私の願いを叶えようとして即行、ジョゼフに駄目出し食らって撃沈していましたよ。

「じ、じゃあ、僕が監視役としてエレノアと一緒に入るから。それなら良いだろ？」

良い事思いついたとばかりに、父様がそう提案したのだが。

「駄目です。二人揃ってはしゃがれた結果、のぼせてお湯に浮かんでいる未来しか想像出来ません！」と、身も蓋もなく却下されて終わり。

おのれジョゼフ！　お前は私達のオカンか⁉

「じゃあ、僕達が一緒に入ってあげようか？」

そうオリヴァー兄様に提案され、ジョゼフも「それでしたら……」と納得したのだが、それは私が丁寧にお断りしました。（というか、納得するなよジョゼフ！）

だってさ、兄様方とお風呂って、一体どんな拷問ですか⁉

顔面破壊力の目潰し攻撃だけでも鼻血噴くレベルなのに……ふ……風呂に入るって事は……つまりその……お互い真っ裸って事で……（いや、女性は混浴用のムームーみたいな服着るみたいだけど）兄様方の凄い裸体を目になんてしたら、一瞬で目は潰れ、鼻血どころか心臓が止まって悶死する事請け合いですよ。

のぼせなくても、湯に私の死体が浮かぶ事になります。ええ、断言できますとも！

で、結局ジョゼフの介助を受けながら、温泉ライフを送っている訳なのだが……。ここでの滞在もあと少し。出来れば一回でもいいから、一人で温泉に入りたい。そして泳ぎたい。

私は必死に考え、作戦を練った。その名も『温泉大作戦』。

なんか、二時間サスペンスに似たようなシリーズがあった気がするのだが（しかも母と共に大好きでよく見ていた）、ともかく、その作戦を私は本日、協力者と共に決行する事にしたのだった。

時刻は午後三時。

「……クライヴ兄様。お風呂のお掃除、終わったみたいですね」

「ああ、そうだな」

大浴場から死角になる位置から、私は協力者であるクライヴ兄様と共に、清掃係の使用人達が出ていくのを確認していた。

「……なあ。お前、本当に入るの？」

「はい！　ここ数日確認したのですが、お掃除が終わって二時間ほどは、ほぼ誰も入浴に来ないという事が判明しました。だから今がチャンスなんです！」

そう。この時間、メル父様やオリヴァー兄様はお昼休憩としてのんびりしているか、執務を開始しているし、騎士達やクライヴ兄様、そしてグラント父様なんかは、午後の訓練を開始している。

他の使用人達は基本、入浴するのは家長や私達が就寝してからと決まっているし……。つまりはこの時間が一番、誰も入浴に来ない穴場時間なのだ。

それゆえ、この時間に一人で入浴する事を決意した訳なのだが、問題はジョゼフである。

なので私はクライヴ兄様に協力を仰ぎ、朝食の席でさりげなくジョゼフを訓練に参加させてくれるようにお願いしたのだった。

実はジョゼフ。若い頃は私の父様の父様……つまりはお祖父様だが、その警護役をしていた事があり、その腕っぷしは並みの騎士が数人把になって掛かって来ても、軽く瞬殺してしまうほどだったそうなのだ。

今でも密かに、一通りの訓練は続けているってウィルから聞いていたから、クライヴ兄様にそこを突いてもらったんだよね。

「ジョゼフ。お前も一度、騎士達の訓練に参加してみないか？　たまには全く別の癖を持つ奴に揉まれた方が、あいつらも勉強になるだろうからな」

「いえ。私ごとき老体が、そのような所でお目汚しの技を披露する訳には……」

「えっ⁉　ジョゼフ、剣使えるの⁉　しかも凄く強かったんだ！　カッコいい！」

私に対して激甘な父をフォローするように、締めるところは締め、時には厳しく私に接するジョゼフだが、なんだかんだ言って最終的には私に甘い。

なので、溺愛する孫娘的位置付けの私に尊敬の眼差しを向けられ、ジョゼフはあっさり訓練に参加することを決めた。

フッ……。ちょろいな、ジョゼフ。

ちなみにクライヴ兄様には、何でも言うこと一つ聞く事を交換条件に、私がお風呂に入っている間ジョゼフや他の騎士達、ついでにグラント父様を監視してもらう事になっているのだ。

「お前のその、温泉に対する情熱って一体何なんだ？」

そんなもん、魂に刻み込まれた温泉愛に決まっている。……が、この呆れ顔の兄を更に呆れさせるのもなんなので、黙っておく事にした。

「じゃあクライヴ兄様、よろしくお願いいたします！」

タオルと着替えの詰まった袋を手に、そのままウキウキとお風呂に突撃しそうな私に対し、残念な子を見るような眼差しを向けながら、クライヴ兄様は溜息を一つついた。

「はぁ……ったく。いいか、のぼせる前に上がるんだぞ？　それと、報酬忘れんなよ」

「はーい！」

そうして期待を胸に、私は一人で大浴場への潜入を果たしたのであった。

◆◆◆◆◆

「はぁ……。やっぱ、温泉サイコー！」

たっぷりのお湯にゆったりと浸かりながら、溜息交じりにそう呟く。

当然、今の私は真っ裸だ。一人だって分かっているのに、服着て風呂になんて入ってられるか！

「少し熱めのお湯ってのが、またいいんだよね。効能も筋肉疲労と外傷だから、騎士達の湯治も出来て、まさにうってつけだわ！」

そう。メル父様は自領の騎士達がこの大浴場を使用する事を許可しているので、騎士達は訓練の後、この温泉に入ってひと汗流す事が日課となっているのだ。

そういえば以前、その時間にのこのこお風呂に入りにやって来て、脱衣所のほぼ全裸状態の騎士達とバッチリ遭遇してしまった時は、互いに阿鼻叫喚になってしまって大変だったなぁ……。

え？　お前、鼻血噴いたろって？　はい。そりゃもう盛大に噴かせていただきましたとも。

「……さて。それでは本日のメインイベントに移ろうかな……」

目標はあちらの端にある岩場までだ。

そう気合を入れて、平泳ぎの体勢に入ったその時だった。

「ああ、昼間のお風呂も久し振りだね。前はよく、一緒に入っていたから」

「はい。ここで色々な事をよく教えていただきました」

私は平泳ぎの体勢のまま、固まった。……この声……まさか……!?

「それにしてもオリヴァー兄上。何でここに移動したのですか？」

「ここならお互い、腹を割って話し合えるだろう？　それに、家族間の重要な話はここ《大浴場》でするのが、クロス子爵家の恒例行事だからね」

——クロス子爵家ー!!　貴族のくせして、何で重要な話し合いが風呂場で行われるんだよ!?

どう考えたっておかしいし、フリーダム過ぎだろ!!

「そ、そうじゃなくて！　文句言ってる場合じゃない。ヤバイ……どうしよう！」

私は水音がこちらに近付いてくるのを感じ、「こっち来んな！」と祈りつつ、気配を殺して岩場の陰で息を潜めていた。

幸いにも……というか不幸にも、オリヴァー兄様とセドリックは、私のいる場所からさほど離れていない場所に落ち着いたようだ。

『ど、どうしよう……！』

既に十分お湯に浸かり、後はひと泳ぎしたら上がろうと思っていたのに。この状態では身動き一つ出来ないではないか。

クライヴ兄様より劣るとは言っても、二人ともしっかり鍛えている。きっと僅かな水音一つでも、誰かが近くにいる事を察してしまうだろう。

これがセドリックだけだったら「ごめん！　上がるまで目をつぶってて！」と言って、急いでお風呂から出ていけば済むのだが、不味い事にここにはオリヴァー兄様もいる。

私が一人で入浴していた事を知ったが最後、にっこり笑顔で「あれ？　エレノア。なんでここにいるのかな？　……しかも一人で」と言われた挙句、そのままお説教コースまっしぐらとなるだろう。しかもその事をジョゼフにしっかりチクられ、ダブルでのお説教になるに決まっている。ついでに私に協力したと、クライヴ兄様にもお叱りがいってしまうだろう。

温泉大作戦はこれ以上ない大失敗に終わってしまうのだ。

いや……それはいい。それはいいのだ。（本当は良くないけど）問題なのは……互いに真っ裸でご対面という、とんでもないシチュエーションだ！

「オリヴァー兄様は全く動じないと思うけど、セドリックは真っ赤になるだろうな……。美少年が盛大に照れているシーンなんて、垂涎《すいぜん》ものだろうけど……」

って、そうじゃない！　私の裸を二人に見られる事より、私がオリヴァー兄様の裸体を見てしまう事が問題なのだ！

以前、兄様が十五歳だった頃。一緒にお風呂に入った時だって、私は鼻血を盛大に噴いてしまっていたんだぞ⁉　しかも上半身見ただけで！

既に青年期に入った兄様の、大人の色気満載なわがままボディーを目にしてみろ！　鼻血どころか、脳の血管ブチ切れるから！

しかもここのお湯は無色透明。つまりはバッチリ、互いの裸体が拝めてしまうんだよ。

あああ……。せめて……せめて、濁り湯だったら！

とにかく、今は大人しく兄様達の話が終わるのを待つしかない。兄様達だって、熱くなったら上がるだろ。……問題は、それまで私が持つかどうかだが。だって私、もう既にのぼせ気味だし……。

――いや、私は耐えてみせる！

死亡原因が兄の裸体を見た事による脳出血なんて、洒落にもならない。一生語り継がれるほどの大恥だ。バッシュ侯爵家の名誉の為にも、それだけは絶対に避けなくてはならない！

「それでセドリック、話と言うのは？」

「……兄上。エレノアの筆頭婚約者である貴方にお願いがあります。僕を……エレノアの婚約者として認めていただけないでしょうか」

――は⁉　セドリック、あんた今、なんて言った……⁉

うっかり声が出そうになって、慌てて口を手で覆う。

「セドリック。お前はエレノアの婚約者の一人になりたいと、そう願うんだね？」

――そ、そう。婚約者だよ！　え？　私と婚約……？　ど、どうしたセドリック⁉　いきなり何でそんな事を⁉

「はい。僕は……まだまだ力不足で、兄上方の足元にも及ばないほどの未熟者です。エレノアの婚約者として相応しいとは到底言えないでしょう。ですが、僕はエレノアの事が好きです。出来れば傍でずっと、友達としてではなく……愛する者として、エレノアを守っていきたい！」

ずっと一線を引いていた兄に対して、臆する事無く言い切ったセドリック。

表情は分からない。でもその口調には迷いも卑屈さも無く、ただ真剣な響きだけがあった。

――セドリックが……私の事を……好き？

ただでさえのぼせて真っ赤になっていた顔が、更に熱くなっていく。

一体全体、何が彼の琴線に触れたのか分からないが、その一途な想いが声越しに伝わってきて、胸がドキドキする。頭もボーっとしてきて……あれ……？

「……ふふ。セドリックがエレノアを好きな事は前から気が付いていたけど、僕に直接申し入れて来るとは思わなかったな。……変わったね、セドリック。いや、愛する者《エレノア》を見つけて、変わろうと決心したのかな？」

「兄上……」

「いいだろう。僕はお前の事を、婚約者候補として認めよう。「候補」なのは……分かっているね？」

「はい。エレノアに婚約の申し入れをする許可を頂き、有難う御座いました」

「それで？　あの子にどうやって「喜んで」と言わせるつもりかな？　言っておくけど、あの子は普通のご令嬢方と違って、正攻法での攻略は難しいと思うよ」

「はい。短い間ですが、エレノアと接してそこら辺は心得ております。……僕は『僕にしか出来ない事』で、エレノアの承諾を得ようと思っております」

「そうか、それは楽しみだ」

楽しそうなオリヴァー兄様の声が聞こえてくる。

が、もはや私の耳には断片的にしか、彼らの会話は聞こえなくなっていた。

――……えっと、何が楽しみなのかな～？　なんか頭がふわふわして、さっきからの二人の会話がよく聞こえない……。え～っと、こんやしゃが、まだこうほで～……ぼくにしかできないこと……。

ここで、私の意識はプッツリ途絶えた。

「……あれ？　何か水音が聞こえたような……？」

「はい。あっちの方向ですよね。ひょっとして誰かいるんでしょうか？」

オリヴァーとセドリックが不思議そうに水音のした方向に目をやると、湯気にまぎれてぼんやりと白い塊が浮いている……ような気がした。

「？」

ひょっとしたら、掃除の時に使用人が落としていったタオルかもしれない……。

そう思い、二人揃ってその白い塊に近付いていく。……が、その白い塊の正体を目にした瞬間、一方は青くなり、一方は真っ赤になった。

「エ、エレノア⁉　ち、ちょっ！　なんで……ここに⁉」

オリヴァーが慌ててお湯の中からエレノアを引き上げるが、全身茹でタコのように真っ赤になったエレノアは、ぐったりと意識を失っていた。

「あ、あ、あにうえっ！　どどど……どうしたら……!?」

好きな相手の裸体を見てしまった羞恥と、その子が意識不明になっている事へのパニックでオロオロしているセドリックに対し、オリヴァーがすかさず指示を下す。

「セドリック！　お前は今すぐ鍛錬場に向かって、クライヴとジョゼフを呼んで来い！　エレノアが湯あたりを起こして倒れた事を伝えて……。それと、使用人の誰でもいいから、冷たいレモン水を用意させろ！　冷えたタオルも忘れるな！」

「は、はいっ！」

セドリックが慌てて浴場から出て行った後、オリヴァーは浴場内に常に用意されているバスタオルでエレノアを素早く包み、抱き上げると溜息をついた。

その顔は、ほんのりと赤く染まっている。

「全く……エレノア。君って子は……」

何かに耐えるように、もう一つ溜息をついた後。オリヴァーは自身も着替えるべく、エレノアと共に脱衣場へと向かったのだった。


その後。自分のベッドで目を覚ましたエレノアは、青筋を立てながら微笑むオリヴァーとジョゼフによって、こっぴどく雷を落とされた挙句、クロス子爵邸を発つまでの間、大浴場の使用禁止を言い渡されてしまったのだった。

「ううう……。せめて……。せめて、ひと泳ぎしてから倒れたかった……！」

そう言いながら、枕を涙で濡らすエレノアの姿を、介抱していたウィルが目にしたとかなんとか。

ついでに、エレノアの作戦に加担したクライヴにも、オリヴァーによって厳しい制裁が下された。

その内容はと言うと、グラントとのガチバトル＆メルヴィルによるお説教という名の精神攻撃という、血も涙もないものであったという。

三人目の婚約者

大浴場で倒れてから三日後。

兄様方の休暇もそろそろ終わるとの事で、私達はバッシュ侯爵家に帰る事となった。

ちなみに父様方は一足先に帰っている。

……というか、部下達から「あんたら、いーかげん、帰って来いや！」と苦情が殺到したから、渋々帰ったというか……。う～ん……それってなんだかなぁ……。

それぞれが、『宰相補佐官』『宮廷魔導師団長』『軍部総大将』なんて大役を拝命しているのに、あんなユルユルで大丈夫なんだろうか。

しかも、あんな国と国を巻き込んだ人身売買騒動があったばかりだってのに……。我が父達ながら心配だよ。

「罪を犯した貴族達を裁くのは王家の仕事だからね。だから父上達は、公にはあの事件にあまり関わらなかったんだよ」

その疑問をオリヴァー兄様に尋ねた結果、返ってきた返事がこれである。

「それって、貴族が貴族を裁くのは色々と問題があるからですか？」

例えば、派閥のパワーバランス的なものとか……？

「その通り。エレノアは賢いね」

あ、誉められた！　なんかちょっと嬉しい。

「今回は貴族の捕縛から取り調べ、断罪に至るまで、全て王家直系が動いたらしい。それにこの問題が戦争に発展した訳ではないからね。だから父上達も積極的には動かず、のんびりしていたのだと思うよ」

「あ、戦争にならなかったんですね！　良かった！」

この世界の中でも、このアルバ王国は特に女性至上主義な国だし、兄様方も父様方も、この件に関しては私が巻き込まれた事もあって激おこだったから、国を挙げてリンチャウ国を血祭りに上げるかもって、実は凄く心配していたんだよね。

いや、あの国がどうなろうと知った事ではないんだけど……。あの国に暮らしているちゃんとした人達や、当然いるであろう女性達が犠牲になるのはちょっとね……。

それに戦争ともなれば、この国の人達だって無傷ではいられないだろうし。

なんにせよ、人と人とが傷つけ合うのは、やっぱり嫌なものだ。

「うん、戦争なんてしないよ。そもそもあの国とうちとでは、国力が違い過ぎて話にならないし、属国にするのも面倒ばかりで利益にならない。だから、莫大な制裁金を科して手打ち……ってとこじゃないかな？」

「え？　でもそれじゃあ、攫われたりした女性達は……」

「うん。だから、到底払いきれない額を吹っ掛けるんだよ。「減額してほしければ、お前の国に攫われた我が国の女性達全員を無事に帰せ」って条件をつけてね」

な、成る程。つまりは駆け引きなんだ。

でも流石に全員帰ってくるのかな？　まあ、あっちの国も必死に捜すだろうけどさ。

なにせ、賠償金が高くなるか安くなるかの瀬戸際なんだから。

「……まあ尤も。全員が無事に戻るなんて有り得ない話だけどね。亡くなった女性や傷ついた女性も沢山いるだろう。そういう人達の数だけ制裁金は加算されるだろうから、結果的に減額どころか倍増するんじゃないかな？」

おお！　つまりはこれっぽっちも、減額する気は無いってことですね。まあ、そりゃ当然か。

「賠償金のツケは国民に増税として重くのし掛かり、やがてその不満は国や権力を持つ者に向かうだろう……。どの道、あの国はもう終わりだね」

冷たい表情でそう言い放つオリヴァー兄様。

そうか……。もし、あの国の国民に不満が芽生えた時、『誰か』がどうしてこうなったのかという『真実』を、あちらこちらで囁くだけでいい。

そうすれば彼らの怒りの奔流は、国に向かって押し寄せ、国は怒りの渦に呑み込まれて崩壊する。

つまりアルバ王国は『被害を受けた』と制裁金を請求するだけ。ただそれだけで、あの国を内部崩壊へと導く事が出来るのだ。

——国一つを滅ぼすほどの怒りの深さ。

あの時、ディーさんが女性の事を『我が国の宝』と言っていた。

その宝を汚らしい欲望の為に踏みにじられたのだ。ディーさん達の怒りは、そのままこの国に生きる男性全ての怒りなのだろう。

……その『宝』の中に、私なんかが入っていて申し訳ない気もするが。

まあ、一応女だし、よしとしてもらおう。兄様方、今後とも宜しくお願いいたします。

◆◆◆◆◆

——で、色々と本題が逸れたが、クロス子爵邸最終日の本日。とある少年（と私）の、一世一代の大イベントが控えているのだ。

それは何かと言えば……そう。セドリックが私に婚約の申し込みをするんですよ！

数日前。こっそり大浴場に忍び込んで湯中りでぶっ倒れた時、偶然聞いてしまったオリヴァー兄様とセドリックとの会話。

セドリックはあの時、筆頭婚約者であるオリヴァー兄様に、私への婚約の申し込みの許可を貰っていたのだった。

でもあの後、なんだかんだで婚約の申し込みは行われず、滞在最終日ギリギリの今日になってしまった。

それは何故かと言えば、セドリックが私のとんでもない姿（つまり裸）を目撃してしまった為、恥ずかしさのあまり、私をまともに見る事が出来なくなってしまったからだ。

セドリック少年……。こんな、どこもかしこもつるんとしたキューピー体形に、そこまで照れてくれるなんて……どこまで純情なんだ。お姉さんは感動したよ！　流石はまだ穢れていないだけの事はある。

……まあ……ね。かくいう私も恥ずかしさはある。あるのだが、「むしろこんな貧相な身体を見せてしまって済みません」という気持ちの方が強い。

オリヴァー兄様なんて、教師達との色々凄いアレコレを（多分）経験しているし、モテまくっているから、さぞや目が肥えていらっしゃるに違いない。

そんな方に、湯に浮かんでいる真っ裸で目を回したキューピーを見せてしまったのだ。その衝撃たるや、相当のものだったに違いない。

自分の婚約者のあまりにも残念な姿を目にして、兄様も「こんなのが自分の婚約者……」と、さぞや落ち込んだに違いない。本当に申し訳ない事をした。

そんな諸々の思いを込めて「本当に申し訳ありませんでした」とオリヴァー兄様に謝った時、「頼むから、もう二度とあんな事をしないでくれ。心配で心臓が止まるかと思ったし、何より今度また同じような場面に遭遇したら、自分を抑えられる自信が無い」と、溜息交じりに言われた事からも分かる。

きっと兄様は「今度同じ事をしたら、婚約破棄を思い止まる自信がない」と言いたかったのだ。

だから私も「その時はどうぞ、遠慮なさらないで（婚約破棄して）ください」と返したのだが、何故か兄様は絶句した後、真っ赤になってしまった。（あのオリヴァー兄様が！）

「え……。本当に、いいの？」

「はい！　覚悟は出来ています！」

そんなやり取りをしていたら、傍に居たジョゼフに「お嬢様！　はしたのう御座いますよ!?」と叱られてしまったのだが、何がどうはしたなかったのか、未だもってよく分からない。

……いかん。またまた話が逸れてしまった。

そんな訳で今現在。私はオリヴァー兄様とクライヴ兄様の立ち合いの下、セドリックと互いに緊張しながら向かい合っている。

なんせ、これから行われる事を私が知ってしまっているのだから、サプライズを演出しての甘くドキドキなプロポーズ大作戦……とはいかず、私達の周囲はまるで、これから決闘を行うかのような謎の緊張感に包まれている。

「……エレノア……」

意を決したように、セドリックが緊張した面持ちで一歩前に踏み出す。

そしてその場に片膝をつき、私の右手をそっと手に取った。

「僕はこれから貴女に相応しくなるべく、誠心誠意邁進していきたいと思っております。どうか、共に歩む未来を僕に頂けませんでしょうか？」

途端、私は顔と言わず身体全体が真っ赤になった。

うわぁ～!!　こ、これから何が起こるのか。分かってはいても、やっぱ照れる！　羞恥で死ねる！　堪えろ！　私の鼻腔内毛細血管！

「あ……あ……あの……っ！　セ、セドリック……」

「はい？」

「あ、あの……ね、お申し出は嬉しいんだけど……。もうちょっと、お互いを良く知ってからでも遅くないんじゃないかなーって思うんだけど……」

いやね、私も色々考えたんだよ。

こんな会ったばっかりな上、碌なトコ見せてない女と、何でセドリックは婚約したいのかなって。

で、思いついた訳です。

ひょっとしたらセドリックは肉食女子が苦手だから、大好きで尊敬している兄さん達が婚約しているんなら安パイだろうって事で、私で手を打ったのかなって。

オリヴァー兄様もクライヴ兄様も、あんまり肉食女子好きじゃないみたいだし。

もしその考えが当たっていて、妥協で婚約を決めたんだったら、セドリックには是非とも一歩踏みとどまって、冷静に相手を知ってからにしてほしいってそう思ったんだよ。

だってこの世界って、女は好きなだけ男捕まえて、気に入らなければ婚約破棄も容易く出来るってのに、男からは婚約破棄出来ないって言うんだから。

まあこの世界、そもそも婚約破棄しようとする男そのものがいないんだけどね。なんせ女性が少ないから。

「……それは。エレノアは僕と婚約したくないと、そういう事なのでしょうか？」

うっ！　捨てられた子犬のように、悲し気な顔で見つめないでくれっ！

したくないとか、そういうんじゃなくて、君が後悔しないかって事が心配なだけなんだよ！

「し、したくない訳じゃ……ない……です」

途端、沈んだ表情がパッと明るくなった。……うう……可愛い……。

「エレノア。確かに僕はまだ、貴女の事を十分に知らないかもしれません。でも、僕の貴女への想いは嘘偽りではありません。僕は生涯、貴女だけしか愛さない。貴女さえいれば、僕はもう誰もいらない！」

うあぁぁ!!　び、美少年の口説き文句！　レベル高い上に破壊力半端ない!!

こんなまだ小さいうちから、こんな殺し文句を連発出来るなんて……。なんというスキルの高さ！　こ、これが男子の嗜みというやつなのか!?

うう……い、いかん……。こんな女子にとっての夢のシチュエーション、喪女には刺激が強すぎて……鼻血が出そう……！

「貴女には僕の永遠の愛と共に、生涯僕が作るお菓子を捧げさせていただきます」

その途端、羞恥でグラングランだった脳内がピンと冴え渡った。

「え!?　お菓子……？」

「はい。貴女が一番好きだと仰った、僕の作るお菓子です。それを何時いかなる時でも、貴女が望むものを、なんなりと作って差し上げます」

え？　マジで!?　言っちゃなんだけど、セドリックの作るお菓子って、どれもこれも本当に、私好みのドストライクで超美味しいんだよ。

それを、私が望めば何時でも何でも作ってくれるっていうのか？　それも一生!?

「……えっと……。例えばだけど、セドリックが知らないお菓子を再現するって事は……？」

恐る恐る問いかけた私に、セドリックはニッコリ満面の笑顔で頷いた。

「はい。どのようなお菓子でも作ってみせます」

その瞬間。私の脳内には、ありとあらゆる和菓子の姿が浮かび上がって来た。

どら焼き、カステラ、きんつば、三色団子、芋羊羹……。

あれらをまた食べられるかもしれない……？　いや、ひょっとして、煎餅を食べる事も夢じゃないと、そう言うのか⁉

「と言う訳でエレノア。改めて、僕と婚約してください」

「はいっ！　喜んで！」

私は欲望に負け、即決した。

ごめんよセドリック。きっと君は将来、私と婚約した事を後悔すると思う。だけど、私の輝けるスイーツ・パラダイスの為、尊い犠牲となってください。

「……成程。確かに、セドリックにしか出来ない事で勝負に出たね」

「ああ。なんともエレノアを理解し尽くした斬新な作戦だ。セドリックの奴、中々やるじゃねぇか」

——それにしても、まさかお菓子で婚約者を釣るとは……。

その作戦を思いついたセドリックにも脱帽だが、本当にお菓子で釣られるご令嬢がいるとは思ってもいなかった。

「クライヴ……。僕はまだまだ、エレノアの事を理解出来ていなかったようだね」

「いや、アレを理解出来る奴って、あんまりいないんじゃないのか？」

「……ひょっとしたらセドリックが、その理解者第一号になるかもしれないね」

婚約にではなく、まだ見ぬスイーツへの期待に夢を膨らませ、目をキラキラさせている愛しい妹と、それをニコニコしながら見守っているセドリック《弟》の姿を見ながら、兄二人は揃って冷汗を流したのであった。

君は誰？

私とセドリックとの婚約が決まり、私はクロス子爵邸の使用人達や騎士達に祝福されたり感謝されたりしながら（何故感謝？）王都にあるバッシュ侯爵邸に向けて出発した。

ちなみに、私とオリヴァー兄様は馬車で。

そして何故かクライヴ兄様は馬車には乗らず、ウィルやダニエル達と共に、自分の馬に乗って馬車を先導してくれている。

「オリヴァー兄様。何でクライヴ兄様は馬車に乗らないんですか？」

「ん？　クライヴは元々、馬車はあまり好きじゃないからね。それと、まぁ……。お風呂の件での罰ってとこかな」

あ……。クライヴ兄様、まだお仕置き続いているんですね。私の所為で、本当に申し訳ございません。

「本当だったら、途中で休憩を取ろうかと思ったんだけど……。ルート変更したから時間が無くてね。御免ね」

「いいえ、兄様。バッシュ侯爵領が見られるだけでも嬉しいです！」

そう。実は今回『今の私』になって初めて、バッシュ侯爵領を見学する事になったのだ。

まあ尤も兄様の言う通り、時間の都合で今回は領地の端を通り過ぎるだけなのだけどね。

でもクロス子爵家滞在時、父様が「エレノアも、自分の領地を一度ちゃんと見てみたいだろうから、次に休みが取れた時、今回のクロス子爵家本邸に滞在したみたいに、バッシュ侯爵家本邸に長期滞在しよう」と言ってくれたのだった。

それを聞いた時は「わーい！　また外出できる！」と大喜びしたものだが、すかさずジョゼフに「今回、アイザック様方は仕事をサボりまくられましたからね。当分の間はまともにお休みが取れないでしょう」と、残酷な現実を告げられ、親子揃って撃沈。

諦めきれない父様は「なんとしても、エレノアの為に休みをもぎ取る！」と息巻いていらっしゃったが、他の父様方が「自分達を置いて行くなら、絶対休みを取る邪魔をする！」と宣言しているので、父様方全員の休暇日が揃うまで、私はバッシュ侯爵家本邸には行けない事が決定してしまったようだ。

……うん。気長にその時が来るのを楽しみにするとしよう。

ちなみに我がバッシュ侯爵領は、春のような穏やかな気候が通年続く土地柄で、肥沃な大地を有する穀物の一大産地なのだそうだ。

その為、どこまでも続く麦畑や田園風景に加え果樹園もあちらこちらにあり、果樹に咲き誇っているのみならず、様々な花が常に咲き乱れている大変に風光明媚な土地柄なんだって。

クロス子爵領に向かう時は、視察に向かうダンジョンの位置の関係で、バッシュ侯爵領は通らなかったから知らなかったよ。

そうオリヴァー兄様に言ったら、わざわざちょっと迂回してバッシュ侯爵領内を見せてくれる事になったのだ。

それにしても、クロス子爵領が山々に囲まれた自然豊かな土地柄なのと比べると、お隣同士なのに気候も風土もえらく違うのだなって思う。クロス子爵領は今現在、初夏って感じだったしね。

「そうだね。一説によれば、その土地に根付いた精霊達の特性が、そのまま各領地に表れているのではないかって言われているんだよ」

ここら辺、本当に私が元いた世界と違うよね。

あの世界では神仏精霊は空想上の存在って感じだったけど、この世界では当たり前のように存在しているし、魔法も使えるんだから。

「じゃあバッシュ侯爵領は、大地の精霊が居付いた土地という事でしょうか？」

「そうかもしれないね。でも、あれほど豊かな恵みは大地の精霊だけでなく、水や風といった、他の様々な精霊達がバランスよく居付いているからだろう。……ああほら、見えてきたよ」

言われ、外の景色を見てみると、少し先にキラキラ金色に輝いているものが見えた。

「兄様！　あそこ、一面金色です！」

「ああ。丁度麦の刈り入れ前だったようだね」

「うわぁ……！」

馬車の中から、沿道の左右に広がる黄金の麦畑を眺める。

どこまでも続く美しい金色が風でうねり、降り注ぐ陽光に煌めいていて、思わず溜息が漏れてしまう。

以前の私《エレノア》は、ここに来た事があるらしいのだが、「どこもかしこも畑ばっかり！　こんな田舎なんて嫌！」と駄々をこね、ほんの数回来たきりで、それっきり訪れた事はないらしい。ようは都会っ子って事なんだろうが、なんて勿体ないんだ！

日本人だった頃の私は、どちらかと言えば田舎寄りの土地に暮らしていたから、夏の青田、秋の稲穂をよく目にしていた。

あのどこまでも続く田園風景を見ながら、自転車でのんびり走るのが私は大好きだった。

こうして麦畑を見ていると、何だか自分の暮らしていた世界に帰って来たような、そんな不思議な気持ちになってきてしまう。

……父さんと母さん、元気かな？　お祖母ちゃんとお祖父ちゃん、今も元気に畑仕事を頑張ってるかな？　幼馴染の友達や高校の友人達は、それぞれ大学行ったり就職したりして頑張ってるんだろうな……。

「エレノア？　……どうしたんだ⁉」

「え？」

オリヴァー兄様の声に我に返った私は、自分が泣いている事に気が付き、慌てて涙を拭った。

「どこか痛いの？　ひょっとして、気分が悪くなったとか？」

「いいえ、大丈夫です。……なんかちょっと、外の景色があまりに美しくて……」

まさか、軽くホームシックになっていました……とは口に出せず、そう言って微笑むと、オリヴァー兄様の顔が一瞬、なんとも言えないような表情になった。

「……エレノア。実はね、僕はずっと君に聞きたかった事があるんだ」

「はい？　何ですか？」

そこで、オリヴァー兄様の表情がスッと無くなった。

真剣で……どこか見透かすような鋭い視線が、真っすぐに私へと向けられる。

「君は……一体『誰』なんだ？」

突然告げられたオリヴァー兄様の言葉。

ストン……と、一気に全身の血が足元まで下がってしまったように、身体が震え出す。

「……だ……だれ……って……。わ、私は……エレノアです……」

声が掠れて震える。

そんな私を、オリヴァー兄様は眉一つ動かさず、冷静な表情のまま見つめる。

未だ嘗て、オリヴァー兄様が私にそんな表情を向けた事は一度も無かった。

「うん。君はエレノアだ。……でも、本当に『エレノア』なのかな？」

間違いない。兄様は私に……ううん。エレノアの中の『私』に向かって、問い掛けているのだ。

「オ……リヴァー……兄様……」

『オリヴァー……兄様……！』

いつか……。ひょっとしたら、こんな日が来るかもしれないと、心の片隅で思っていた。

「お前は誰だ」と「エレノアをどこにやった」と……。そう言われる日が来るのではないかと恐かった。

その時は覚悟を決めて、正直に話そうと思っていた。

非難や罵倒も、きちんと受け止めようと……。だけどあまりに突然過ぎて、どうしたらいいのか分からない。

「……二年前。君が記憶喪失になって、全てを忘れてしまった時から、君は考え方も性格も全て変わってしまったね。記憶喪失になった人間を見たのは初めてだったし、君はとても良い方向に変わったから、僕らはむしろ喜んでさえいた。……でも段々、記憶喪失では説明がつかない『違和感』が増していったんだ。それは見て見ぬふりが出来ないぐらいに、僕達の間で大きくなっていった」

「………」

「まっさらで、純真で……。でも、時折見せる表情や仕草がとても大人びていたり、普通の人が考え付かないような斬新な事を考えついたり……。こんな幼い少女がと、驚かされる事ばかりだったよ」

「………」

「改めて聞きたい。君は、一体誰？」

私は覚悟を決め、深呼吸を一つした。

「……私は『真山里奈』と言います」

「マヤマ……リナ？」

オリヴァー兄様の表情が少しだけ変わった。

……ひょっとしたら私に「そんな事はない」「何を言っているのか」と否定してほしかったのかもしれない。

「はい。そして私のいた場所は……。ここことは全く別の世界でした」

そして、私は話し始めた。

ある日いきなり『エレノア』という少女になっていた事。最初は夢だと思っていたが、そうではなかった事。常識も何もかも、この世界とはまるで違う世界で、平民として生きていた事などを、なるべく冷静に。分かりやすいように。

「貴方がたを、騙すつもりはありませんでした。でも私はまだ学生で、新生活を始めようとしていた矢先に突然『エレノア』になってしまって……。どうしたらいいのか分からなくて……」

「………」

「エレノアの意識を、私が乗っ取ってしまったとしたら……。私は貴方がたの大切な人を奪ってしまった事になります。お詫びしてもし切れない……。でも、やりたくてやった事ではないんです！

それだけは……信じてほしいんです……」

もう、オリヴァー兄様の顔も見る事が出来ず、俯いてしまった。

あの優しい顔が、目が、憎しみに満ちたものに変わっていたらと、それが恐くて……。

その時だった。

俯き、震える身体がふいに温かいものに包まれる。

驚きで見開かれた目に映ったのは、私を抱き締めるオリヴァー兄様の胸元だった。

「正直に話してくれて有難う。……ずっと、辛かったね」

「……にい……さま……？」

本当は、もう兄様なんて呼んではいけないのに。でも口から零れるのはやっぱり、いつも呼び慣れた言葉だった。

そんな私の髪に、兄様の優しい口付けが落とされる。

「君は自分がエレノアを乗っ取ったと言っていたけど、多分それは違う。だって君から感じる魔力の波動は、エレノアそのものなんだから」

「魔力の……波動？」

「そう。魔力の波動とは、すなわちそれを発する魂の波動だ。だからね、君は間違いなく『エレノア』なんだよ。たとえ君の今の記憶が『マヤマリナ』のものであったとしてもね」

そうしてオリヴァー兄様は、抱き締めていた私からそっと離れ、私と目線を合わせる。

その顔は穏やかで、いつもの大好きな……優しい兄様の顔だった。

「君は多分、『転生者』なんだ」

「転生者？」

「そう。魂が、別の世界から来て生まれ変わった者達の名称だよ。他にも魂ではなく、異世界から何かのはずみでこちらにやって来てしまった者達もいて、彼等は『転移者』と呼ばれている」

「転移者……」

「数はとても少ないけど、どちらも実在する存在なんだよ。だから君がエレノアを乗っ取ったのではなく、君の魂が前世を思い出した……という方が正しいのだろう」

前世……？　便宜上、私自身も以前の事を思い出す時、前世ってよく言っていたけど……。

じゃあ、『真山里奈』という存在は既に過去のもので、私は正真正銘『エレノア』だったの……？

戸惑う私に、オリヴァー兄様が優しく微笑む。

「エレノア。僕はね、まだ前の……今の君となる以前のエレノアに出逢って、その瞬間からどうしようもなく君に恋をしていた」

「……はい……」

「君に嫌われても、拒絶されても。それでも僕は君が愛しくてたまらなかった。クライヴには「いくら妹でも、そこまで好きなのは理解できない」って、よく言われたよ。僕自身も何でだろうって、ずっと思っていた。……でも、今やっと理解した。きっと僕はエレノアの中に宿っていた、『君』という存在に心惹かれていたんだ」

そう言うと、オリヴァー兄様は再び私を自分の胸に抱き込んだ。

「好きだよエレノア。君が転生者であろうと……いや、そうでなくても、僕は『君』という存在が何よりも大切なんだ。……君の口から真実を聞きたかったのはね、君を守る為にも本当の事を知っておきたいって、そう思ったから。だから決して、君を責める為ではないんだよ」

その瞬間、私の涙腺が決壊した。

ずっと無理矢理、心の奥に押し込めていた不安や恐怖、苦しみ。それらが涙と共に次々と溢れ出てきて止まらない。

「に……さま……。にいさまぁ……！　私……まだ貴方の……妹でいても……いいんですか……？」

しゃくりあげる私をあやすように、兄様は優しく私の背中をポンポンと叩いてくれながら、私の髪に何度も口付けを落とす。

「当たり前だろう？　たとえ君が嫌だと言っても、僕は君を傍から離さない。……愛しているよ、僕の愛しいエレノア……」

まだ泣いている私の顎を軽くしゃくり、少しだけ逡巡した後、オリヴァー兄様はそっと私の唇と自分のそれとを重ねた。

「……にいさま……？」

突然の感触に、私は思わずまだ涙が溜まったままの目を見開き、すぐに顔を離したオリヴァー兄様の顔をきょとんと見つめる。

そんな私を見た兄様の顔が、熱に浮かされたような表情を浮かべる。

「エレノア……」

兄様が、再び私と唇を合わせる。

でも今度はすぐ離れるのではなく、角度を変えながら何度も口付けるのを止めない。

急な展開に、私は半ばパニック状態で兄様にされるがままになっていた。

普段の私だったら、間違いなく真っ赤になって鼻血を盛大に噴いていたところだが、今さっきの私の告白と兄様の告白とで心が一杯一杯状態だった為、羞恥などよりも、とにかく驚きの方が優先されてしまっている。

「……ん……ふっ……に……にい……さま……っ！」

でもやっぱり、この状況を脳が正確に把握してきてしまえば羞恥心はしっかり復活してくるし、心臓もドコドコ忙しなくなって血圧が上昇してきてしまう。

呼吸も苦しく……は、ない。

何故なら兄様が微妙に角度を変え、私が酸欠になるのを防いでくれているからだ。

……流石は男子の嗜みを極めた男。教師陣を唸らせたその手腕の一端を、我が身をもって体感している気分だ。

――じゃなくて!!

このままじゃ不味い。絶対ヤバイ。

だって酸欠でもないのに、頭の中がまるで霞がかったみたいにボーっとなるし、気分もなんかフワフワしてくるし……。

「エレノア……」

いつもより掠れたような兄様の声。

なんかさっきより熱っぽくなっている気がする。……というか、声だけでも腰が砕けそうになるほど、色っぽい。この世界のイケメンは顔面偏差値だけでなく、声までもイケメンなのか!?

――ッ……。駄目だ……!　こ、このままでは……っ!!

ダンッ!

いきなりの物凄い音と振動に、私は身体ごと勢いよく跳びはねた。

「オリヴァー!　てめぇ、ふざけんなよ!　大事な話があるからって俺を馬車から締め出しといて、なにエレノアに手ぇ出してんだ!!」

慌てて馬車の窓を見てみると、鬼のような形相をしたクライヴ兄様が、私達を睨み付けている。

「クライヴ……」

チッと耳元で舌打ちが聞こえた気がする。だが、果たして本当に気のせいだったのだろうか。

ともかく、クライヴ兄様の突然の乱入で変な雰囲気は霧散してしまったが、代わりに羞恥やら何やらが、ドッと襲い掛かってくる。

その結果……当然というか。

「うわぁっ!　エレノアッ!!」

久々に、私は盛大に鼻血を噴いてぶっ倒れてしまったのだった。

「……結局、休憩する事になってしまって申し訳ありません……」

今現在、私達は麦畑の外れにある、大きな樫の木の下で休憩を取っている。

ちなみに私はクライヴ兄様の膝に乗せられ、頭を冷やされていたりする。『水』の魔力、本当に便利だな。

「ああ、お前は気にするな。それもこれも、オリヴァーの堪え性の無さが、そもそもの原因だからな！」

そう言いながら、ジト目でオリヴァー兄様を睨み付けるクライヴ兄様。

でもオリヴァー兄様はどこ吹く風って感じで、クライヴ兄様の視線を軽く受け流している。……ってか、物凄く機嫌が良さそうですよ、この人。

「それにしても、エレノアが『転生者』だったとはな。ま、なんにせよ、怪しげな類じゃなくて本当に良かった」

怪しげな類……とは？

「クライヴ兄様は……その、私が『転生者』で大丈夫なのですか？」

「ああ。そもそも俺が惚れたのは、記憶喪失……いや、前世の記憶が蘇った後のお前だからな。何も問題ねぇよ」

「そう……ですか」

なんか、アッサリしているなぁ……と思いつつもホッとした。

大好きな兄様方が『私』の事を受け入れてくれて、私は今やっと、この世界に受け入れられたって気がする。

安堵感に包まれ、深呼吸をしてから目を閉じると、吹き抜ける風と爽やかな緑の匂いが心地良い。

「……でだな、エレノア」

「はい？」

「俺も……お前にキス、して良いか？」

「……えっ⁉」

思わず、顔が真っ赤になってしまう。

いや確かに、さっきオリヴァー兄様とキスしたけどさ。

でもあれは話の流れというか、完全に不意打ちで……。だから出来たというか……。

こ、こんな直球でお伺いたてられたら……。

「あー、まあ、無理か。また鼻血出たら不味いしな。まあ、落ち着いたらでいいから、考えといてくれ」

そんな私の葛藤に気が付いたのか、苦笑しながらアッサリ引き下がるクライヴ兄様を見て、胸がチクリと痛んだ。

穏やかで、いつも優しいオリヴァー兄様とは対照的な見た目と言動だから分かり辛いんだけど、この人はオリヴァー兄様と同じくらい、とても優しい人なのだ。

いつもいつも、どんな時でも私の気持ちを最優先してくれる。

オリヴァー兄様と同じく、私にとって、とても大切なかけがえのない人。

「クライヴ兄様、失礼します」

「え？」

そう一声かけた後、私はクライヴ兄様の唇にキスをした。

チュッと軽く触れるような、兄様からしたらお遊び程度のささやかなものだが、それでもキスはキスだ。

自分からなんて、めっちゃ羞恥で死にそうだけど、私はこれから改めて肉食女子の闊歩するこの世界で生きていかなければならないのだ。

だから少しは肉食女子っぽく、積極的な令嬢になっていかなくてはならない。……うん。多分無理だろうけど、努力ぐらいはしますよ。

「エレノア……！」

嬉しそうな声に、真っ赤になった顔でチラリとクライヴ兄様の顔を見上げてみれば、麗しい御尊顔がうっすらと赤らんでいて、蕩《とろ》けそうな笑顔が物凄い色気を醸し出している。

くうっ！　ひ、久々に……目が潰れそう！

「有難うな、エレノア。……愛しているぞ」

そう言って、優しく抱き締めてくれる兄様。服越しに伝わってくる鼓動が物凄く速い。

そうか……。照れているのは兄様も同じなんだと、ちょっと安心してしまった。

「……クライヴには自分からって、ズルくない？　ねえエレノア、僕にも君からしてくれる？」

「お前はさっき、散々やらかしたろうが！　らっとは自重しろ！」

兄様方が、ぎゃあぎゃあと言い合いを始める。

気持ちの良い青空の下。

美しい風景と大切な人達に囲まれている幸福感に、私は小さく微笑んだ。

◆◆◆◆◆

とっぷりと夜が更けた頃。

私達がバッシュ侯爵邸に帰ってくると、父様、メル父様、グラント父様が勢揃いして私達を出迎えてくれた。

どうやらオリヴァー兄様だけでなく、父様方も私への違和感を感じていたらしい。

オリヴァー兄様から、私と話し合いをする事を事前に知らされていた父様方は、お茶の用意をさせた後、早速私達に話し合いの結果を聞いてきた。

「……そうか。エレノアは転生者だったんだね」

オリヴァー兄様から説明を受けた父様が、静かに頷いた後、口を開く。

「はい、そのようです。父様、今まで黙っていて申し訳ありませんでした」

ちょっと緊張した面持ちで、私は父様と対峙する。

そんな私に対し、父様はいつもしているように優しい笑顔を私に向けてくれた。

「いや、僕の方こそ気が付いてあげられなくてごめんね。父親失格なんてもんじゃないな、情けない。……可愛そうに。ずっと不安だったんだろう？」

そう言われた途端、再びうるりと涙腺が緩んでしまった。

「父様……。私を娘と……『エレノア』として、認めてくださるのですか？」

「当たり前だろう⁉　むしろ、「もう父様とは呼べません」なんて君に言われでもしたら、僕はこの世の全てに絶望してしまうよ！　君は僕のたった一人の、この世の何よりも大切な宝物なんだから！」

「父様……！」

大好きな父様を今迄通りに「父様」と呼べる。その事実が、こんなにも幸せで嬉しい。

「父様……有り難う。私も大好きです！」

ギュッと抱き付けば、父様が嬉しそうに私を抱き締め返しながら、頬にキスしてくれた。

「成る程、そっか。転生者だから、普通の女の子とはまるで違ってたんだな！」

「うん、実に興味深い。でも結局のところ、エレノアはエレノアだよね」

「だな。俺達にとってもお前は、可愛くてたまらない大切な娘だよ」

「メル父様……。グラント父様……！　私も父様方の事、大好きです！」

そう言って二人の胸に抱き着くと、二人とも私の父様に負けず劣らずといった甘い顔で、嬉しそうに私の頬にキスをしてくれた。

……当然の事ながらその後、オリヴァー兄様とクライヴ兄様が、父様方から私を引っぺがしたんだけどね。


その後、皆が興味津々といった様子で私自身の事や、私の前世の世界についてあれこれ尋ねてきたので、私は一生懸命それに対して回答していった。

前世の私『真山里奈』が、実は兄様方より年上である事。

私の暮らしていた国には階級などは無い事。

魔法とか精霊とかの類はなく、その代わり科学という力を使い、鉄の乗り物が地上を高速で走ったり空を飛んだりしていた事……等々。

皆それに対し、いちいち驚いたり感心したりしていたけど、一番驚いていたのはやはり、男女の比率だった。

「それじゃあエレノアがいた世界では、女性は男性と同じ数だけいたのか⁉」

「はい。勿論、女性の少ない国もありましたけど、それは男尊女卑的な考えから、男子が尊ばれた結果そうなったのであって、普通の国で女性は男性とほぼ同数いました」

更に、寧ろ一部の国では一夫多妻が当たり前だったり、一般的に女性達も、より好条件な男性に選ばれる為、化粧やファッションを駆使して自分を美しく磨いていた……と説明したら、その場の全員が絶句して固まっていた。

ま、そりゃそうだよね。この世界では、まんま逆だもん。

なんせ男性が女性に選ばれる為に、遺伝子レベルで自分磨きしてるんだから。

「だからこの国の……というか、この世界の女性の立ち位置というか待遇が凄すぎて、正直今でも戸惑っています。前世の世界では、こんなに素敵な男性がゴロゴロいるなんて有り得ませんでしたから」

「素敵な男性がゴロゴロって……」

オリヴァー兄様がドン引きした顔しているけど、本当だよ？

「特に兄様方やメル父様、グラント父様なんて、もし私の前世の世界に生まれていたら、一国を滅ぼすほどの傾国男子になっていたと思います。というか、世界を牛耳れます！」

「け、傾国……」

「世界を牛耳るって……」

兄様方や父様方が更にドン引き顔で冷汗を流しているけど……いや、本当ですって。

だって、兄様方レベルだったら、真面目に男も女も骨抜きになっちゃいそうだもん。

ちなみにうちの父様だったら、傾国とはいかずとも、国を代表するスーパーモデルには余裕でなれます。そう言ったらなんか父様、複雑そうな顔をしていた。

ついでに私は、ずっと疑問に思っていた事を逆に皆に聞く事にした。

それはすなわち、兄妹間での結婚について。

やはり女性が激減したから、兄妹や姉弟で結婚するようになったのだろうか。

「いや？　遥か昔、男女の差がそれほど無かった頃から、当たり前のように結婚していたよ。むしろ、エレノアの住んでいた世界では無かったの？」

「ある……所はあるかもしれません。大昔では、当たり前のように行われていた国や地域もあったと聞きます。ですがそれも、血が濃くなり過ぎるという理由から世界中で忌避されるようになって、今では殆どの国で兄妹同士の結婚は行われていません」

こっちの世界と違って、女性の数も足りているしね。

「ふぅん……成程。こちらでの兄弟婚は血の繋がりではなく、魔力の系統が同一なのが忌避されるね」

「魔力の系統……ですか？」

「うん。例えばエレノア、君のお父上であるバッシュ侯爵様の魔力は『火』だろう？　もしエレノアが侯爵様の魔力を継いで『火』の魔力属性だったとしたら、同じく『火』の魔力属性の僕とは結婚出来なかったんだよ」

――え⁉　そうだったんだ！

この世界では兄妹婚そのものはタブーじゃなくて、タブーなのは兄妹同士が同じ系統の魔力を持っているか否かって事だったのか。

なんでも血の繋がりがあると、同じ系統の魔力持ち同士で結婚した場合、生まれた子供の魔力濃度が異常に高くなってしまい、魔力暴走を起こしやすくなってしまうんだそうだ。

下手すると母体も危険な状態になってしまう為、兄妹では同じ系統の魔力持ち同士は結婚出来ないんだって。

対して、私とセドリックとは血の繋がりが無いから『土』の魔力保持者同士でも結婚出来るんだそうだ。

寧ろ安定した強い魔力を子供に継承出来るから、結婚相手には同系統の魔力保持者を狙えって、子供達に推奨している親は多いんだって。

成程ね。やはり住む世界が違うだけで、常識も何もかもまるで違ってくるんだな。

……って待てよ？　そうすると、兄様方が私と婚約したのって……。

「防波堤が必要だったからじゃなかったんだ……」

ポツリと何気なく呟いた台詞に、オリヴァー兄様が素早く反応する。

「エレノア。前々から疑問だったんだけど、防波堤って何？」

「え？　いえ。オリヴァー兄様もクライヴ兄様も、妹の私をわざわざ婚約者にしたのって、私を自分達に突撃してくる女性達への防波堤代わりにする為だろうって思ってまして……」

その瞬間、オリヴァー兄様とクライヴ兄様の顔色が変わった。

「エ、エレノア!?　じゃあ君、僕達との婚約、何だと思ってたの!?」

「お前！　俺達があんだけ、好きだの愛してるだの言ってたのに、全く分かってなかったのか!?」

「え、えーと……。兄様方の好きだの愛しているだのは、妹への溢れんばかりの愛情からだと思ってました。婚約に関しても、兄様方に相応しいご令嬢が現れるまでの間、肉食女子達から兄様方を守る立派な防波堤になろうと思って、お受けしたというか……」

私の言葉に兄様方は茫然自失となり、父様方は爆笑した。

「おいおいおい、こりゃ傑作だな！　クライヴ、オリヴァー、お前ら本当、エレノアに愛されてるなー！　『兄』として！」

「グラント、あまり本当の事を言ってやるな。エレノアの元居た世界では、兄妹婚は一般的じゃなかったんだから仕方がないだろう。……くく……でもまぁ、確かに笑える……。愛は愛でも、兄妹愛にしか思われていなかったなんて……！」

うわぁー！　父様方！　息子達の殺気が半端なく貴方がたに向かっていますよ⁉

相変わらず息子達に対して容赦ないな、この人達！

え？　私の方が兄様方のＨＰ削ってるって？

だ、だって……仕方がないじゃないか！　兄様方が私の事、『妹』としてではなく、本当の本気で女性として、す……好きだったなんて……思ってもみなかったんだから！

そんな事を考えながら、羞恥に顔を赤くしている私に、兄様方は据わった目を向ける。

あ、これ不味いパターンだ……。

慌てて父様の元へと避難しようとした私の身体は、ガッチリとオリヴァー兄様に捕獲された。

「エレノア……。どうやら僕らは甘かったようだ。まさか君が僕らの愛情を全く感じられていなかっただなんて……」

「い……いえっ！　に、兄様方の愛情は、バッチリ感じておりましたとも‼」

「という訳で、この反省を踏まえ、これからは君が泣こうが喚こうが、婚約者として容赦なく攻めていくからそのつもりで。それこそ僕達の愛情を疑うなんて愚かな事を、砂粒一つほども考えられないようにしてあげるから」

「全くなぁ。まさか大切な婚約者に、他の女に安易に惚れる節操無しと思われていたとは……。まだ幼いからって、手心加えていた俺らが甘かった。お前が直球で攻めないと、明後日の方向に思考が暴走するって、よーく分かった！　オリヴァー同様、俺も今後は容赦しねぇから、覚悟しておけよ？」

よ、容赦しないって……。い、一体、何をですか⁉

に、兄様方……。物凄く笑顔が恐いです！　顔の半分、影入ってます！　そ、それに……。今迄以上にガンガンに攻められたら私……羞恥で死にますって‼

「あ、あのね……オリヴァー、クライヴ。エレノアも悪気は無かったと思うから、程々にしてあげて……」

「侯爵様は黙っていてください！」」

「……はい……」

父様！　ヘタレんの早いな！　可愛い娘の為に、もっと頑張ってくださいよ‼

「大丈夫。さっきの話だと、エレノアの外見はともかく、中身は僕達よりも年上なんだろう？　だったらそれぐらい、何てことないよね？」

うぐっ！

た、確かに前世で言えば、私の精神年齢は兄様方よりも上だけど、経験値は歳相当というか、それ以下なんですよ⁉

兄様だって、それ知っているくせに！　鬼だ！　鬼畜だ！

あっ！　ちょっ、待って！　早速スキンシップって……おでこにキス止めて！　ク、クライヴ兄様までー！　その手は何ですか⁉　私の顎だの頬だの擽《くすぐ》らないで！　猫じゃないんですよ⁉

わーん！　この人達絶対、私弄って楽しんでる！

え？　可愛がってるだけだって？

だったら、とっととやめてくださいよ！　これって私の世界じゃ、セクハラって言うんですからね⁉

兄様方のバカー‼

第一王子の画策

「父上、失礼致します」

アルバ王国の首都である王都。

その中央に聳え立つ白亜の城の中。王族達の中でも直系の、ごく近しい身内のみが足を踏み入れる事が出来る居住スペース。その一角に、更に王家直系達のみしか入る事の出来ない場所がある。

あらゆる魔力干渉を無効化出来るよう、代々の直系達があらゆる魔力を注ぎ込み、代々の魔導師団長達に「なんだここ、無茶苦茶恐い！」と言わしめた、王家プライベートの要塞空間。

ここが実は、代々の王族達が自分の伴侶を囲う……もとい、守る為に施された結果、こうなってしまったという事実を知る者は少ない。

その中にある一室。

重厚だが、そこを使う者達がリラックスできるようにと配慮された豪華な室内には、第一王子アシュルの父であり、三人の王弟を忠臣として従えるこの国の『王』アイゼイアが、王弟達とのんびり寛いでいた。

アシュルの父だけあって、アイゼイアは豪奢な金髪と澄んだ水色の瞳を持つ、大変に見目麗しい容姿を持った壮年の美丈夫だ。

だがその見た目は若々しく、アシュルの父親というより、少し年の離れた兄に見えなくもない。

「ああ、アシュル。久し振りだな」

「はい、父上。お寛ぎの最中、申し訳ありません」

「いや、いいよ。お茶を用意させるから、お前もこちらにお座り」

普段、謁見の場で見せる厳格な態度と違い、その声や表情は大切な身内に向けた柔らかで温かなものだった。

「やあ、アシュル。元気そうで何よりだ」

「今日は、アシュル」

「デーヴィス叔父上。フェリクス叔父上もいらっしゃったのですか。あ、でもレナルド叔父上は？」

「レナルドなら、我らが愛しの『公妃』が温泉に行きたいと言うから、護衛がてらついて行ったよ」

「尤もアレは最後まで「一人で行きたい！」って駄々をこねていたがね」

「母上らしいですね」

苦笑しながらも愛しそうに最愛の妻の様子を語る父と、父同様に甘く微苦笑を浮かべた叔父達を見て、アシュルも目を細める。

王と王弟達が『公妃』に選んだ女性こそ、自分達兄弟を産んでくれた母である。

彼女は『癒しの力』を有する聖女としてもその名が知られていて、『公妃』でありながら自分自身の意思で行動する権利を、王家から直々に与えられてもいる。

「ところで、何か用かい？　ひょっとして例の件の報告かな？」

「はい。ディランと影達が捕縛した貴族やその配下達の尋問は全て終了しました。それぞれに吐かせた情報を総合し、犯罪者達の洗い出しはほぼ完了したかと……。後程、詳しい報告書を提出致します」

アシュルの言葉に、王と王弟達はスッと目が据わる。

――この国において、決して犯してはいけない犯罪に手を染めた恥知らずな罪人達。

直接悪事に加担した者はもとより、その直系である子供や伴侶達も、次代に禍根を残さぬ為と他の貴族達への見せしめの為、全員死罪と決まっている。

「そうか、ご苦労だった。今回はお前とディランに全て任せてみたが、概ね及第点だな。罪人達の裁きは我々が後を継ごう。……しかし、奴等も愚かな事をしたものだ」

「全くですね。しかし、高位から下位まで、取り潰す家が多い。兄上、早急に爵位の格上げと地方で辣腕を振るう有能な人材の発掘を行わなくてはなりません。まずは元々決まっていたバッシュ、クロス、オルセン。これらの家の陞爵《しょうしゃく》からおこなうとしますか」

「そう言えばアシュル。バッシュ侯爵と言えば、例のご令嬢にはだいぶ苦戦しているようじゃないか？」

からかうように、そう話を振ってきた叔父は、第二王子ディランの父親であるデーヴィスだ。

彼もディラン同様、燃えるような紅い髪と瞳を持つ、ディランとよく似た精悍な面持ちの美丈夫である。

この叔父は、主に王であるアイゼイアの右腕として常に傍で王を支えているので、他の叔父達よりもアシュルと会う機会が多く、その分気さくに接してくれる。

……と言えば聞こえがいいが、常に自分をからかって遊ぶのを趣味にしている、困った人だった。

「ええ、まあ……。己のやらかしが、今更ながら悔やまれますね」

そんな叔父に苦笑しつつも、正直に胸の内を吐露する。

一年前の、末の弟であるリアムの誕生祭を兼ねたお茶会。

その席で、自分が将来側近にと目を付けていたオリヴァーとクライヴの妹であり、彼らの婚約者でもあるエレノアを揶揄った事があったのだが、その結果、エレノアとの接触をありとあらゆる手段を使って撥ね除けられてしまう事態となったのだ。

友人達を困らせる我儘娘に、少々お仕置きをしてやろうと思ってやった事だったのだが……。後に彼女は、ただの我儘娘ではないという事実がリアムと影の報告で判明したのだった。

それはそうだ。

ただの我儘娘が、召使の恰好をしたリアムを自ら助け、自分のドレスのリボンを引きちぎってまで手当をするなんて有り得ない。というか、貴族令嬢としても有り得ない。

しかも普通のご令嬢ならば、誰もが見惚れるほどの美しさを持つリアムに対し、「顔がいいと苦労するわね」なんて同情した挙句、そのまま立ち去るだなんて、有り得ないどころの騒ぎではない。

一体全体、どんなご令嬢なんだと興味が湧くのも当然だ。

だが、ちょっとした悪戯とはいえ、アシュルは公衆の面前で彼女に恥をかかせてしまったのだ。

男性が女性を侮辱した場合、その女性の傍に近寄る事はおろか、一生涯口すら利いてもらえないのが普通だ。そしてそれは、王家といえども例外では無い。

ましてやアシュルのした行動は「王家は、お前を妃にする気など毛頭ない」と、直接宣言したに等しい。

お陰でそれを逆手に取って、オリヴァーには徹底的にエレノアとの接触を妨害されているのだ。もう会う事もないだろうから……と、軽い気持ちで行った悪戯。

それがまさか、こんな形で自分の身に跳ね返ってくるとは思ってもみなかった。

お陰でとばっちりを食らったリアムには、未だにチクチクその事を責められている。

「ふふ……。アシュルが手こずるなんて、流石はあのクロス子爵ご自慢の息子なだけあるな。そういえばディランも、今回の件で天使に出逢ったそうじゃないか？」

落ち着いた雰囲気と溢れんばかりの大人の色気を醸し出しているもう一人の叔父。フェリクスは、黒髪と翡翠色の瞳を持つ、第三王子フィンレーの父親だ。

彼は普段、他国との外交を主に担当している為、滅多に王宮にいる事は無い。

だがフィンレー同様、魔術の才能に特化している為、魔力通信を使って報告や情報をよく送ってくる。それゆえ、久し振りという感じがあまりしない。

「はい。それも報告書に記載しますが、とても素敵な少女だったみたいですね。あのヒューバードまでもが絶賛していましたから。なんでもディランに、「その子と結婚するから寿退社させてほしい」と、冗談を言ったそうですよ。ディラン曰く「絶対、あれはマジだった！」だそうですけど」

「ほぉ……！　あのヒューバードがか？」

「それは凄いねぇ！」

「はい。私も大変に興味をそそられました。ですが残念な事に、かの少女の素性はおろか、生死さえもハッキリとは掴めておりません」

途端、アイゼイア達は揃って眉根を寄せた。

「影達を使ってもか？」

「はい。分かっているのは、少女がかなりの剣の使い手であるという事。『土』の魔力保持者という事。それと、王都の貴族もしくは騎士の家系に連なる者であろう……という事だけです」

「へぇ？　何故王都の……しかも貴族か騎士の家の子だと？」

「彼女は自分の剣に、魔力を込めたそうです」

「剣に魔力を⁉」

その場の全員が、驚愕の表情を浮かべる。

それはそうだ。オルセン将軍が提案したその剣技は今現在、この王都の騎士達や一部の貴族達のみが使える高度な技なのだから。

だがそうは言っても、アシュル自身も彼女が王都の人間かどうか、ましてや貴族に連なる者なのかという点では、未だ確信を持てていない。

もし彼女が自分の推察した通りの人物だとすれば、年齢から言って、リアムのお茶会に参加していなくてはおかしい。

そうでなくても女性の数は少ないのだ。そんな風変わりで魅力的な少女がいたとして、噂になららない訳がない。

勿論、少女の家族が総出で彼女という存在をひた隠していたとすれば、話は別だが。

「……成程な。それにしても少年の姿をしたり、騎士顔負けの剣技を披露したりと、随分規格外なご令嬢だ。バッシュ侯爵令嬢と張るな」

張るも何も、どちらも本人なのだから当然なのだが、幸か不幸かそれに気が付く者は、この場で誰一人いなかった。

「ええ。しかも、とても素直で可愛らしい子だったそうですよ。あのディランが、『見付け出したら、絶対嫁にする！』って息巻いていますからね」

「リアムに次いで、ディランも気になる相手を見つけたか。めでたい事だが……アシュル、お前は誰かいないのか？」

「いませんね。……というか、見つかる気がしません。なにせ私の理想は母上ですから」

キッパリと言い切ったアシュルを、王や王弟達は微妙な顔で見つめる。

「……それは……。確かに厳しそうだな」

「アシュル。何度も言うが、アレを基準にしていたら、お前はいつまで経っても独り身のままだぞ？」

「そうですね。ですから父上、私がそういう女性に出逢う可能性を増やす為にも、少し協力していただけませんか？」

そう言うと、アシュルはクライヴが言うところの『胡散臭い笑顔』を浮かべたのだった。

第一章

王立学院編

母との邂逅と王立学院入学

「えっ！　母様がこちらにいらっしゃるのですか？」

「うん。やっと調子が良くなったから、久しぶりに僕らの顔を見に来るって」

オリヴァー兄様の膝の上でお菓子をモグモグ食べさせられていた私は、ジョゼフから渡された手紙を読み終わったオリヴァー兄様によって、母様の来訪を告げられた。

実は母様。一年前に子供を産んだ後、産後の肥立ちが悪かったらしく、ずっと温泉施設で療養していたんだそうだ。いわゆる湯治ってやつですね。

尤も療養生活とは言っても、私の元居た世界の湯治とは全く違い、閑静で豪華な建物でイケメンな使用人達に傅《かしず》かれながら、エステや温泉、そしてパーティー三昧を満喫出来る、超豪華リゾート施設でゆったりライフを満喫していただけらしい。

父様方がちょくちょくお見舞に行っては「相変わらず、無駄に元気だった」と（主にグラント父様が）言っていたから、あんまり心配はしていなかったんだけど……。

そうか。私が転生者として覚醒してから二年と半年。ようやっと母様にお会い出来るのか。

兄様方や父様方の話によれば、かなり強烈な個性の持ち主らしいから、私も気を引き締めてかからないと。

心の中で気合いを入れつつ、ふとオリヴァー兄様を見上げる。すると何やら眉根を寄せ、難しい顔をしていた。

向かい側に座っているクライヴ兄様の顔も、同様に複雑そうな表情を浮かべていて、思わず首を傾げてしまった。

「兄様方、どうかされましたか？」

「ん？　……う～ん。何かね、嫌な予感がするんだよね」

「嫌な予感？」

「うん。あの母上が、子供の顔を見る為だけに、わざわざ来るかなって思ってね」

え？　母親なんだから、子供の顔を見に来るなんて当たり前じゃないの？

そんな心の声が顔に表れていたのか、クライヴ兄様が私の疑問に答えてくれた。

「エレノア。お前はまだ、この世界の事がよく分かってないから教えてやろう。貴族の女が複数の夫なり恋人なりを持っていたら、産んだ子供は相手である父親に任せて、基本放置する。そうして別の男の元に行くんだ」

そ、そうだった！　この世界は男性がイクメンだったんだっけ。

「より多くの男性と子を生すのは、貴族の女性としての義務と嗜みだからね。特に母上は、そういった意味で『貴族女性の鑑』と言われている。だから父上方が同席しているのならともかく、僕達だけに会いに来るのが解せないんだよ」

そう。父様方は今現在多忙につき、殆ど家に帰って来ない。

理由はというと、例の人身売買に加担した貴族達の家名お取り潰しによって、爵位の底上げが大量に行われるからだ。

バッシュ侯爵家、クロス子爵家、そしてオルセン男爵家も、それぞれ公爵、伯爵、子爵にランクアップされるので、その調整とか内政のごたごたとかで、父様方は寝る暇もなく働かされているのである。

特に私の父様などは、次期宰相としての引継ぎもあるので、この一ヵ月間、まともにお会い出来た日は一日も無い。

でもジョゼフ曰く、深夜にヨロヨロ帰宅しては、私の寝顔を見ながら寝落ちし、早朝に叩き起こされ、またフラフラしながら登城するを繰り返しているらしい。

……父様……不憫すぎる……！　今夜にでも、激励の手紙を枕元に置いておこう。

「あ！　ひょっとして、クライヴ兄様がもうすぐ王立学院を卒業だから、お祝いにくるのではないでしょうか？」

そうなのだ。

クライヴ兄様は今年で十八歳。王立学院を晴れて卒業するのである。

本当だったら、そのまま王都の騎士団に入隊の流れなんだろうけど、私が十五歳になるまでは、私の専従執事として傍にいてくれるのだそうだ。

んで無事に私と結婚したら、その後騎士団に入隊するんだって。それって普通、逆じゃない？

……それにしても……成程。

父様方といちゃつく為に来るなら納得だけど、子供達についてはあくまでオマケ的にどうでもいいから、わざわざ会いに来ないだろうと。う〜ん、母性とは一体？

「あ、誤解しないように言っておくけど、母上は一応、子供達は大切に思っているみたいだよ？

どの父親にも、定期的に子供の様子を連絡させているみたいだし」

兄様が慌ててフォローしてくれるけど、大丈夫ですよ。

女子の権利と義務は、しっかり理解していますから。

一人でも多くの子供を儲ける事は、種の繁栄の為に必要不可欠だし、その為の女尊男卑だからね。

うちの母様は多分、『母性より女性』な人で、子づくりを義務とは思わず、ひたすら男性との愛の駆け引きを謳歌する上での副産物と思っているのだろう。

それでも子供の事はちゃんと気にしているのだから、寧ろ母性はしっかりある方だと思って間違いない。

……でももし私が子供を産んだ時は、父親だけに任せたりしないで、ちゃんと自分の手で育てたいな。

だって、自分が産んだ大切な子供なんだよ？　そんなん可愛いに決まっているし、人任せになんてしないで、目一杯愛してあげたいじゃないか。

「もし私が子供を産んだら、子供の傍にずっといて、沢山愛情を注いで育ててあげたいです」

何気なく言った私の言葉に、兄様方は驚いたように目を見開いた後、頬をほんのり染め、凄く嬉しそうに微笑んだ。

「ん？　……あ！」

私は兄様方の態度を見て、己の失言を悟った。

うわぁ……。ひ、ひょっとして私、無意識に兄様方を煽っちゃった……？

「ああ、あのっ！　こっ、これは例えばの話で……。決して、ふ、深い意味などはなく……！」

真っ赤になって、わたわたと言い訳をしている私を見る兄様方の視線はとても温かい。

……うん、温かいんだけど、なんかこう……私の本能が「逃げろ」と危険信号を発している。

でも現状、私はオリヴァー兄様の膝の上にいて、身体もしっかり抱き締められていて……。つまり、逃げ場なんて無くて……。

「ひゃっ！」

そんな私の頬に、すかさずオリヴァー兄様が口付ける。そして更に、その唇はしっかりと私の唇に重ねられた。

「んっ!?」

――ち、ちょっと兄様！　何やってんですか！　こ、ここには私達だけでなく、使用人が何人も……って、あれ？　い、いない!?　嘘、何で!?　確かさっきまでジョゼフとウィルと、他数名が……。って、あいつらー！　空気読んで逃げたな!?　おのれ！　使用人の鑑どもめが！

「に……にい……さま……っ！」

口付けの息継ぎ（？）の合い間に、ささやか過ぎる抗議の声を上げれば、オリヴァー兄様は唇を離し、目も潰れんばかりの妖艶な微笑を浮かべ、蕩けるような甘い声で、私の耳元に囁く。

「駄目だよ？　君の事が好きな男に、そういう顔を見せちゃ」

「――！　ッ～～!!」

真面目に心臓止まるかと思った……。いや、心臓止まる代わりに腰が砕けた。

「愛しているよ。可愛いエレノア」

オリヴァー兄様は、魔性過ぎる魅力にやられてヘロヘロ状態になった私と散々スキンシップした

後、解放……なんて、当然される訳もなく、私の身柄はクライヴ兄様にバトンタッチ。今度はクライヴ兄様と、存分にスキンシップする羽目になった。

いつぞやの宣言通り、兄様方の愛情表現という名のスキンシップ《セクハラ》は容赦がなくなった。お陰で羞恥のあまり、何回死にかけた事だろう。

そんな私の、いつまで経っても慣れない初心《うぶ》な仕草が、兄様方の萌えポイントを容赦なく刺激するのだそうで（なんだ、そのポイントは！）寧ろこれだけで済んでいるのは、兄様方の尋常ならぬ忍耐力の賜物なのだとか。

――ってか、これだけで済んでるって、それ以上の何があるというのだ⁉

ジョゼフ曰く「これも花嫁修業です」だそうだけど、んな花嫁修業、あってたまるか！

私の年齢考えれば、未成年淫行罪で、あんたらとっくに逮捕だよ⁉

……それでも恥ずかしさの中に、確実に嬉しいようなフワフワしたような気持が交じるようになってしまったのだ。……ヤバイ。確実に流されてしまっている。

いや、私だって一通り恋のイロハのなんたるかは理解しているよ？

でも……でもっ！　教科書の知識と実践じゃ、地上とエベレストぐらいの差があるんだよ！

だからお願いです。もう少しスキンシップのレベル落としてください。

このままでは私、結婚式を無事に迎える事無く、羞恥で心臓止まってしまいます。もしくは大量出血で失血死とか……？

そんな死に方、どっちもヤですからね！

◆◆◆◆◆

「エレノア、久し振りね！　元気そうでなによりだわ！　それに大きくなって綺麗になったわね。流石は私の娘だわ！　オリヴァー、クライヴ、あんた達も相変わらずいい男ね！　お父様方にそっくり！」

数日後。

バッシュ侯爵家を訪ねて来た母様は、私と外見がよく似た華やかな雰囲気の、底抜けに明るい女性だった。

ちょっと蓮っ葉な物言いが貴族の女性らしくなくて、何だか妙に親近感が湧いてしまう。

「はい、お久し振りですお母様。お身体の方は、もう宜しいのでしょうか？」

「あー、平気平気！　北の方の保養所で、ずっと温泉療養していたんだけど、あの温泉とても効果があってね。この通り全快よ！　あー、それにしても結構退屈だったけど、最終的には素敵な方々と巡り合えたから、療養生活もそれほど悪く無かったわね！」

……うん。きっとその巡り合った素敵な方々って、次の恋のお相手達なんだろうな……。

久し振りに会う子供達に向かって、早々次のお相手の話って……。母様。話に聞いていた通り、物凄くアグレッシブな方なんですね。

オリヴァー兄様は、なんか張り付けたような笑顔だし、クライヴ兄様はめっちゃ渋面。

……まさかとは思うけど、兄様方が肉食女子を苦手としているのって、母様の影響なのかな？

「奥様、いつまでも立ち話では……。どうぞお座りになってください。奥様のお好きな茶葉を用意して御座いますから」

「あら、ありがとジョゼフ。相変わらず気が利くわね！」

「お嬢様も、相変わらずで御座いますね」

「あはは！　お嬢様は止めて。もう、そんな年ではないわ！」

気の置けない者同士が醸し出す雰囲気にビックリするが、そういえば母様と父様は従妹同士で、父様は母様の筆頭婚約者だったんだっけ。

ジョゼフは父様が小さい頃からバッシュ侯爵家に仕えていたのだから、きっと母様とも懇意だったのだろう。

ジョゼフに勧められ、私達はそれぞれ向かい合う形でソファーに腰かけると、早速用意されたお茶とお菓子を頂く。今日のお茶請けは、ラング・ド・シャの中に、チーズと合わせたホワイトチョコレートがサンドされたクッキーだ。

シャクシャクとした軽い歯触りと、中のチョコレートとの相性が抜群なこのクッキー。前世の北海道で有名だったあの銘菓とよく似ていて、私の大好物の一つなのである。

これ、実はセドリックが一番得意なお菓子で、クロス子爵邸に滞在中は毎日のように作ってくれていたから、うちに帰ってからも食べたくなって、よく作ってもらっているのだ。

でもやっぱり、セドリックの作るものとはどこか違うんだよね。美味しいんだけど。

「そうそう。さっき話した、私がお知り合いになっちゃった素敵な方々、誰だと思う？」

「え、誰と言われても……」

母の事だから、物凄いイケメンだろうか？　それとも、物凄いお金持ちとか？

「実はね、聖女様なの！」

「「「聖女様⁉」」」

私と兄様方の声がハモる。

聖女って、乙女ゲームの王道キャラじゃないか！　凄い！　この世界にもいるんだ！

「確か聖女様は、この国の『公妃』であらせられるのですよね？」

オリヴァー兄様の台詞に、私は再度ビックリしてしまう。

『公妃』って……。確か王族の直系である、王と王弟全員が妃と認めた人の事だよね。って事は、王子様達の母親って事か。

「そうよぉ！　で、その公妃様が、私の療養していた温泉施設に第四王弟殿下とお忍びでいらっしゃってね！」

「え⁉　た、確か公妃様って、王宮で監禁生活をされていらっしゃるはずでは……むぐっ！」

「監禁……？　何それ」

「いえ、聖女様は公妃様になられてから、数えるほどしか公の場にお姿を現わさないので、そういう噂があるみたいなのです」

咄嗟に私の口を手で塞いだオリヴァー兄様が、すかさずフォローを入れた。

「ああ、それは誤解よ。聖女様は昔から、かしこまった場所とかが大の苦手だったそうなの。でも災害現場に慰問に行ったり、地方の活性化をされたりと、精力的にあちこち飛び回っておられるそうよ。勿論、お忍びでだけど」

ええっ⁉　飛び回っているって……。な、何か、兄様方の話と違うような……。

「ま、それは置いといて。話を元に戻すとね。今回はお仕事ではなく、プライベートな旅行なのだそうだけど、お二人で温泉に入っておられた所に、たまたま私が入ってきてしまって……。あ、勿論、すぐ出て行こうとしたわよ？　でも、「これも何かの縁ですから」って、ご一緒させていただけたの！　ああ……お二人とも素敵だったわぁ～！　特に第四王弟殿下の麗しさときたら……！」

「お袋、まさかと思うが、王弟殿下に色目使ってねぇだろうな？」

「するわけないでしょ！　聖女様の伴侶でいらっしゃるのよ!?　いくらなんでも、相手が悪すぎるわよ！」

……それって、聖女様の伴侶でなかったら、色目使っていたって事なのかな？

「でね、色々お話ししていたら、お二人のお子様の話になってね。ほら、第四王子のリアム殿下。あの方、今年から王立学院に通われるんですすって。それで私にも、殿下と同い年の娘がいるんですよって話したの。そしたら聖女様、「まあ！　凄い偶然ですね！　ひょっとして、娘さんも王立学院に通われるのですか？」って聞かれたから、咄嗟に「はい、そうです」って言っちゃった！」

……はい？　母様、今何と言いましたか？

「って訳でエレノア。あんた、今年から王立学院に通いなさいね。聖女様と第四王弟殿下にも「是非、うちの子と仲良くしてやってください」って言われているから。親のお墨付きで、堂々とリアム殿下と仲良く出来るわよ。頑張って王子様をモノにしなさいね！　良かったわね～！　あんた、昔から王子様と結婚したいって言っていたもんね。どう？　嬉しいでしょ？」

私は思わず目が点になった。兄様方はと言えば、真っ青な顔で絶句している。

そんな私達の様子を気にするでもなく、母様はニコニコ上機嫌な様子で、優雅にお茶を飲んだのだった。

――……あの後の展開は、凄まじいの一言だった。

思えばあの母様の爆弾発言が、戦いが始まるゴングだったな。

「母上ー！　貴女、なんって事をしてくださったんですか⁉　よりによって、エレノアを王子と同じ学院に放り込もうだなんて！　正気ですか⁉」

「何よ、正気に決まってんでしょうが！　上手くいけば、エレノアにとっても我がバッシュ侯爵家にとっても、これ以上ないぐらいの良縁が結べるのよ⁉　何が悪いってのよ⁉」

「悪い事だらけです‼　だいたい、筆頭婚約者である僕を差し置いて、何でそんな勝手なことをしてるんですか‼」

「だって、私は母親なのよ⁉　娘にこれ以上ないぐらいの良縁があれば、結び付けてあげるのは当然でしょ⁉　確かに結婚相手に王子様が加わったら、立場的に筆頭婚約者はあっちになっちゃうけど。でも公妃じゃあるまいし、あんた達が婚約者から外される事はないんだから、いいじゃない！」

「その公妃になっちまったら、どう責任取るつもりだ！　大体、あんたはいつもいつも、なんで余計な事しかしやがらねぇんだよ⁉　勝手な思い込みで母親ヅラしてしゃしゃり出て来ないで、いつも通り男遊びに勤しんでいやがれ、クソババア！」

「クライヴー‼　あんた、母親に向かってクソババアって何なのよ⁉」

「クソババアはクソババアだ‼　とにかく俺は絶対！　そんな事認めねぇからな！」

「僕も断固、反対します‼」

「あんた達が認めなくても、私が認めてんだからいいのよ‼」

凄かった……。男女の痴話喧嘩って、ああいうのを言うんだろうか……。

ってか何が凄いって、息子二人を相手取って、全く怯む事なく戦っていた母様ですよ。

もうね、よく『女は口から生まれた生き物』なんてアホな台詞があったけど、母様、真面目に口から生まれたんだねって思う。だって、兄様方の抗議やら罵倒を全て、感情論で迎え撃っていたんだから。

それにしてもクライヴ兄様はともかく、あのオリヴァー兄様が言い合いでほぼ互角……というか、劣勢になっている姿を見るのは初めてで、凄くビックリした。

多分だけど兄様って、ああいう理屈が通じない相手に弱いんだろうな。

いや。普段だったらそういう相手にも有効な手段で応対するんだろうけど、完全に頭に血が上っている状態では、かなり厳しそうだ。

とにかく私もジョゼフも、なるべく隅っこに移動して見ている事しか出来ませんでしたよ。

……だって、下手な事言ったら、攻撃のとばっちりがきそうなんだもん。触らぬ神に祟りなしです。

最終的には、ブチ切れた母様が一言。

「いいこと⁉　これは母親である私が決めた事だから！　あんたら息子共が何と言おうが、母親の権限は絶対なの！　誰が何と言おうと、エレノアは王立学院に通わせます！　いいわね⁉」

問答無用にそう言い放つと、母様は兄様方の反論を背に、颯爽とバッシュ侯爵邸を後にしたのだった。

——台風一過。

その暴風に翻弄され、ぐったりソファーに崩れ落ちるように座っている兄様方を目にし、頭に浮かんだ言葉はまさにそれ。

母様……なんて破壊力のある方なんだ。――なんて、呑気にしている場合じゃない！

私は慌てて、脱力している兄様方の元へと駆け寄って行った。

「オリヴァー兄様！　クライヴ兄様！　しっかりなさってください！」

「……ああ、エレノア。御免ね。君の通学、撤回させられなかったよ……」

「悪いな。みっともない姿を見せた……」

「いいえ！　兄様方は精一杯戦ってくださいました！」

敗北宣言みたいな事言って燃え尽きている兄様方に、必死に「そんな事ない」という意味を込めて首を横に振る。あれは確実に、相手が悪すぎたのだ。

「……有難う。……ごめん、ちょっと補給させて……」

オリヴァー兄様は弱弱しく笑うと、私を胸の中に抱き締めた。

「オリヴァー……。後で俺にもソレ、寄こせよ」

……私は抱き枕かなにかかな？

でも、大切な兄様方が私なんぞで癒されるなら、どうぞ好きなだけ抱き潰してください。

そういう気持ちを込めて、私もオリヴァー兄様に思いっ切り抱き着いた。

「……はぁ……。まさか聖女様を使って、母から攻めて来るとは思ってもみなかった……」

文字通り、堪能するように私を抱き締めていたオリヴァー兄様の呟きに、私は首を傾げる。

「え？　でも聖女様と母様、偶然お会いしたんですよね？」

「……あのねぇ、エレノア。聖女様と王弟殿下だよ？　彼らが入浴している間は護衛の者達が、誰も入って来られないようにするのが普通だ。なのに何故か母上とたまたま温泉で鉢合わせるなんて、そんな偶然ある訳ないだろう？」

「そういう事。つまり、完璧に仕組まれてたって訳だ」

「ええっ!?　じ、じゃあ、私を王立学院に通わせるって母様に言わせる為に!?」

「その通り。『王家からの要請』だったら、アシュル殿下のした事を盾に突っぱねる事が出来るけど、『聖女様』から『息子と仲良くしてくださいね』と『母親としてお願い』されてしまえば、突っぱねる事は難しい。いや、「王立学院に通わないから」とお断りする事は可能なんだけど、普通の貴族の母親だったら、滅多にない僥倖と喜んで娘を王立学院に通わせるだろう。……ましてやあの母上だから……」

「ああ。あわよくば、王族の男達とお近づきになれるかも……って、大喜びで了承するよな。何にせよ、絶対的な決定権を持つ母親が、そう決めちまったんだ。俺達では、エレノアを王立学院に通わせるのを阻止する事も、リアム殿下と親しくするのを止めさせる事も不可能だ。もしお袋に撤回させたとしても、王家や聖女と一度結んだ約束事だ。口約束とは言え、反故にする事は出来ない。……くそっ！」

　オリヴァー兄様からクライヴ兄様に渡された私は、クライヴ兄様に抱き着きながら、悔しそうに顔を歪める兄様の胸に顔を擦り付ける。

「大丈夫です兄様。私、王子様がどんなに素敵でも、兄様方が一番好きですから！」

「……ああ。有難うな、エレノア」

クライヴ兄様の表情から、険が少しだけ取れる。

そんな兄様の頬にキスをすると、兄様は私の身体を思い切り抱き締めた。

そう。転生者として目覚めてからずっと傍にいて、私を愛し支えてくれた兄様方。そんな兄様方を悲しませる事を、私は絶対にしない。

それにしても……。

「私、あのお茶会でアシュル殿下にお仕置きされるほど、残念なご令嬢をちゃんと演じていたと思うんですけど。何でここまで興味を持たれてしまったのでしょうか？」

「さあ……。それは本当に、何でだろうね？」

「ああ。本当に、何でなんだ？」

私達は揃って首を傾げる。が、その時だった。

私は不意に、あのお茶会であった『ある出来事』を思い出した。

「あ……。そう言えば……」

「エレノア？」

「あの……オリヴァー兄様、クライヴ兄様。実は……」

私はアシュル殿下方と謁見した後、がむしゃらに王宮内を走り回った結果道に迷い、その時ご令嬢達に絡まれた召使の少年を助けた事を、兄様方に説明した。

「……と、こういう事があったのですが……。これってひょっとして、今回の事に関係ありますかね？」

私の話を聞き終わった後、兄様方は揃って頭を抱えてしまった。

ジョゼフやウィルも、私を残念な子を見るような眼差しで見つめている。え？　何？　や、やっぱアウト？

「……エレノア……」

「は……はい？」

「この……大馬鹿者がー!!　何で今迄、それ黙っていやがったー!!」

超久々に、クライヴ兄様の雷が私に落とされた。

「ひゃぁっ!!　す、すみませんっ！　で、でも黙っていた訳じゃなくて、ど忘れしていただけなんですっ！」

「余計に悪いわ、このボケが!!　なに使用人を庇った挙句、自分のドレスのリボン引きちぎって、手当てしてやってんだよ!?　んなご令嬢にあるまじき事すりゃあ、興味持たれんのは当たり前だろうが!!」

「で、でもっ！　追っ払った令嬢達には、ちゃんと高飛車に対応しましたし、その使用人の子以外、誰も居ませんでしたよ!?」

「……エレノア。王宮はね、誰も居ないように見えて、ちゃんと誰かがいるんだよ。ましてや、そんな騒ぎが起こっていれば、間違いなく王家の『影』が駆け付けていたはずだ。多分、その一部始終をしっかり彼らに見られていて、アシュル殿下方に報告がいったんだろうね」

顔を手で覆い、ぐったりとソファーにもたれ掛かった状態で、オリヴァー兄様がそう説明してくれた。

ええっ!?　あの時のやり取り、バッチリ見られていたの!?

それで王子様方が「面白い奴」って、私に興味を持ってしまったと。……うわぁ……。

「じ、じゃあ、あの私が演じた我儘令嬢も、演技だってバレているって事でしょうか……？」

「……多分……」

なんてこった！　あの一世一代の演技が実はバレていたとは！

うわぁ……なんか滅茶苦茶恥ずかしいな。

——って！　恥ずかしがっている場合ではない！

王子様方に興味を抱かれているという事は、万が一にでも彼らの目にとまる可能性があるって事だ。しかも、王妃になれそうなご令嬢が見付からなかった場合「こいつでもまあ良いか。一応女だし」ってな感じで、お持ち帰りされる可能性もあるって事なんだから。

「……ごめんなさい……」

私は小さくなって、脱力している兄二人に謝罪する。

そんな私を見た兄様方は溜息をついた後、「仕方がないな」といった風に苦笑しながら、私の頭を撫でた。

「もういいよ。多分エレノアだったら、人がいようがいまいが、その少年を助けただろうしね。それに僕もクライヴも、君のそういう優しいところが大好きなんだから」

「ああ、そうだな。でもドレスを引きちぎるのは、もうするなよ⁉」

「うう……。はい。これからは気を付けます……」

「……さて。ジョゼフ、大至急父上達に連絡をつけてくれ。エレノアの緊急事態だと言えば、きっとどんな手を使っても帰って来てくださるだろうから。頼んだよ」

オリヴァー兄様は、しょんぼりとしてしまった私を抱き上げると、慰めるように頬にキスをした。

◆◆◆◆◆

「……なんて事だ。まさかマリアがそんな……」

夜半過ぎ。

緊急招集をかけられた父親一同は、オリヴァーとクライヴに事の顛末を告げられると、厳しい表情を浮かべたり、頭を抱えたりしていた。

「う〜ん……。マリアにエレノアの記憶喪失……もとい、転生者としての記憶があるという事を教えていなかったのが不味かったのかな?」

「メル。んな事教えちまったら、あいつの事だ。あっちこっちで話のネタにするに決まってんだろ。だからアイザックもわざと、マリアにはその事を伏せていたんじゃねぇのか?」

「うん、そうなんだよね。……はぁ……。エレノア、転生者として覚醒する前は、王子様と結婚したいってよく言っていたからなぁ。マリアもきっと、良かれと思ってやったんだろうね」

なにせ転生者は非常に珍しい上、別世界の貴重な知識を持っている者も多く、国の保護対象になるケースが多い。

ましてやエレノアは貴重な女性である。

もしエレノアが転生者だと知られてしまえば、保護対象という名目で、王家に問答無用で召し上げられてしまうだろう。

「しかし……。今はまだ興味だけで済んでいるが、実際にあの子と接してしまえば、殿下方の興味が好意に変わってしまうのも時間の問題だろう」

メルヴィルの言葉に、その場の全員が頷いた。

エレノア自身は気が付いていないが、エレノアがごく自然に振舞う仕草、考え方、優しさは極上の蜜のように、この世界の男性全ての心を蕩けさせ、魅了してしまうのである。

実際、女性に対してある意味冷めているメルヴィルとグラントの心に容易く入り込み、以前はエレノアの事を嫌っていたクライヴの心をも、一瞬で虜にした。

更に、頑なだったセドリックの心の殻を容易く砕いてみせた事が、その事実を如実に証明している。

その上、偶然出逢った第二王子ディランも、ダンジョンで出逢った少女……つまりはエレノアを妃にと切望しているのだ。

幸いディランは自分が出逢った少女がエレノアだと気が付いていないようだが、この上リアムまでもがエレノアに夢中になってしまえば、他の王子達もエレノアに近付いてくるだろう。……結果、エレノアを『公妃』にと望まれてしまいかねない。

「それを防ぐには、王立学院に行かせないのが一番……なんだけど。それは無理だろうしね……」

何といっても、この国の崇拝の対象である『聖女』との約束事である。

しかも母親の権限を振りかざされれば、夫や息子である自分達には、口出しする権利すら与えられない。

「侯爵様、父上。こうなった以上は覚悟を決めましょう。幸い、クライヴはエレノアの専従執事です。丁度エレノアと入れ替わりに学院を卒業しますので、エレノアが学院に通う間、可能な限りエレノアの傍にいてもらいましょう。僕も出来る限り、エレノアの傍にいるようにします」

「うん、そうだね。二人とも、大変だろうけど宜しく頼んだよ」

「はい、勿論です！」

「お任せください侯爵様！」

「アイザック。丁度いいから、セドリックも王立学院に通わせよう。幸運にもあの子はエレノアと同い年だし、愛しい婚約者を守る為に、きっと一生懸命頑張ってくれるはずだ」

「ああ、そりゃいい！　セドリックの男振りも上がるし、一石二鳥かもな！」

「そうですね。同級生という立場でもあの子を守れるのなら、それに越した事はありません。……残る問題は、エレノアの容姿です。リアム殿下にも当然『影』が付くでしょうし、そこからディラン殿下に、捜している少女がエレノアだと気付かれてしまう可能性があります」

「……という事は……やはり……」

「ええ。制服なので、あまり派手には出来ませんが、可能な限り色々と弄りましょう。眼鏡も更に改良し、万が一にでもうっかり外せないようにして……」

「髪型はやっぱり、ドリルだよな！　そんで、真っ赤なリボンのツインテールで決まりだろ！」

「髪の色合いも暗く見えるようにして、艶も無くした方が良いな。それと、不細工に見えるような化粧もした方が良いんじゃないか？」

「ええ。あまりやり過ぎるとエレノアが可哀想ですから、うっすらソバカスが散る程度にしておいてあげましょう。とにかくエレノアの性格がバレている以上、容姿だけでも『公妃』として世間に出せないレベルと思わせなくてはいけません！」

――お茶会の悪夢、再びである。

当の本人《エレノア》がいないのを良い事に、婚約者達と父親達は、「いかにエレノアを不細工に見せるか」の議論で白熱するのであった。

――翌朝。

朝食の席で、珍しく父様方が勢揃いしているので何事なのかと思ったら、昨日母様が置き土産していった王立学院通学について、色々と議論していたのだそうだ。

連日激務で忙しいだろうに……。父様方、有難う御座います！

なんか目の下のクマが非常に気になるのですが……。昨夜はひょっとしたら徹夜だったのだろうか。なんか兄様方も眠そうだ。

「父様方、私の為に……。お疲れではありませんか？」

「ああ、エレノア。何てことないよ。他ならぬ大切な君の為だからね！」

「父様……！」

「そうそう！　お前はただ、巻き込まれただけなんだから気にするな。娘の大事に動かない父親なんざ、この世にいねぇよ！」

「グラント父様……！」

「そうだよエレノア。可愛い君を奪われない為なら、たとえ二徹、三徹しようが、過労死寸前になろうが、私を行かせまいと足に取りすがる部下共を昏倒させようが、君を守る為の策を講じる努力は惜しまないよ！」

「メ……メル父様……」

いや、そこまで体張らないでくださいよ。

あ、他の父様方も深く頷いている。まさかと思いますが貴方がた、メル父様と同じく「行かないで！」と取りすがる部下、足蹴にしたんじゃないでしょうね？

あ、目を逸らした。やっぱ、やったんですね⁉

「いいんだ。君が気にする事じゃない。そもそも僕達が今携わっている仕事は王家絡みなんだから、少しは困ればいいのさ！」

……ああ。聖女様使って私を王立学院に通わせる事にされたの、物凄く怒っているんだな。

でも、一応宮仕えしている身なのに、それで良いんですかね？　もうすぐ爵位も上がるってのにさ。それ取り消しになっちゃったら大変ですよ？

「そんときゃ、今の仕事を辞めて、元に戻るだけだからな」

「そうそう。別に痛くもかゆくもないよね。そしたらエレノアと過ごす時間も今より増えるし、いっそみんなで領地に引っ込んで、悠々自適の隠居生活を送るってのはどうだろうか？　当然、エレノアも一緒に！」

「ああ……いいね、それ。エレノアと一緒にのんびり余生を過ごすって、夢のような生活だなぁ……」

……なんか冗談みたいに言っているけど、父様方、目がマジですよ。

なんか疲れがピークに達して、ナチュラルハイになっているっぽいな、この人達。

「父上、侯爵様。そろそろ本題に入りませんか？」

見かねたオリヴァー兄様が、さりげなく会話に参加してくる。

なんか兄様方も凄く目が腫れぼったいんだけど、父様方とずっと作戦会議していたのかな？

「ああ、そうだね！　……と言う訳でエレノア。我々一同で協議を重ねた結果、君がそのままの姿で王立学院に通うのは危険過ぎるという結論に達したんだ。だから王立学院に通っている間、君には変装をしてもらう事になった」

「変装……ですか？」

何だろう？　果てしなく嫌な予感しかしない。

「うん。で、口で言うより実際に目で見た方が早いかなと思って、絵心のある者にサンプル画を描かせてみたんだよ。ほら。これだけど、どうかな？」

そう言いながら、父様が嬉々として一枚の絵を私に見せてくれた。……が、その絵を一目見た瞬間、私は盛大にフリーズしてしまった。

「こ……これは……!?」

かっちりと、ドリルのような落ち葉色の巻き毛は、真っ赤なリボンでツインテールに結わえられ、ぶ厚い瓶底眼鏡のフレームはリボンと同じく真っ赤。

ソバカスがうっすらと散りばめられた頬。王立学院の制服であろう青いワンピースには、いつぞやの茶会で着たドレスのような、色とりどりのリボンが散りばめられていて、ストッキングにも柄が入っている。

……そこにはどこからどう見ても痛い、不細工極まるご令嬢の姿が描き出されていたのだった。

「どうかな？　それ。皆で一晩中話し合って、ようやっと出来上がったサンプル画なんだけど。結構インパクトあるだろう？」

ドヤ顔の父様に何も言う事が出来ず、絵を持った手をプルプル震わせる。

こんな……こんなアホみたいな格好をして、国中の貴族の子弟達が通う伝統ある学院に通えと……？

「これなら悪い虫はつかない事請け合いだし、たとえリアム殿下が根性出してお前を望んでも、王家の方から二の足踏むだろ」

クライヴ兄様の笑顔、やり切った感半端ない。

……オリヴァー兄様。貴方も何、満足気に頷いているんですか。

ええ、そうですね。これなら悪い虫はつかないでしょう。ってか、私自身が悪い虫だよ！　毒虫だよ！　こんなご令嬢、私が男だったら、いくら女日照りでも嫁が欲しくても、全力でご遠慮しちゃうよ！

ってていうか、そもそもこんなとち狂った格好をした女と一緒にいて、あんた方恥ずかしくないいんですか⁉　……え？　恥ずかしくない？　君（お前）の魅力は自分達が分かっているから、何も問題ない？　あっ、そうですか。

――でも私は大いに恥ずかしい！

いくら王家に目を付けられないようにしたいって言っても、こちとら花も恥じらうティーンエージャーなんだよ⁉

どうせ学院に通わなくちゃいけないいんなら、こんな極彩色ピエロのような格好で、見世物になんかになりたくない！　せめて学院生活をエンジョイしたい！

私は絵を置くと、ニコニコ笑顔で私を見つめている父様方や兄様方に向かって宣言した。

「……もし、私にこの格好で王立学院に通えと仰るのなら、私は大人しく王家に嫁に行きます」

その瞬間、その場の全員と空気が一瞬で固まった。

◆◆◆◆◆

その後。すったもんだの末に、何とか制服だけは弄らないという妥協案が出され、私は仕方なくそれで手を打った。ついでに、頭のリボンと眼鏡のフレームも真っ赤ではなく、制服に合わせた青色にしてもらった。

容姿を不細工にするというのは、私がどんなに頑張って抗議しても覆らなかったので、せめて細かいお洒落だけは拘りたいという、私のなけなしの女心だ。

「冷静になって考えてみれば、センスの良い恰好は逆に、それを着る者とのギャップが発生するから、その方が効果的かもしれない。うん、やはり寝不足の頭で色々考えるのは、視野が狭くなって良くなかったね」

いや、そういう問題じゃないと思うぞ兄様。

それに今言っている事を要約すると、とどのつまり私の不細工具合が、制服のお陰で良い感じに際立つって言っているんだよね？　……ちょっと私、泣いてもいいですか？

まあでも、一つだけ喜ばしい事もあった。

それはセドリックがこちらに来て、私と一緒に学院に通ってくれるって事だ。

オリヴァー兄様もまだ在校生だし、クライヴ兄様も私の執事として学院に一緒に行ってくれるけど、やっぱり同い年の友達が傍にいてくれた方が心強い。

それに、絶対学院で友達出来ないだろうから、セドリックだけでも友達として傍にいてくれれば、きっと学院生活も悪いものにならないだろう。

ああ……。氷点下まで下がっていたテンションが、ここでちょっと浮上した気がする。

「兄様、セドリックはいつ頃こちらに来るのですか？」

「あちらで色々と手続きをしなきゃだから、一ヵ月後ぐらいかな？　その間に、こちらでも色々準備しておこう」

「はいっ！　セドリックと会えるのが楽しみです！」

クロス子爵邸で別れてから、彼とは一度も会っていない。

勿論、手紙のやり取りは頻繁にしているし、定期的に自作のお菓子を送ってくれているんだけど、やっぱり直に会って色々とお喋りしたいんだよね。

そういえば、私がリクエストしていたどら焼き。何とか完成したから、こちらに来た時に作ってくれるって手紙に書いてあったっけ。

『一日千秋の思いで、愛しい君に直接会える日を心待ちにしております』

なんて締めくくられていて、思わずベッドの上でゴロゴロ悶えまくってしまいました。

これですよ！

甘酸っぱくも初々しい遠距離恋愛。切ない想いを込めたラブレター。こういう正統派な手順を踏んだ恋ってやつを、私はやってみたかったんだ！　神様、本当に有難う！

なんせ今迄が、キスだの抱擁だの裸の触れあいだの、挙句は男子の嗜みという名の恋愛教育だのと、レディース文庫バリバリの世界だったからなー。

いや、そういう世界だからと今では割り切っているけど、未だに兄様方や父様方の驚異の顔面破壊力に翻弄されている身としては、セドリックっていう存在は物凄い癒しなんだよね。

でもそれ言うと、兄様方が拗ねるから言わないけどさ。

彼となら多分、イチャついても鼻血は出ないんじゃないかな。え？　甘いって？　……まあね、分かってますよそんな事。どんな相手であろうとも、緊張したり羞恥したりすれば、私の鼻腔内毛細血管は容易く崩壊してしまうんだから。

……で、でもさ……。このまま私が十五歳になって、兄様方やセドリックと結婚したとして……。えっと、キ……キス……だけじゃなく、その……色々する訳だよね。何をって、まあつまり、その……。

「うわぁっ！　お、お嬢様ー！　お気を確かにっ!!」

いきなり派手に鼻血を噴いてしまった私に、ウィルはパニック状態になった。

……フッ……。ちょっと想像しただけでこれかよ……。

喪女であった前世では、BとLの薄い本とか、青年誌の生々しい男女のアレコレ漫画とか読んでも平気だったってのに。

……いや、あれは実体験でなく、空想の産物だったからこそ、鼻血も噴かずに見られたのかもしれない。

にしたってなぁ……。

兄様方や、なんならセドリックとも、もう既にキスしてるってのに、結婚の想像しただけで鼻血噴くってどうなのよ？

ひょっとしたら私も、花嫁修業と言う名の教育を受けなくてはならないのかもしれない。

結婚したその日に悶死してしまうのを防ぐ為にも……。

ギャップ萌え

そんなこんなしているうちに、私が王立学院に通う準備は着々と進んでいた。

「お嬢様、制服が届きましたよ」

そう言ってジョゼフが持って来た箱の中には、私がこれから通う王立学院の制服が入っている。

王立学院の制服は、スタンダードなものにそれぞれが独自のアレンジを施して着用するのが普通なのだそうで、かくいう私の制服にも、しっかりアレンジが施されているのだ。

女子の制服は、男子の制服と一緒の青を基調とした膝下まであるワンピースで、裾がフレアタイプとなっている。

全体的に、アレンジを前提としたシンプルなデザインだ。

勿論、アレンジをしないでそのまま着ても、十分に可愛らしいデザインだけどね。

襟元のリボンとか控えめな装飾とか。とても私好みで、逆に私はこのままでもいいんじゃないかと思うんだけど、それだと「センスが無いからアレンジしない」だの「財力が無い貧乏貴族だからアレンジできないんだ」とか、色々言われてしまうのだそうだ。

私からしてみれば、余計なお世話だって思うんだけどね。全く、貴族の見栄って碌なもんじゃないよ。

ところで私の制服に施されたアレンジはと言うと、襟元を飾るリボンが黒いシルクのリボンになっていて、制服本体には、鈍色の銀糸で華やかな模様が青地に映えるように施され、とても綺麗な仕上がりとなっている。

更に襟元を彩る黒いリボンの中央には、鮮やかに煌めくインペリアルトパーズが光っている。

実はこれらは全て、婚約者である兄様方やセドリックの持つ『色』が施されているのだ。

つまりは制服そのものが、私が彼らのものだという所有印という訳で、これは婚約者を持つご令嬢なら、誰でもする事なのだそうだ。まあ言ってしまえば、婚約者達の独占欲によるマーキングって事。

そして婚約者や恋人が増える度に、纏う色は増えていくのだそうだ。

逆に、婚約者だった者が外されたり、恋人と別れたりすると、纏う色は減っていく。

まあようするに、女子が『色』を纏わず、アレンジもしていない制服を着るという事は、「私、今誰もお相手いません」って宣言しているようなものなんだそうだ。

そりゃー、肉食女子としては、そんな屈辱的なもん着る訳にはいかないから、意地でもアレンジするわな。

「いや？　逆に大物狙いのご令嬢なんかは、アレンジ無しの制服を着ていたりするよ？」

……え～っと、つまりそれって？

オリヴァー兄様曰く、そういう制服を着るのは「私、誰の手も付いてない清らかな身体です。是非とも貴方の色に染まらせてください」って、アピールする狙いがあるんだそうだ。

で、そういう制服を着ているのは、大概が王族狙いのご令嬢だとの事。

成程ね。そういうアピールの仕方もあるんだ……。

今年はその王族であるリアム殿下が入学するから、アレンジ無しの服を着るご令嬢方も多いだろうとの事。……まあなんだ、頑張ってください。

そうして私は兄様方に促されるまま、出来たばかりの制服を着てみた。

「オリヴァー兄様、クライヴ兄様、どうですか？」

生まれて初めて着る、この世で一点しかない私だけの制服にテンションが上がり、その場でクルリと回ってみれば、フレアーの裾がふんわりと広がる。

その様を、兄様方は眩しそうに目を細めて見つめていた。

「……ああ、とても素敵だよエレノア。流石は僕のお姫様だね」

「本当に綺麗だ……。お前の婚約者として、心から誇らしい気分だぞ」

兄様方の惜しみない賛辞に、私は頬を染める。

「ふふ……有難う御座います。私もこうして兄様方の色を纏うと、いつでも兄様方を近くに感じられて幸せです」

そう言うと、私は自分の制服の胸元にそっと手を当てた。

ある意味、束縛の象徴って感じだけど、大切な人達の色を纏うって、純粋に嬉しい気持ちになるものなんだな。

……って、あれ？　何か兄様方の様子がおかしい。手で顔を覆って、何かに耐えるように身体を震わせている。

「に、兄様方、大丈夫ですか？」

「……ッ……だ、大丈夫……。うん。今ここで理性をぶち切れさせる訳には……。ッく……でも

「……辛い……！」

「同感だ……。エレノア。頼むからお前、これ以上無邪気に俺達を煽ってくれるな……」

ええっ⁉　今の会話のどこに、兄様方を煽る要素が⁉

オリヴァー兄様は気を取り直すように深く深呼吸した後、私に眼鏡ケースを渡してきた。

「はい、こちらは父上から。君の要望通りのものが出来上がったって」

私は渡された眼鏡ケースを受け取ると、早速開けてみる。するとケースの中には、いつぞやの遮光眼鏡が入っていた。

サイズ的には、流石に以前の顔半分レベルではなく、普通の眼鏡よりもやや大きいかな？　というサイズになっている。フレームは、私が今着ている制服と同じ青色だ。

「丁度制服を着ているし、試しに装着してみるといいよ」

——装着、したくないなー……。

なんて思いつつも、私はウィルが用意してくれていた鏡の前に立つと、渋々眼鏡をかけてみる。

途端、風も無いのにふわりと髪が浮かび上がると、クルクルと勝手にカールされていき、どこからか現れた青いリボンでツインテール状態になる。それと同時に、ヘーゼルブロンドの髪色が、くすんだ赤茶色へと変わり、肌にも薄っすらとソバカスが現れた。

しかも、牛乳瓶の底のような分厚い眼鏡に覆われ、私の目はまるで相手から見えないようになっていて、自分で言うのも何だけど、「あれ？　これって誰？」というレベルに変身している。

「うん、完璧だね！　どう見てもエレノアに見えない。流石は父上！」

「全くだな。どっからどう見ても、野暮ったい田舎貴族の令嬢にしか見えねぇな！」

――兄様方。褒めてんですか？　貶してんですか？

でも確かに。鏡に映る私はどう見ても、野暮ったい田舎出身の子供って感じだ。制服が素敵過ぎて、逆に野暮ったさが強調されているというか……。まさに制服を着ているのではなく、制服に着られているって感じ。

実は前にポロリと「いちいち髪の毛巻いたり化粧したり、時間がかかりそうで嫌だ」「形状記憶型シャツみたいに、つけるとパッと変身できるアイテムがあればいいのに」なんて愚痴ってみた事があったのだが、それを聞いたメル父様が「ふむ……。それは面白そうだな」って言って、何と眼鏡にその機能を付けてくれたのだ。

お陰で毎日変装する手間が省けそうで、それは良かったんだけど……。前世のアニメや漫画では変身ってカッコよくなったり、お姫様のように綺麗になったりするのがお約束なんだよね。

だけど今、私は何故か綺麗になる為ではなく、不細工になる為に変身している。何だかなぁ……。

その時ドアがノックされ、セドリックが屋敷に到着した事を告げられたのだった。

「いらっしゃい、セドリック！」

応接室に飛び込むようにして入って来た私に、嬉しそうな顔をして振り向いたセドリックは、その笑顔のまま固まった。

……うん、セドリック。君の言いたい事は分かっているよ。だって顔……というか、全身から「こいつ誰？」って雰囲気、ビシバシに出てるからね。

っていうか私の方も眼鏡の所為か、いまいちセドリックの顔が分かり辛い。

「……え～と……？」

「私よ、セドリック」

益々、困ったような様子になっているセドリックを見て、私は笑いながら眼鏡を取った。

すると先程と同じように、ふわりとした風が私を包み込み、縦ロールに巻かれた髪がパラリと解けて広がった。

「……え……？　エレ……ノア……⁉」

セドリックが目を大きく見開いて、穴が開きそうな勢いで私を見つめる。

いきなり瓶底眼鏡の縦ロール娘が私になってビックリしたのだろう。顔もどんどん赤くなっていって……ん？　君、何故に赤くなるんだい？

だが私も人の事は言えない。

「え⁉　セドリック……？」

目の前に立っているのは、数ヵ月前に別れた少年……のはずなのだが、一体この短期間にどうしたの⁉　ってぐらい、その姿は様変わりしていた。

まずは身長。視線の高さが全然違う。

確かセドリック、私より少し高いぐらいだったのに、まるで雨後の筍のように物凄い身長伸びていますよ！　それこそ一気に、第二次性徴が来たのかってぐらいに。膝、痛くなったりしないのかなと、心配になってしまうレベルだ。

しかも、更に驚くべきことに、容姿も変わっている。

いや、ベースはセドリックのままなんだけど、纏う雰囲気とか表情とかが別人のようなんだよ。

なんかまさに、一皮剥けたって感じに大人びてしまっている。以前は全然そう思わなかったんだけど、凄くメル父様と似てきた気がする。

外見がってんじゃなくて、メル父様の纏う、おっとりとした中に色気がだだ漏れしているあの雰囲気がね、そっくりなんだよ。

ヤバいな、セドリック。君ってば、オリヴァー兄様とはまた違ったタイプの美形になりつつあるよ。

「エレノア？　顔、真っ赤だけど、どこか具合悪いの？」

ビックリして言葉が出なかっただけなのだが、どうやらセドリックは私の調子が悪いんだと思ったらしい。

顔を曇らせたセドリックに、私は慌てて首を横に振りながら、頬に手を当てる。……うん、熱い。

どうやら眼鏡が見えにくかったのではなく、美形の度合いによって顔が見え辛くなっていく、この眼鏡独特の機能。名付けて『美形キャンセラー』が、しっかり作動していただけだったようだ。

「ち、違うの！　具合は悪く無くて……その、セドリック。凄くカッコよくなったなぁって思って……」

「え⁉」

途端、セドリックの顔が再び真っ赤になった。

ああ。こういうところは、やっぱりいつものセドリックだなって、何だか凄くホッとしてしまう。

「……えっと……。あ、有難う。……エレノアも……会わなかった間に、凄く綺麗になったね……！」

「え？　そ、そう？　たいして変わってないと思うんだけど……」

「ううん、そんな事ない！　元々綺麗だったけど、なんか……凄く眩しく感じる」

うっ！　ま、まったく……。何だってこの世界の男共は、女性に対する美辞麗句がスルスル出て

くるんだ⁉

セドリックだって、私の前世ではまだまだ青臭い子供と言っていい年齢だってのに、男子の嗜み完璧だよ！　もう完敗だよ！

「あ、有難う。で、でもさ、多分そう見えるのって、制服効果じゃないかな？　ほらこれ、王立学院に通う為の制服なの。兄様方やセドリックの色が入っているのよ！」

そう言って、セドリックに向けて軽くカーテシーをすると、セドリックが真っ赤になって口元を手で覆った。よく見てみると、目元にうっすら涙が浮かんでいる。

「セ、セドリック⁉　どうしたの？　あ、ひょっとして制服、似合ってない？　なんか変だった？」

慌ててセドリックに駆け寄ると、セドリックは顔をフルフルと横に振り、目元の涙を拭った。

「ううん、違うんだ。ちょっと……感動して。エレノアが兄上達の色だけじゃなく、僕の色もちゃんと身に着けてくれたなんて……。なんか凄く幸せで……夢じゃないのかなって思って……」

「セ、セドリック……」

こんな中身万年喪女を、そんなに有難がってくれるなんて……。なんて良い子なんだ！

私の方こそ、こんな女をもらってくれて有難うって、滂沱の涙に咽びそうだよ！

ほのぼのと感動した私だったが、よく見てみれば、なんか周囲の使用人達が皆、感じ入ったように温かい眼差しを私達に向けている。

ウィルに至ってはセドリック同様、目元の涙を拭っています。おお、後方にいた兄様方も、何やら目元を緩めて感じ入っていらっしゃるご様子。

うんうん、分かりますよ。まだまだ子供だって思っていた弟の、思わぬ成長と甘酸っぱい恋模様に、兄として寂しいような微笑ましいような、そんな気持ちになってしまったのですよね。その大切な弟の恋のお相手が、私なんぞで本当に申し訳ありません。

しかし……。いいのかな。

私なんて、たまたまエレノアとして生まれてきたからこそ、この世界の女性達ですら羨む、超絶美形な兄様方や将来の大有望株のセドリックと婚約出来たけど、もし女性が男性と同等数いる世の中だったら、多分彼らの目にもとまらないんじゃないかな。

そんな事を何となく口にしてみたら、セドリック含め、その場にいた全員に、可哀想な子を見るような眼差しで見つめられた。

ってか私、何でいつもこんなに残念な子扱いされてるんだろう。

「はぁ……。エレノア。全く君って子は……」

「ったく……。これだから、危なっかしくて仕方がねぇってんだよ！」

「兄上方の苦労が、ここにきてようやく分かりました」

ちょっと待って！　いったい私の何が悪いって言うの!?

「「「そういった、鈍感なところ」」」

見事に三者ハモりました。

本当、似ていないようで、よく似ている兄弟だよね貴方達って！

「……成程、エレノアのお母上のせいで、エレノアがリアム殿下と同級生に……」

「ああ。母上はエレノアが転生者である事も、王家との因縁も知らなかったからね。……まあ、知っていたとしても気にする事無く、寧ろチャンスとばかりに公妃を目指させたかもしれないけど」

　エレノアがマナーレッスンで席を外した後、オリヴァーとクライヴはセドリックとお茶をしながら、今迄の経緯を詳しく説明する。

「そういった訳で、お前には一番大変な役目を負わせる事になってしまうが、どうか婚約者としてエレノアを守ってやってほしい」

「はい！　僕の命に換えてでも、エレノアを守ってみせます！　……でも、それで納得しました。あのエレノアの変装は、エレノアを守る為の一環だったのですね」

「ああ。丁度王家のお茶会で、ああいった変装していたんでな。お前も最初、エレノアだって分からなかっただろ？」

「ええ。本当に、最初は誰かと。……でもオリヴァー兄上。クライヴ兄上。ひょっとしたらエレノアのあの変装は、諸刃の剣かもしれません」

「……どういう意味だい？　セドリック」

「兄上方は『ギャップ萌え』という言葉をご存じですか？」

「ギャップ萌え？」

「そう言えば以前、エレノアが何回か言っていたような気がする……。ひょっとして、エレノアの前世の言葉なのかな？」

　怪訝そうな顔のクライヴとオリヴァーに、セドリックは真剣そのものといった顔で頷いた。

「はい。以前エレノアに教えてもらったのですが、『冷たそうに見えて、実は優しい』とか『素行が悪いようで、実は優等生』とか言うように、見た目や素行で「こうだ」と判断していた人物の意外な一面、または真実に心ときめき、たまらない魅力を感じてしまう心理的現象の事を、そう言うのだそうです」

「う〜ん……。それはまた、物凄く深い意味が込められた言葉なんだね」

感心した様子のオリヴァーに、セドリックが再度頷いた。

「はい。エレノア曰く、冷たい美貌のクライヴ兄上が見せる優しい笑顔とか、いつも冷静なオリヴァー兄上が恥ずかしそうに顔を赤らめる姿とかも、その『ギャップ萌え』に該当するそうですよ？」

セドリックの言葉に、クライヴとオリヴァーは揃って顔を手で覆い、撃沈する。

まさかエレノアが、自分達のそんな仕草にときめいているとは想像もしていなかった兄二人は、とても恥ずかしく、いたたまれない気持ちにさせられてしまう。

「えっと、兄上方。大丈夫ですか？」

「……気にしないでいい。で？　その『ギャップ萌え』が、どうしたっていうんだい？」

「はい。あの眼鏡で変身したエレノアが眼鏡を取った時、僕はエレノアの可愛らしさに息が止まるかと思いました。本当のエレノアの姿を知っている僕ですらそうなったのに、もしこれが全くエレノアの素顔を知らない相手だったとしたら……。その破壊力は如何なるものかと」

そこでオリヴァーとクライヴはハッとした。

「……成程。確かにエレノアは元々とても愛らしい。そこにもってきて『野暮ったくて不細工だと思っていた女の子が、実は美少女だった』という『ギャップ萌え』が相乗効果となる訳か」

「もし殿下方がエレノアの真の姿を知る事となってしまえば、あの姿を見た後だから、普段の何倍も可愛らしく見えてしまうって寸法か……。そりゃあ、理性も吹っ飛ぶな」

「だからと言って、素のエレノアのまま学院に通わせる訳にはいかないんだよ。セドリック、お前も知っているだろう？　ダンジョンでエレノアが出逢った相手が、第二王子のディラン殿下だという事を。彼とエレノアは、直に素顔で接してしまっている。もしディラン殿下とエレノアが再び相まみえてしまったとしたら……」

多分……いや間違いなく、ディランはエレノアを自分の妃にと望むはずだ。

それに、クリスタルドラゴンを御するほどの力を有したエレノアの事を、王家が放っておくはずがない。

公妃とはならずとも、エレノアの事を何気に気に入っているらしいリアム殿下にまで、エレノアを妃にと望まれてしまえば、間違いなく自分達はエレノアを奪われてしまうだろう。

「ええ。それにそもそも、エレノアの魅力はその外面ではなく、内面にあります。エレノアと親しく接していけば『なんの変哲もない、不格好なパンだと思ったのに、食べてみたらとてつもなく美味しかった』というギャップ萌えも発生するものと思われます」

「全く、頭の痛い話だ。……それにしても、『ギャップ萌え』とは恐ろしいな」

「ええ。エレノアの前世では、その『ギャップ萌え』により、何人もの若い女子が精神を病み、挙句底なし沼に沈んで、元の世界に戻れなくなったとの事です」

「……何だかよく分からんが、とにかく人の精神を破壊するほどの威力が備わっているという事は理解した。オリヴァー。メル父さんに言って、何があっても装着したら本人以外は絶対に外せない機能も付けてもらおう！」

「ああ、勿論だよクライヴ！　絶対に『ギャップ萌え』を発動させないようにしなくてはいけないからね！」

「オリヴァー兄上！　クライヴ兄上！　僕も全力で『ギャップ萌え』を阻止する為、頑張ります！」

兄弟達の心が、今まさに一つとなった瞬間だった。

「……それにしてもエレノアのあの制服姿、とても愛らしかったですね！」

「お前もそう思うか⁉　あれはマジでヤバいよな！」

「その上、僕らの色を纏って幸せだと微笑んでくれたんだよ。あの時のあのエレノアの尊さときたら……。愛しさのあまり、心臓が止まりそうになったよ！」

その後はお約束と言うか、エレノアがいかに愛らしく、素晴らしいかを婚約者同士で語らい、盛り上がる事となった。

そしてエレノアの知らない間に『ギャップ萌え』という言葉が独り歩きした結果、このアルバ王国で市民権を得てしまうという事を、当のエレノア本人は知る由もなかったのだった。

◆◆◆◆◆

「クライヴ兄様……。凄く素敵です！」

「ああ。有難うエレノア」

私は貴族の正装に身を包んだ目の前のクライヴ兄様を見上げ、うっとりとそう呟く。

クライヴ兄様は、そんな私の姿に目を細め、物凄く嬉しそうな笑顔で答えてくれた。

本日は王立学院の卒業式。

そう、クライヴ兄様が王立学院を無事卒業する、記念すべき日なのだ。

え？　学院に入ったら、何もやらなくても自然と卒業できるだろって？

いえいえ。前世の日本における大学と違って、王立学院は入るのは簡単だけど、卒業するのはとてつもなく難しいのだ。

なんせこの世界、数少ない女性達に選ばれんが為、男性達は血で血を洗う努力をＤＮＡレベルで繰り広げている。当然というか、全体的なスペックは否が応にも爆上がりする。

しかも肉食女子が闊歩するこの世の中である。

当然の事ながら、彼女らは少しでもスペックの良い男性を恋人、もしくは旦那様に選ぼうとするので、男性達は更に高みに上ろうとする。

その無限ループな努力の結果、学業、体術、魔法操作……等々、王立学院を卒業する為に会得しなければならない単位（と言っていいのかな？）は今現在、尋常ではなく高いものとなってしまっているのだ。

それゆえ、王立学院に入学したはいいものの、普通に卒業できる者は平均して約三分の一程度。

その他は、あまりに厳し過ぎて退学、もしくは留年となる事で脱落していく。（尤も留年は恥という考えから、結局は退学していく）

まあ要するに、「女が欲しけりゃ、これぐらい出来ないとね」って基準が、普通レベルではないって事なんですよ。

お貴族様の箔付けに通うお坊ちゃま学校……なんて、普通のファンタジー世界にありがちな設定はここには存在しない。

あるのは、己のＤＮＡを後世に残せるか否かの、熾烈な生存競争のみだ。

華やかなのは上っ面だけの、リアル野生の王国なのだ。

したがって王立学院を卒業したという事実は、卒業した本人にとって『私、めっちゃ好物件なんですよ』という、なによりものご令嬢方へのアピールポイントとなるのである。

しかもクライヴ兄様は首席こそ逃したものの、次席で卒業。おまけに生徒会副会長もやっていたので、『とんでもない好物件』扱いである。

今でもご令嬢達から引く手あまただというのに、それに輪をかけた付加価値が付くって事なのだ。

ちなみに首席で卒業したのは、第一王子のアシュル殿下。流石は選ばれし血を受け継ぐロイヤルファミリーだ！

「本当でしたら、兄様の晴れ姿を間近で見たかったのですが……。無理ですよね？」

卒業式では首席以下、上位十名がその功績を称えて表彰されるのだが、私は当然というか身内として式に参列出来ない。仕方がない事とは言え残念だ。

しかし、その表彰式……。要するに『これが将来の大有望株です！』っていう、超優良物件のお披露目なんじゃないかな？

だって聞けば、卒業生やそれを祝福する来賓達の座る席、前方が全て女性陣だって言うんだもん。

思わずステージ上でブーメランパンツ一丁で踊る、イケメンダンサーを血眼で観賞しているおひねりマダム達を想像してしまったよ。

「ああ。俺も残念だが仕方がない。ま、代わりにお前の入学式にはずっと傍に付いていてやるからな」

王立学院の入学式は、卒業式の翌日。

クライヴ兄様は私の専従執事なので入学式は勿論の事、私が学院に通う間はずっと、執事として傍にいてくれる予定となっている。

「はいっ！　頼りにしております！」

そう言ってクライヴ兄様に抱き着くと、クライヴ兄様は優しく私を抱き締めた後、両手で私の頬を包んで上向かせ、唇に軽くキスをした。

ボンッと顔が真っ赤に染まったが、最近は流石に鼻血を噴く事は無くなった。慣れっていうのは恐ろしいものである。

「クライヴ、ずるい！」

傍にいたオリヴァー兄様の、ちょっと拗ねたような声。私は慌ててクライヴ兄様から離れ、オリヴァー兄様に抱き着いた。

途端、オリヴァー兄様が笑み崩れる。……兄様……。

これは最近分かった事なのだが、超完璧人間だと思っていたオリヴァー兄様。実は割と子供っぽい一面があるのだ。こういった嫉妬もそのうちの一つ。

そしてそれは心から気を許した相手にのみ、顔を覗かせる。

例えばクライヴ兄様。そして私。ウィルとかジョゼフとかにも、割とそういった顔を見せている。

彼らを信頼しているんだね。

え？　なんでセドリックは入っていないのかって？

兄様、どうやらセドリックには兄として、単純に良い恰好だけを見せたいらしいのだ。

私はオリヴァー兄様のそういったところを知って、益々兄様の事を好きになった。

でも今日はセドリック、この場にいるんだけど……。しかもやっぱりちょっと、驚いたような顔しているんだけど……。

まあ、こうして一緒に暮らしていけば、隠していずれバレるって事で、オリヴァー兄様も腹をくくったのかもしれないな。

そんな事を考えて微笑みながら、思いっきり首を上にして見上げていると、オリヴァー兄様が私に口付ける。

……軽くだったクライヴ兄様と違って、やけに長い。……くっ……！　見上げ過ぎて首が痛い！

「オリヴァー、いい加減エレノア返せ！　今日は俺が主役なんだからな！」

そう言って、クライヴ兄様がオリヴァー兄様から私を奪い返し、今度は抱っこの要領で私を軽々と抱き上げた。

……助かった。あのままオリヴァー兄様のキスを受けていたら、鼻腔内毛細血管が崩壊するところだった。首も痛かったしね。

「そうそう、言っておくがエレノア。学院では俺の事を呼び捨てしろよ？」

「え⁉　何でですか？」

「そりゃー執事に「兄様」呼びは不味いだろ？」

……そりゃそうか。

もし私が執事のクライヴ兄様に「兄様」呼びしたら、クライヴ兄様、単なる執事のコスプレイヤーになってしまうよね。……じゃなくて！　そこはやはり腐っても貴族令嬢だから、TPOは弁えろって、そういう事ですよね。

ちなみに、私がお茶会でやった我儘令嬢の演技だが、あれは学院ではやらなくていい事になった。

何故かと言うと、単純に王家に私の性格がバレているからだ。

私もあの演技を四六時中しなくてよくなって、本当にホッとしている。

あれ、めっちゃ疲れるんだよ。HPも削られるし、すぐにボロ出しちゃいそうだしね。まあその代わりに目立つ言動は避け、大人しくしているようにとは言われているんだけど……。

「何だ？　呼び捨てすんの、嫌か？」

「だって、慣れないし……恥ずかしいです」

「結婚すりゃあ、嫌でも呼び捨てになるんだぞ。そうだな……。そん時の為の予行演習だと思えばいいんじゃないか？」

途端、顔から火が噴いた。

そ、そうだよね……。結婚した相手の事、いつまでも兄様呼ばわりは不味いよね。

で、でもこれって花嫁修業ってヤツ……だよね……！　うわぁぁ……！　むしろ照れて呼び辛い！

「わ……分かりました。頑張ります！　……で、でもあの……。二人の時や、オリヴァー兄様やセドリックがいる時だけは、今まで通り兄様って呼んでも良いですか？」

真っ赤な顔でモジモジしながらそうお願いすると、クライヴ兄様は空いてる手で顔を覆い、身体を小刻みに震わせる。

「……なんなんだ……。このあざとい生き物は……！」

「え？　何か言いましたか？」

「何も言ってねぇよ！　クソッ！」

そう言うと、クライヴ兄様はちょっと離れた場所にいたセドリックの方へと、私をポーンと放り投げた。

「ひゃあっ！」

セドリックは放り投げられた私を難なくキャッチする。

「ご、ごめんねセドリック！　重かったでしょう？」

「え？　全然。寧ろエレノアは軽いけど？」

「……それって絶対嘘だよね？」

だってここ最近、学院に入学する準備で忙しくて、剣の修行が全然出来てない。

そのうえ、セドリックが作りまくってくれるお菓子を食べまくっているんだから。確実に太ったはずだよ。

「嘘じゃないんだけどなぁ……。まあ、確かにエレノア。ここ最近身長は伸びたけどね」

「うん！　それは素直に嬉しい！　ずーっとあのままだったら、どうしようかって思っていたから！」

そうなのだ。ここ数年、ちっとも伸びなかった私の身長、ここにきていきなり伸び始めたのだ！

それに伴って、ツルンとしたキューピー体形も、多少変化が出てきた……と思う。まあ、凄くささやかにだけどね。

「このまま、しっかり成長していったらいいなぁ……。セドリックだって、出るトコ出てる方が嬉しいでしょ？」

「――――ッ！」

「きゃぁッ！」

私をお姫様抱っこしていたセドリックの手が緩み、私は床に落ちてお尻を打ってしまった。セドリックが慌てて私を再び抱き上げる。

「もう！　セドリック！」

「ご、ごめん!!　い、いきなりあんな事言われて、動揺しちゃって……」

「え？　出るトコ出てた方が……って、あれ？」

「だから！　もう言わないでくれる!?」

おお！　セドリック、顔が真っ赤だよ。

ふふ……あんな言葉だけで動揺しちゃって。やっぱりセドリックって可愛いよね。

「……セドリック、許可する。お前もエレノアに婚約者として接しなさい」

――……はい？　オリヴァー兄様、何ですか？　婚約者としてって、何を許可すると？

「え？　宜しいのですか!?」

「うん。エレノアにはもう少し、危機感と言うか自覚を持ってもらわなければならないからね。僕らに遠慮せず、存分にするといい」

「有難う御座います！　兄上！」

……えっと……。一体、何の話なんですかね？　何を存分にすると？

……え？　何？　どうしたのセドリック。なんかその微笑、怪しいよ？　それでなんでそのまま、ソファーに向かう訳？　え？　お膝抱っこ？　……あの、本当に何をするつもりなのかな？

「愛してるよ、エレノア……」

「んっ！」

何の前触れもなく、セドリックに口付けられた。

嘘でしょ⁉　あのセドリックが……私の癒しである、わんこ系少年が……！

「エレノア。こう見えてセドリックもしっかり『男子の嗜み』を習得しているんだ。これでよく分かっただろう？　周囲の男性は全て獣だと心得て、今後は迂闊な言動を慎むように」

セドリックのキスにパニック状態になった私の耳に、オリヴァー兄様が諭すように話す。……って！　今それどころじゃありません！

分かった！　もう充分分かりました！　私が悪うございました！

というかセドリック！　君、しっかり男子の嗜み習得してたんだね！　穢れちゃったんだね⁉

君だけはと信じていたのに！

……え？　貴族男子の義務？　結婚した時、私に恥をかかさないように頑張った？　頑張らんでいいわ！　そんな事‼

――この世界、女子が肉食系なのは知っていたけど、男子もしっかり肉食でした。

王立学院入学

そうして卒業式という名の品評会が無事終わった翌朝。

私はオリヴァー兄様、クライヴ兄様、セドリックと共に馬車に乗り込み、王立学院へと向かっていた。勿論しっかりと、逆メイクアップ機能付き眼鏡は装着済みである。

「エレノア、緊張している？」

「そりゃあね。普通に入学するのならともかく、私の場合はコレだから……」

なんせ、ドリル頭に瓶底眼鏡。挙げ句の果てにソバカス顔だからね。

しかもセドリックや兄様方と一緒だと、その残念っぷりが滅茶苦茶際立つというか……。なんせ全員、イケメン世界の頂点に君臨するほどの美形でいらっしゃるのだから。

「エレノア、大丈夫だよ。君には僕達がついているからね」

「有難う御座います。オリヴァー兄様」

「そうそう、外野の声なんぞ気にすんな」

「はい、クライヴ兄様」

「エレノアの本当の姿は凄く可愛いんだから、自信持って！」

「うーん……まぁ……そうだね。頑張るよセドリック」

三者三様で励まされていますけど、元はと言えば貴方方のせいで、こんな残念な格好で学院に通わなけりゃいけないんですよ？　そこら辺分かっているんですかね？

……まあさ、私のやらかしさえなければ、そもそも王立学院に通わずに済んだんだから、自業自得と言えばそれまでなんだけどね。

まあ、この美形キャンセラー機能付き眼鏡で、学院の連中の三分の二（つまりは男連中）は、大なり小なり顔がぼやけるだろうから、少しは気楽だけどね。なんせ私、根は小心者だから。

「ほら、エレノア。王立学院が見えてきたよ」

オリヴァー兄様の言葉に、馬車から外の景色を覗いてみる。

すると大きな森を背景に、古城のような佇まいの建物が聳え立っているのが見えた。おお！　リアルホグ●ーツ！

「うわぁ……お城だ！　しかも、物凄く大きいですね！」

「なんでも数百年前に建てられた、とある王族の別邸だったそうだよ。一説によると、その王族が王立学院の初代学院長だったたって話だ」

「記録とかは残っていないんですか？」

「王族だからか、そこら辺が曖昧にされていてね。詳しい事は分からないんだよ。尤も、王族だったら詳しく知っているかもしれないけどね」

ふーん、そうなんだ。……って、まてよ？　丁度王族が入学してくるじゃないか。だったら彼に聞いてみれば色々分かるかもしれないよね。

そんな事を考えていたら、オリヴァー兄様がニッコリ笑顔を私に向けた。……おおぅ……見えないけど、多分目が笑っていない。

「エレノア？　駄目だからね？」

「……はい……」

笑顔の脅しに素直に頷く。

オリヴァー兄様の今言いたかった事とはつまり「必要以上にリアム殿下と接触するのは駄目だからね」である。

聖女様に「仲良くしてね」と言われたのに、仲良くしなくていいのかなって思うけど、母様が勝手に承諾しただけだから、仲良くしなくていいんだって。

それって本当でしょうね兄様？　不敬罪でしょっぴかれないですよね？

それにしてもオリヴァー兄様。私の考えている事、何で分かるんだろう。エスパーか何かかな？

え？　私が考えている事って、だいたい顔に書いてあるから、すぐ分かるって？　あ、クライヴ兄様も同意して頷いている。セドリックは……って、顔背けんな！

どーせね、単純思考な女ですよ私は！

ちなみに私、兄様方やセドリック、父様方の顔はぼやけて見えないけど、どんな表情しているかとかは、なんとなく分かるようになった。

どうやら相手との親密度次第で、そういう事が分かるようになるみたいだ。これって単純に、この遮光眼鏡のオプションなのだろうか？

おっと！　そうこうしている間に、正門に到着したようだ。

見ればあちらこちらに馬車が沢山停まっているよ。そして、制服を身に着けた少年少女がわらわらいる。

……やっぱりと言うか、ちょっと見た感じは男子の方が圧倒的に多いね。

「貴族だからといって、全員が王立学院に通う訳では無いからね。ましてやご令嬢方ともなれば、尚更だし」

……そうだよね。全員がそうじゃなくても、種の保存の為の箔付け目的ってのが、貴族のご令息がこの王立学院に通う最大の理由だ。

そんな場所に令嬢達が通う理由なんて、より良いスペックのご令息をゲットする為以外無いもんね。

聞けば、もう既に婚約者なり恋人候補なりがほぼ決まっているご令嬢なんかは、通う必要が無いから、そもそも王立学院に入学しないらしい。（というか、婚約者達やその周囲が他の男達《ライバル》に目が向かないよう、ガッチリガードしているのだそうだ）

……本来であれば、私もそのうちの一人なんだよね。

だって、こんな超ハイスペックな婚約者が三人もいるんだから。別にもう他の恋人や婚約者なんて探す必要もないし。

でも他の人達はこっちの事情なんて知る訳ないから、私が王立学院に通う理由、単純に男漁りだと思ってるよね絶対。……はぁ……。憂鬱だなぁ。

「さて、それじゃあ行こうか」

そう言うと、オリヴァー兄様が馬車から降りる。

……と同時に、周囲からどよめきと黄色い歓声が上がった。

そりゃそうだよね。オリヴァー兄様、超絶カッコいいし、現生徒会長な訳だから。男も女もほぼ全てが憧れる存在なんですよ。

次に降り立ったのはセドリック。

これまた女子の黄色い声があちこちから上がっている。うん、早速肉食女子達にロックオンされたっぽいね。

最後に、クライヴ兄様と私が降り立つ。

一見して仕立てが良いと分かる、黒い執事服に身を包んだクライヴ兄様が馬車から降り立った瞬間、オリヴァー兄様と張るほどの黄色い歓声が上がった。

そりゃそうだ。クライヴ兄様だって、オリヴァー兄様と遜色ないほどの美形な上、生徒会前副会長をしていた、超有名人だから。

先日の品評会……じゃなくて卒業式は、アシュル殿下がいらっしゃった事もあって、国の内外から見物人がごった返して大変だったそうだし。

しかも以前は、グラント父様が一代限りの名誉男爵だった関係で、クライヴ兄様の身分はほぼ平民扱いだった。

だけどつい先日、グラント父様は国から正式に子爵位を賜った。

つまりその事によって、クライヴ兄様は今現在、れっきとした貴族令息となっているのだ。

筆頭婚約者と違って、普通の婚約者であるクライヴ兄様は、「あわよくば恋人に」と狙っているご令嬢達の恰好の獲物《ターゲット》だ。

しかもオリヴァー兄様と違って、私が無理矢理婚約者にしたって事になっているから、尚更狙い目と思われているのだろう。在校生であろうお姉様方も、うっとりとした様子で黄色い歓声を上げている。

「どうぞ、お嬢様」

そう言って、恭しく差し出されたクライヴ兄様の手を取り、深呼吸をしてから馬車から降りる。

すると途端、空気が氷点下まで凍り付いた。ついでに射殺されんばかりの視線が容赦なく突き刺さってくる。……痛い。

「いやだ……何あれ」

「ねぇ……みっともないったら……」

ヒソヒソ、クスクスといった、嘲笑もあちらこちらから聞こえてくる。うう……これから三年間、ずっとこれなのかぁ……。憂鬱。

「じゃあねエレノア。僕は生徒会へ行かなければいけないから。ここからはクライヴに案内してもらいなさい。分からない事があったら、彼になんでも聞くといい」

「はい、オリヴァー兄様」

オリヴァー兄様はニッコリ優しい笑顔を私に向けると、私の頬に優しくキスを落とす。

途端、周囲から押し殺そうともしない金切り声が上がった。私の方はと言えば、極度の緊張からか、ほんのり顔を赤らめる程度で済んだ。ふぅ……やれやれ。

「クライヴ、そしてセドリック。エレノアを頼んだよ」

「はい、承知しました」

「お任せください、兄上」

「それじゃあエレノア。また後でね」

そう言って軽く手を振り、颯爽と建物の中に入って行くオリヴァー兄様に、私も軽く手を振り返しながら見送った。

そうして兄様の姿が見えなくなると、下ろした手が誰かの手に包まれる。

驚いて横を向くと、セドリックが私の手を握って、ニッコリと優しい笑顔を向けてくれていた。思わずほっこりしてしまい、私も笑顔を返す。（なんか、あちこちから歯ぎしりの音が聞こえてきたような気がするが……）

「さて。では参りましょうか、お嬢様。お坊ちゃま」

「うん、クライヴ」

て行った。

「はい。分かりました」

クライヴ兄様に優しく促され、私はセドリックと手を繋いだまま、王立学院の建物の中へと入って行った。

◆◆◆◆◆

入学式の会場となったのは、王立学院の敷地内にある大きな教会だった。

この国は女尊男卑らしく、信仰しているのは豊穣の女神であり、その女神が自分を信仰している子らを守る為に遣わされたとされる『聖女』も、等しく信仰の対象とされている。

だからなのか、教会の聖壇にある地上から天井にまで届きそうな巨大な窓ガラスには、豊穣の女神と、その足元で祈りを捧げる聖女……といった図式の、美しいステンドグラスが嵌め込まれていた。

つまり今の王家は、神の御使いである『聖女』を公妃としている訳で、その尊い血を受け継いでいる王子方は、まさにご令嬢達の垂涎の的な訳だ。

それゆえ、アシュル殿下に続いて学院に入学してくるリアム殿下と、なんとしても縁を結びたいというご令嬢や、取り巻き希望のご令息、その親族達の気合は半端ないものとなっているらしい。

実際、ご令嬢達の制服、しっかりアレンジされているみたいだけど、婚約者や恋人の『色』を纏っているご令嬢方は驚くほど少ない。つまり、リアム殿下にアピールする気満々って訳だ。

『でも見た感じ、殿下らしき人は見当たらないな』

確かリアム殿下は、目が覚めるような青い髪と瞳を持っているって話だが、広い会場中を見渡しても、そういった髪色の少年はいないようだ。

「早い段階から来ると、いらん騒ぎになるからな。多分だが式の始まる直前に会場入りするはずだ」

傍のクライヴ兄様が、こっそり小声で私に教えてくれた。

成程。アイドルの入り待ちしている追っかけを避けるって要領だね。

リアム殿下の登場を、今か今かと浮足立って待っているご令嬢やご令息達を他所に、私達は自分達に与えられた席へと向かった。

実は爵位の底上げに伴い、我がバッシュ侯爵家も今回爵位が上がり、公爵家になった。

その為、私や私の婚約者であるセドリックが座る席は、王族と同列である最前列だ。

私の専従執事であり、護衛であるクライヴ兄様は、すぐ駆け付けられる位置に立って、私達を見守る事になっている。

それにしても最前列とは……。偉い人の難しい話をベラベラ喋られたら、寝てしまいそうで恐いな。

そんな事を考えていたら、突然背後からワッと大歓声が上がった。

「……来たな……」

「ええ……そうですね」

クライヴ兄様とセドリックが、厳しい視線を後方に向ける。

私も慌てて振り向いて見てみると、入り口付近で何やら人の山が築かれていた。

「キャー！　リアム殿下！」

「凄い！　聖女様もいらっしゃるぞ！」

もう、男子も女子も大興奮って感じだ。ついでに彼らの保護者達や、学院関係者達も興奮を隠し切れていない。

まあそうだよね。普通だったら直にお会いする事など叶わない、王族と聖女様だもん。

「あの……兄様。私、ご挨拶しなくても宜しいのですか？」

「あっちから来るならいざ知らず、こっちからわざわざ行く必要はない」

そうですか。ブレませんね兄様。

でも私、王子様はともかく、聖女様って見てみたかったな。

だって、まんまリアルファンタジーの世界だよ⁉　乙女ゲームの定番中の定番な存在だよ⁉　どんな方なのか、めっちゃ気になるじゃないか！

『多分、こちらに座られるだろうし。後でこっそりチラ見しよう』

そう思いながら自分の席へと着席したのだが……ん？　何か、ざわめきがこちらに近付いて来ているような……？

「バッシュ公爵令嬢」

「はい？」

いきなり声をかけられ、思わずといった具合に間の抜けた声を上げ、振り向いた先には……。物凄い数の護衛を背後に引き連れた、長い黒髪の美しい女性が立っていた。

癖の無い、真っすぐでサラサラの髪。瞳も黒曜石のような艶やかな黒色で、不思議な温かみを湛えている。

そして聖女の名に相応しく、真っ白い服に金色の刺繍が施された豪華な聖職者の服を着ていて、まるでステンドグラスに描かれている聖女そのものと言った神々しさだ。

私は言葉を発するのも忘れ、椅子に座ったままポカンと聖女様を見つめていた。

「お嬢様！」

　クライヴ兄様の言葉に我に返ると、クライヴ兄様やセドリック、そしてその場にいた人達が全員、聖女様に最大限の礼を執っているのが見えた。

　私も慌てて椅子から立ち上がると、最上位の方に対して行うカーテシーを聖女様に披露する。

「ああ、そんなに畏まらないで。他の皆様方も、顔を上げてくださいな」

　優しい声に、恐る恐る顔を上げてみると、聖女様が苦笑しているのが見えた。

「バッシュ公爵令嬢。この度は私達親の我儘で、貴女を学院に来させる事になってしまって、ごめんなさいね」

「えっ？　へっ？　い、いえっ！　そ、そのような事は！　はいっ！」

　もはや緊張のせいで、自分が何を口走っているのかよく分からない。

「リアム」

「はい、母上」

　聖女様に呼ばれて、前に進み出て来たのは青い髪を持った少年だった。

　十一歳とは思えない、スラリとした長身。制服を着ていても分かる、均等の取れた体付き。

　顔は……案の定、めっちゃぼやけて、口元しか分かりません。つまりは兄様方と同レベルの超絶美少年って事ですね。

　という事は、この眼鏡をしていなかったら、間違いなくロイヤルファミリーと聖女様の前で盛大に鼻血を噴いてしまっていたって事だ。

　危ない……。真面目にヤバかった！

「私の四番目の息子のリアムよ。ずっとお城の中に引きこもっていたから、あまり外の世界に慣れていないの。どうか仲良くしてあげてね？　親の欲目かもしれないけど、とても良い子なのよ。……ちょっとぶっきらぼうだけどね」

うわぁ……。『仲良くしてね』の要請が、聖女様直々に来た！　これ、お断り出来ないヤツ……だよね？

「リアムだ。初めまして……は不要だな。エレノア嬢。また会えて嬉しいよ」

「はい⁉」

また会えて……？　え？　私、貴方様とどこでお会いしましたっけ？　確か貴方、お茶会欠席でしたよね？

リアム殿下はニッコリ笑うと、おもむろに右手を上げてヒラヒラさせる。

その手には、真っ白いリボンが包帯のように巻き付けられていた。……ん？　包帯……え……？

「あの後すぐ君の助言通り、ちゃんと医者に診せたんだ。お陰で傷は残らずに済んだよ」

ザーッと、私の顔から血の気が引いた。

あ、あの時の美少年給仕係って……まさかリアム殿下だったんですかー⁉

どうりで私の性格、筒抜けになっている訳だよ！　だって王子様本人に本性出しちゃってたんだから！　横にいたクライヴ兄様も瞬時に事情を察したらしく、鋭い視線をリアム殿下に向けている。

ちょっ、兄様！　不敬です！　抑えて！

「リ……リアム殿下……」

「ああ、そんな堅苦しい敬称なんていらない。君には俺の事『リアム』って呼び捨てにしてほしいんだ。だって俺達、これから友達になるんだしね？」

『友達』の部分、やけに強調した気がするのは気のせいでしょうか？

ニコニコ上機嫌なリアム殿下と、あうあうと二の句が継げずにいる私を見て、聖女様はとっても楽しそうなご様子で微笑んでいる。

それを複雑そうな顔で見つめるセドリックと、射殺せんばかりの般若面なクライヴ兄様。そして背後から強烈に突き刺さってくる、好奇と嫉妬の視線。

――入学式すらまだ始まってないってのに、初日からこれですか……。

私の波乱の学院生活を予感させる騒動に、私は一人。瓶底眼鏡の奥で遠い目をしたのだった。

◆◆◆◆◆

てんやわんやだった入学式の後、私達新入生は割り振られたクラスへと向かった。

新入生のクラスは三クラスに分かれていて、私とセドリックは幸運な事に同じクラスになった。

しかし喜びも束の間。なんとリアム殿下も私達と同じクラスになってしまったのだった。

しかも聖女様直々に「お願い」された私は、半ば強制的にリアム殿下の隣の席に座らされる羽目になってしまったのである。

その結果。私は三人掛けの席にセドリックとリアム殿下に挟まれて座る事となってしまいました。

うう……。周囲の視線がめちゃくちゃ痛い。

「これから宜しくな、エレノア。そして君は、エレノアの婚約者の……セドリックだったな。君も宜しく！」

「宜しくお願いします、殿下」

リアム殿下に、ふんわり笑顔で挨拶するセドリック。

心の中ではどう思っているのか分からないけど、流石は癒し要員。要注意人物のリアム殿下への対応にもそつがない。リアム殿下もセドリックに普通に接せられて、ちょっと驚いている様子だ。

……それにしてもクラスの雰囲気、最悪だな。

女子はリアム殿下に熱い視線を向けたり、私に対して敵意剥き出しの視線を向けたりと忙しく、男子はと言えば、リアム殿下を凝視するのは不敬に当たると思っているのか、主に私に対して好奇の視線を向けている。その中には侮蔑交じりの鋭い視線も交じっていて、正直うんざりである。

まあここにいる殆どの子達が、あのお茶会に参加していただろうから、そういう態度を取られるのも仕方ない。

寧ろ、王族にあんな態度取られた駄目令嬢が、何でリアム殿下の傍にいるんだよって、普通はそう思うもんね。

そして婚約者か恋人であろうご令嬢の傍に座っている男の子達などは、彼女らに必死に話しかけたり、ご機嫌を取ろうとして邪険にされたり、引っぱたかれたりしていて、まさにカオスだ。

「あー、静粛に！」

突然の声が教室内に凛と響き渡る。

壇上にはいつの間にか、一人の男性が立っていた。

え？　いつ来たのあの人？　ドアを開ける音も気配も、まるでしなかったよ？

他のクラスメート達も驚いたのか、騒がしかった教室内は水を打ったように静まり返った。

年の頃は、二十代半ばといったところだろうか。

背中まで伸ばした薄紫色の髪を一つにまとめていて、魔導師の正装をもっと簡素化したような恰好をしている。

……そして、顔は見え辛いレベル。そこそこイケメンといったところだろうか。

「僕は君達の担任になるベイシア・マロウです。初めまして。受け持つ教科は『攻撃魔法』。魔術を用いた戦闘術を教えている。王子様だろうが、高位貴族のお坊ちゃんだろうが、この学院内では等しく、我ら教師陣が鍛えるべき『生徒』だ。特に僕は一切容赦しないから、僕の授業には死を覚悟する心持ちで臨むように！」

朗らかに死刑宣告という名の自己紹介をした後、マロウ先生は学院での注意事項や今後の授業の割り振りなどを簡単に説明していく。

「――と、説明は以上。この後は学院内を自由に見学した後、各自解散！」

そう締めくくったマロウ先生は、そのまま颯爽と教室を後にした。

なんか皆、呆然としているし、不安そうな顔をしている子達もチラホラいる。まあ当然か。

でも私、あの先生なんか好きだな。竹を割ったような気《き》っ風《ぷ》の良さを感じる。

攻撃魔法ってのも、物凄い興味がある。是非とも受講して……。

「エレノア。マロウ先生の授業に興味があるの？」

私のやる気を瞬時に察したセドリックが、すかさず声をかけてくる。

おっと、そうだった。私、そういったものを嗜んでいない体を取らなくてはいけなかったんだった。特に剣などはご法度中のご法度だ。

「う、ううん。なんかあの先生の授業って、厳しそうだなって。セドリックが心配で……」

「エレノアは優しいね。うん、大丈夫。だから安心して見学しててね」

……はい。「大人しく見学してろ」ですね。分かりました。

「エレノアは、授業受けないのか？」

リアム殿下が私に問いかけてくる。

「え？　ああ、魔法とかには興味はありますが、男性が嗜むような格闘系の授業はちょっと……」

本当は、そういった授業は凄く受けてみたいんだけどね。

「じゃあ、その他の授業は？」

「え？　受けますけど？」

変な事聞くなぁと思っていると、リアム殿下が無言で私を見つめる。

「……ふぅん。やっぱ、変わってんな」

「え？　どこが⁉」

「そういうトコが」

……訳分からん。何で授業受けるって言ったら変人扱いなんだ？

「あの……それはどういう……」

リアム殿下に理由を聞こうとした私だったが、突如割って入って来た甘ったるい声が、私達の会話を遮った。

「リアム殿下ぁ！　わたくし、クリステア・レナード。レナード侯爵の娘です。リアム殿下と同じクラスになれるなんて、光栄の極みですわ！」

「わたくしも！　アン・ゼロスと申します！　ゼロス伯爵の娘ですわ。同級生同士、是非ともこれから仲良くしてくださいませ！」

「ねえ、殿下。お疲れでは御座いませんこと？　こちらのカフェテリアは、とても開放的で美しいのですって！　お茶も絶品との事ですから、宜しければわたくし達と喉を潤しに参りませんこと？」

おお！　これが肉食女子の狩り《ハンティング》ってやつですか！

態度や仕草、声とかは甘ったるいけど、目がマジだよ……。捕食者の目だよ……。うわぁ……迫力だなぁ。

「ふぅん。そういえば兄上も、ここのカフェテリアを絶賛されていたな。丁度喉も渇いたし……」

「でしょう!?　ですから是非！」

「そうだな。情報提供感謝する。じゃあ、行こうかエレノア」

「はい？」

え？　何故そこで私!?

「君も喉渇いたろ？　一緒にカフェテリアでお茶しよう。奢るよ」

お、奢りは嬉しいけど……。今ここでそんな事言ったら……！

私の予想通り、ご令嬢達が物凄い形相で私を一斉に睨みつけてきた。

おおう！　あんたら、さっきまでリアム殿下に向けていた、あの甘ったるい表情、どこに捨てて来たんだ!?

「リアム殿下！　カフェテリアにお誘いしたのは、わたくし達ですのに！」

「そうですわ！　バッシュ公爵令嬢は、関係ありませんでしょ!?」

「うん、そうだな。でも誰と行くかは自分で決める。俺は君達よりも、友人であるエレノアと行きたい。……そういう訳でそこ、どいてくれる？」

めっちゃ冷淡な声でそう言い放つリアム殿下。ご令嬢達は怯んだ様子で、慌てて左右に分かれた。

「エレノア、行こう」

こ、これって……断れないパターン……ですよね？

ってか殿下！　貴方絶対、ご令嬢方の虫除けに私を使ってるでしょ⁉　彼女らに見えないように含み笑いしているの、バッチリ見えてますよ⁉

「お待ちください、リアム殿下。僕もご一緒して宜しいでしょうか？」

すかさず、セドリックが立ち上がって進言してくれる。

リアム殿下、気を悪くするかな……と思ったが、そういった素振りも無く頷いてくれた。

「セドリック・クロス。君も俺の事、リアムって呼び捨てにしていいよ」

そして何と、まさかの呼び捨てＯＫ発言が出たのだった。

リアム殿下……確かに女子に対してはぶっきらぼうだけど、案外気さくな方だったりするんだな……。

「……有難う御座います。光栄です」

あれ？　でもセドリックの顔が強張っているよ。何で？

「じゃあ、三人で行くか。何のメニューがあるのか楽しみだな！」

なんか逆らえない圧を感じ、私は諦めの心境で席から立ち上がり、セドリック共々リアム殿下とカフェテリアへと向かった。

クラス中のご令嬢達の鋭い視線を背中に受け、火傷しそうになりながら……。

◆◆◆◆◆

「アシュル兄上に聞いた通り、ここのカフェテリアのお茶は美味しいな」

「……そうですね」

「お菓子は……やや甘すぎだな。ご令嬢方の利用が多いから仕方が無いとは言え……。明日からは持参してこようかな」

「……その方が良いと思います。……あの……リアム殿下？」

「『リアム』」

「……えっと、リ……リ……リア……ム……？」

つっかえながら殿下の名を呼んだ途端、リアム殿下の口元が思いっきり弧を描いた。

眼鏡のお陰で表情は見えないけど、雰囲気で分かる。きっと凄く良い笑顔を浮かべているに違いない。

それに反比例するかのように、私の周囲の温度は更に下がった。

多分これ、私の気のせいなんかじゃなく、私のすぐ後ろに控えているクライヴ兄様の魔力が漏れ出しているに違いない。

教室を出てすぐ、クライヴ兄様に殿下と一緒にカフェテリアに行く事を伝えると、クライヴ兄様はセドリックをチラ見した後、「それでは、席を確保して参ります」と言って姿を消した。

そして私達がカフェテリアに着いた時、クライヴ兄様に案内された席には何故か、オリヴァー兄様が優雅に寛いでおられたのだった。

……兄様？　貴方確か授業は無いけど、入学式や何やら、生徒会の仕事が忙しいって仰ってませんでしたか？

「いや。丁度休憩しようかと思っていたら、偶然クライヴと廊下で出会ってね。君達がお茶をすると言うから、折角だし僕も参加しようと思って」

そう言って微笑んでおられたけど、そんな偶然有り得ない。絶対クライヴ兄様がオリヴァー兄様に知らせたんだ。

『それにしても……』

さっきからブリザードが吹きすさんでいるようなこの場で、よくぞここまで気にせず朗らかにお茶が出来るなこの王子様。

流石は王族と言ったところなのか……。それとも単に、彼の神経が図太いだけなのか。

「リアム殿下は甘いものがそれほどお好きではないのですか？　婚約者と同席しているご令嬢に対し、無邪気に不躾な要求を突き付けられるほど幼くていらっしゃるから、てっきり子供舌とばかり思っておりましたよ」

うぉっ！　オリヴァー兄様。割と分かりやすい口撃を殿下に放った！

「はは、悪いけど俺は昔から甘過ぎるのは苦手でね。それに不躾でもなんでもないだろう？　なんせ俺と彼女は友達なんだから」

「長い事お城に引き籠っておられたから御存じないと思いますが、友達とは親の要請でなるものではありませんよ？」

まあ、確かにそうだけどさ。兄様、そろそろ止めた方が……。

「へぇ……。でもさ、オリヴァー・クロス。君達の婚約だって、親の強制だろ？」

「……貴族の娘の『筆頭婚約者』は、母親が決めるのが昔からの習わしです」

「あ、つまり強制だって事は認めるんだね。アシュル兄上から聞いたけど、エレノアも最初のうちは、君の事を婚約者だって認めていなかったんだろう？」

リアム殿下の挑発的な言葉に、オリヴァー兄様はそれでも笑顔のまま、優雅な仕草で紅茶を一口飲んだ。

「ええ、最初のうちはね。ですが今現在、僕達は心の底から愛し合っておりますよ？」

そう言うと、オリヴァー兄様は私の手を取り、甲に優しく口付ける。

当然というか、私の顔は瞬時に真っ赤になってしまった。

「それに僕の時はともかく、クライヴとセドリックは、エレノアが自分の意思で婚約者に選んだんですよ。ねえ？　エレノア」

「えっ!?　あ、は、はいっ！　そうです！」

「……なんか、脅迫っぽい……」

リアム殿下の呟きに、ここで初めてオリヴァー兄様はこめかみにビキリと青筋を立てた。

「オ、オリヴァー兄様……！」

お願いです、正気に戻ってください！　いつもの冷静な貴方はどこに行ってしまわれたのですか!?

……という、口に出せない言葉を思いに込めて、私はオリヴァー兄様の手を握った。

「――ッ！　ああ、エレノア」

ちょっと我に返った様子で私に微笑みかける兄様に、私も微笑み返した。

すると何故かいきなりフワリと風が私とオリヴァー兄様の間を吹き抜けていく。え？　何で？　どっかで窓が開いてるのかな？

思わず周囲を見回そうとして、ふと一人の少年がこちらに向かって歩いて来るのが目に留まった。

んん？　誰……？　って、彼は名前は憶えてないけど、クラスメートの一人だ。特に私に厳しい視線を向けている子だけど……なんか用でもあるのかな？

彼は私達のテーブルの近くまで来ると、リアム殿下に向かって恭しく一礼する。

「リアム殿下。御無礼を承知で進言致します」

「誰だ？　君は」

「私の名は、オーウェン・グレイソン。第一騎士団団長、ゼア・グレイソンの息子です。この度恐れ多くも殿下のクラスメートと相成りました」

殿下の怪訝そうな声にも怯まず、少年は自分の名を名乗る。そっか、彼って私のクラスメートだったのか。

「ああ、グレイソンの息子か……。済まないが、まだクラスメートの名は把握してなくてね。それで？　俺に何か用かな？」

オーウェンは再びリアム殿下に礼を執った後、何故か私に対して鋭い視線を向けてきた。

殺気すらこもったその視線を受け、クライヴ兄様がすかさず私を庇うような位置に立つ。

「リアム殿下。このバッシュ公爵令嬢は、他人を貶める悪女で御座います！　貴方様がお傍に侍らす価値は御座いません！」

「は？」

憎々し気にそう言い切られ、私は思わず、本日何度目かの間の抜けた声を発したのだった。

「……え〜っと……。悪女って。私、貴方になんかしましたっけ？」

視線で人を殺せたら、とっくに殺されているに違いないほどの鋭い視線を向けてくる彼、オーウェン君に、私は戸惑いながら声をかける。

ちなみに彼の顔はかなりぼやけている。という事は、セドリックレベルのイケメンとみた。……ってこの場合、その情報はどうでもいいんだけど。

「……イライア・ペレス伯爵令嬢を覚えているか？」

「いえ、全く」

秒で即答した私に、オーウェン君の口元が引き攣る。

「ふざけるな！　一年前、お前が陥れた令嬢の名を、忘れたとでも言うのか⁉」

「一年前……？」

そもそも私、ほぼ外界との接触を断っているから、知り合いなんていないんだけど。

首を傾げている私にイラついたのか、オーウェン君が更に憎しみのこもった眼差しで睨み付けてくる。あ！　ひょっとして、兄様方に懸想して撃沈しちゃったご令嬢の誰かかな？

『クライヴ兄様……。ひょっとして件のご令嬢、ご存じですか？』

『いや？　知らんぞ。オリヴァーなら知っている可能性はあるが……』

ヒソヒソと小声で話し合い、二人同時にオリヴァー兄様の方を振り向くと、オリヴァー兄様が静かに首を横に振った。

そうですか、無関係ですか。それは失礼しました。

「イライア・ペレス……」

リアム殿下がご令嬢の名を口ずさんで、なにやら考え込んでいる。

あれ？　ひょっとして兄様ではなく、リアム殿下絡みなのかな？

「……忘れたというのなら、思い出させてやる。一年前、お前は王家のお茶会に参加していた俺の婚約者、イライアやその友人達に偽りの罪を着せた。挙句、一族もろとも平民へと堕とし、イライアを修道院へと幽閉したんだ！　どうだ、思い出したか⁉」

――なんじゃそりゃー⁉

思い出すも何も、何で私がそんなえげつない事しなけりゃいけないいんだ⁉　それこそ冤罪ですって！　……ん？　あれ？　王家のお茶会……？

「お茶会で気に入った給仕係の少年を、イライア達から奪おうとして拒まれ、己の矜持を潰された。……そんなくだらない理由でイライアを……俺の婚約者を……！」

――思い出した！　そういえばあったたな、そんな事。

そうか。あの時リアム殿下を襲っていたご令嬢達の一人か！　すっかり忘れていたわ。

オーウェン君が言った事を反芻した私は、顔を青ざめさせた。……え？　何？　修道院行き？

……ん？　待てよ？

一族まとめて平民に……？

思わずリアム殿下の方を見ると、なんか「思い出した！」って顔してる。ひょっとしなくても、王家が制裁下したんですね⁉

「イライアは言っていた！　お前が父親であるバッシュ公爵や兄君達に頼んで、自分達に報復すると宣言していたと！　でもその事を父上や宰相様に進言しても、相手にされなかった。それどころか、「バッシュ公爵令嬢は関係ない」「イライアはそうなる運命だった。忘れろ」と言われて……っ！」

……うん、そりゃーお父さんも宰相様も、真実言う訳にはいかないよね。

だって王子様が給仕役していたなんて事、王家の威信に関わるだろうから誰にも言えないし、王家からも口止めされていただろう。

ましてや、「お前の婚約者は王子様をナンパしてフラれた挙句、腹いせに取り巻き達使って暴行したから、罰を受けたんだよ」……なんて、この真っすぐな少年には可哀想で口が裂けても言えないだろう。

「……俺は……俺は、彼女の筆頭婚約者だった。……なのに、そのお茶会には所用があり、参加していなかったんだ！　その為に、彼女を守る事も救う事も出来なかった！　この悔しさがお前に分かるか!?　おまけにお前自身は、そんな事があったのも忘れ、今度はリアム殿下を手中に収めんと、親を使って聖女様に取り入ろうだなんて……。恥を知れ！」

——どうしよう……。この子、思い込みが激し過ぎる。

しかしなぁ……。確かにあの時、父様や兄様にチクるぞーって脅したけど、まさかそれを逆手に取って、婚約者に都合の良い作り話しているとは思ってもみなかったな。

いや、イライア嬢は、自分に罰を下したのが王家だって事知らなかった可能性もあるから、私が親兄弟に頼んで報復したって思うのも無理ないか。

周囲をチラリと見てみれば、オーウェン君の話を真に受けた人達が、私に嫌悪の眼差しを向けている。ヒソヒソと囁き合っているのは、間違いなく私に対する悪口だろう。

参ったな。私、元々我儘で美形好きなご令嬢キャラで通っていたから、オーウェン君の言った事なんて、いかにもやりそうだって思われているよね。

ってか、ひょっとしてクラスの雰囲気が最悪だったのって、この話を皆信じていたからなのかな。

う〜ん。そうなると私って、確かに彼等の中では希代の悪女だわ。

いや、それよりも今ヤバイのは兄様方だ。

なんていうか、尋常ではない黒い魔力《オーラ》が彼らの背後に揺らめいているのが、見なくても分かってしまう。

「……オリヴァー。こいつ、殺《や》っちまってもいいか？」

「うーん……。許可したいけど、ここでは止めとこうか。こういう場合は陰で動かないと。色々と事後処理が面倒だからね」

兄様がたー！　殺《や》るってなんですか⁉

しかも陰で、何やらかすおつもりです⁉　私なんかの為に、犯罪者にならないでくださいよ！

ガタリ。と、リアム殿下が立ち上がるのを見て、私はハッとする。きっと彼は当事者として、あの時の真実を話そうとしているのだろう。

だけどそれは不味い。

リアム殿下が給仕係として働いていたのって、多分……いや、絶対何か理由があるはずなのだ。

どんな理由なのは私には分からないけど、それを口外してはいけないって事だけは、なんとなく分かる。

「リアム殿下、駄目！　座ってて！」

私からの制止に、リアム殿下が怪訝そうな顔をする。

いや。眼鏡の所為で、めっちゃぼやけていて表情は分からないんだけど、どんな表情しているのか、雰囲気で何となく分かるようになってきたんだよね。

「何故だ？　だって、あれは俺が……」

「でも、その事バラしちゃ不味いんでしょう？」

「だが、このままじゃ君が！」

「大丈夫！　私が何とか説得するから！」

「説得できると思っているのか⁉　言いたくないが、君の言葉は誰にも信用されないぞ？」

痛いところを衝かれた。

まあ、そうだろうね。悪女認定されてしまっている私の言う事を信じてくれる人は、兄様方やセドリック以外、誰もいないかもしれない。……でも。

「友達の大切な秘密は、守るべきです」

「――ッ！」

そう。たとえ聖女様からの要請で、なし崩し的に友達になったとはいえ、友達は友達だ。

王家の事情もさる事ながら、話してはいけないだろう事を、彼に話させる訳にはいかない。

「あの……グレイソン君？　信じられないだろうけど私、そんな事していないわよ」

「黙れ！　この期に及んで白を切るのか⁉」

「白を切るも何も、本当の事だもの。そもそも、私がやったって証拠はあるの？」

「――ッ……そ、れは……。だが、バッシュ公爵家が動いたのなら、証拠なんて残っている訳が……！」

「でもさ、いくら私が怪しいって言っても、証拠もなく、婚約者の言う事だけを真に受けて、公開処刑よろしくこんな場所で糾弾するって、それって男としてどうなの？」

痛いところを衝かれたのか、オーウェン君が黙り込んだ。

よし、このまま一気に畳みかけよう。

「もし私が貴方だったら、その悔しさをバネにして、血反吐吐いてでも証拠を掻き集めてから相手に挑むわね。それこそ、相手がぐうの音も出ない、とびっきりのネタを引っ提げて！」

――……ん？　あれ？

何だろう。いつの間にか、カフェテリア全体が静まり返ってる。あれ？　オーウェン君も固まってるよ。

……えーっと……。私今、何か不味い事言ったかな？

「……お嬢様。もう、それぐらいにしましょうか」

えっ？　クライヴ兄様。な、何ですか？　その冷たい表情。「お前、もういい加減黙れ」って、そんな副音声が顔に書いてありますよ？

あっ！　オリヴァー兄様が笑ってる！　でも（多分）目が笑ってない！　こ、これは……間違いなく、帰ったらお説教＆お仕置きコースですね⁉　セドリック、助けてー！　……あっ！　目を逸らされた！　そんな！　大切な婚約者に対して君、酷くないですか⁉

「……ぷっ……っく、は……ははは っ！」

突如、静まり返ったカフェテリアに、リアム殿下の笑い声が響き渡った。

「ち、血反吐とか、ネタ引っ提げてとか……！　ご令嬢の言う言葉じゃないし！　くく……。いや、君って本当……真面目にウケる……！」

尚も爆笑しながら、失礼なことをのたまう王子様に、私はジト目を向けた。

ご令嬢らしくなくて悪かったな！

「……さて、オーウェン・グレイソン。お前の婚約者が言っていた、バッシュ公爵令嬢に見初められたとされる給仕係だがね。……それは俺の事だよ」

「――……は……？」

「リ、リアム殿下⁉」

突然のカミングアウトに、オーウェン君は固まり、場内は騒然とする。

そんな状況や焦る私にお構いなしに、リアム殿下は淡々と事実を説明していった。

「俺はあの時、給仕係としてお茶会に参加していたんだ。お前の婚約者は、給仕係に扮した俺に色目を使い、俺が相手にしないと激怒した。挙句、取り巻き達と共に「自分のものになれ」と脅しをかけてきた。そして拒んだ俺に対し、あろう事か暴力をふるってきたんだ」

オーウェン君の顔が、みるみるうちに青ざめていく。

カフェテリア内も、リアム殿下が語る暴露話に、蜂の巣をつついたようにざわめき始めた。

「そんな時、たまたま通りかかったバッシュ公爵令嬢が、彼女らを追い払ってくれたんだ。……俺を手中に収める為に、母上に取り入った？　馬鹿馬鹿しい。エレノアは俺を助けてくれた時だって、何の見返りも求めなかったんだぞ？」

「そ……そんな……。それじゃあ……彼女は……俺の婚約者は……」

「王族を理不尽に傷つけたから罰を受けた。それだけの話だ」

その言葉が決定打となり、オーウェン君はその場に崩れ落ちてしまった。

そんな彼を冷たい表情で見つめるリアム殿下には、まだ幼いながら、確実に王族としての威厳が備わっていた。

「リ、リアムでん……」

「『リアム』」

「あ、ごめん！　リアム。……あの……良いの？　喋っちゃって……。本当はいけないんじゃ……」

「構わない。そもそも、王子が十歳の誕生日に給仕係に扮するのって、妃選びの一環ってだけなんだ。平民のフリしてれば、相手の本性分かりやすいだろ？」

「な、成程……」

確かに。私もうっかり本性曝け出しちゃったからな。

ん？　何か近くにいたご令嬢達が青ざめている。……ひょっとして君達、殿下方の誰かしらに、なんかやらかした前科があるのかな？

「でも、それじゃあやっぱり話しちゃったら不味かったんじゃ……」

「大丈夫。相手の本性を知る方法なんて、いくらでもあるしね」

おいこら君、爽やかにサラッとそんな事言うな。恐いだろうが！

「それに君という、一人の女性の尊厳を守る為なら、王家の秘密なんて知られたって別に構わない。……それに、友達は守らなきゃ……だろ？」

最後の台詞、ちょっと小声で照れくさそうで、不覚にもときめいてしまいましたよ。

流石は選ばれし血を持つロイヤルファミリー。顔が見えなくても、男子力半端ない！

「さて、オーウェン・グレイソン。分かっているとは思うが、自分の一方的な思い込みで、無実のご令嬢を侮辱し、傷つけた事。追って王家から沙汰が下る。覚悟しておけ」

悄然《しょうぜん》と俯いていたオーウェン君は、リアム殿下の言葉に力無く頷いた。

「……はい。今はただ、己を恥じ入るばかりです。騎士道を重んじる家系に生まれながら、私はなんと最低な事をしでかしてしまったのか……。どのような重い処分でも、受け入れる覚悟です」

「分かった。せめて、お前の親や親族達には影響が出ないよう、父上達に進言しておこう」

「感謝致します」

「ち、ちょっと待ってください！　何もそんな大事にしなくても！」

そもそもが、恋に一途な純情少年の勘違いによる暴走なんだし。

「エレノア。この者は尊び、守るべき『女性』を、理不尽な理由で攻撃したんだ。いくら君自身が問題無いと言っても、ちゃんと罰を与えなければ他の者に対して示しがつかない」

ううっ！　そ、それを言われると……。って、そうだ！

「わ、分かった！　じゃあ、攻撃された私が罰を与えるから！」

「え？」

「ね、それならいいでしょ？」

瓶底眼鏡にソバカス顔の女のお強請りに、どれほどの効果があるかどうかは分からないが、私は祈るように両手を組み、必死にリアム殿下にお願いした。

「……まあ、他ならぬ君がそう言うなら……」

やった！　折れてくれた！

女子力……いや、それは無いだろうから、友情力バンザイ！

「お嬢様……。一体何をなさるおつもりです？」

「エレノア？」

兄様方やセドリックが、不安そうな顔をする。

それに対して「大丈夫です」という意味を込めて頷くと、何故か更に不安そうな顔になった。なんでだよ⁉

私は床にへたり込んで俯いているオーウェン君の元へと歩いて行った。

「オーウェン・グレイソン。今から貴方に与える罰を言い渡すわね」

私の声掛けに、オーウェン君の肩がビクリと弾んだ。

「貴方はこれから、卒業するまでの間ずっと、上位成績者十名で在り続けなさい」

オーウェン君が、弾かれた様に私の顔を仰ぎ見た。それと同時に、固唾を飲んで見守っていた周囲の人々も一斉にざわつきだす。

「そんな事、出来る訳が……」「信じられない。なんて残酷な」って声が聞こえてくる。

……えっと、この学院で上位十名に入るのって凄く大変そうだったから、罰に丁度良いかと思っていたんだけど……。き、厳し過ぎたかな？

エレノアが内心焦っていたその背後では、クライヴとオリヴァーが感心した様子でエレノアを見つめていた。

「へぇ……。エレノア、随分粋な罰を与えたな」

「そうだね。まあ、彼にとってはある意味、普通に罰を受けるよりも過酷かもしれないけどね」

この学院で、上位十名であり続ける。それは生半可な努力では、決して成し得ない偉業だ。

だがだからこそ、それを成し遂げられたとしたら、彼は自分自身の手で己の罪を償うだけでなく、普通だったら永劫に取り戻す事の叶わない、己の名誉と自尊心をも取り戻す事が出来るのだ。

「流石はエレノアですね。ただ優しいだけじゃなく、ちゃんと相手の今後の事も考えている」

嬉しそうにそう話すセドリックに、オリヴァーは目を細める。

この罰を厳し過ぎると捉える者は多いだろう。だがその意図を正しく理解した者達は、確実にエレノアへの見方を変える筈だ。

「やれやれ。初日からこれでは、この先が思いやられるな」

オリヴァーは苦笑を浮かべた。

虫除けの為にと、敢えて放置していた悪評だったが、きっと彼女はこうして自分自身の力で周囲の思い込みや悪意を払拭していってしまうに違いない。

「本当に、僕らのお姫様は最強だな」

オリヴァーの言葉に、クライヴとセドリックが同意とばかりに頷いた。

――が、そこで終わらないのがエレノアがエレノアたる所以であった。

「……バッシュ……公爵令嬢……。俺は……あんな……あんな酷い言葉で、貴女を侮辱したのに……」

オリヴァー達同様、真意を理解したオーウェンがハラハラと涙を零す。

そんな彼と目線を合わせるように膝を突いたエレノアは、彼にだけ聞こえるように囁いた。

「大丈夫。失恋の傷は新しい恋で癒すのが一番！　頑張って卒業まで上位十名でい続ければ、きっと卒業後は恋人でも婚約者でも選びたい放題よ！　頑張って！」

それはエレノアなりの激励であったのだろう。

だが、言われた本人であるオーウェンや、唇の動きで何を言ったか察したオリヴァー達は瞬時に固まってしまった。

それはそのはず。『女性を選びたい放題』なんて、決してご令嬢が男子に言っていい台詞ではない。

エレノアはそんなオーウェンや兄達を見て「あれ？」と首を傾げたが、周囲はというと、そんなエレノアを見ながら、再びヒソヒソしだしている。

多分だが、無理難題に打ちひしがれているオーウェンに、とどめのキツイ一言を言ったとでも勘違いしたのだろう。

「……クライヴ。今すぐエレノアを回収して、馬車に放り込んでおいてくれない？　僕もすぐ後から行くから」

「ああ、分かった」

頭痛を耐えるように眉間を指で押さえているオリヴァーを見た後、リアム殿下をチラリと見てみると、口元を手で押さえてしゃがみ込んでいる。

どうやら彼は先程のエレノアの発言がツボにはまり、笑い出したいのを必死に耐えているようだ。

確かにさっきの発言を知っているのは、オーウェンと自分達だけだからいいものの、これ以上エレノアがああいった言葉を口にしてしまえば、「ふしだら」だのなんだの、更なる悪評の恰好の餌にされかねない。

クライヴは溜息をつくと、愛する困った婚約者を回収すべく、エレノアの元へと向かったのだった。

ちなみに学院内でのエレノアの評価だが、『我儘な男漁り令嬢』に加え『血も涙もない悪魔のような冷血令嬢』だの『慎みがない』だのがプラスされたが、『なんか変わり者な残念令嬢』という、やや好意的（？）なものも含まれるようになったとの事であった。

◆◆◆◆◆

あの騒動から数日が経過した。

「エレノア。その後、彼はどうだい？」

皆で一緒に食事をしていた時、ふいにオリヴァー兄様からオーウェン君の事を聞かれた。

「はい、オリヴァー兄様。上位十名目指して、凄く頑張ってます！」

それに彼、とても私に対して友好的になってくれたし、そのお陰なのか、私に気さくに声をかけてきてくれる男子もチラホラ出てきたのである。

……まあ、ご令嬢達の態度は相変わらずなんだけどね。

「そう。良かったね」

オリヴァー兄様と、ついでにクライヴ兄様の表情がホッとしたものになる。

兄様方、王家対策とはいえ、私が学院で辛い思いをしているって、凄く気にしているからなぁ。

「あ、でもそう言えば……」

「ん？　どうかした？」

「えっと、あの騒動があった翌日、オーウェン君に『いつか、貴女に認められる騎士を目指します！　もしそれが実現出来た暁には、貴方に騎士の忠誠を捧げさせて下さい！』って言われたんですよね。でも暫くしてから『済みません……さっきの言葉は忘れてください』って、言われて。なんだったのかなって」

その時、彼の顔色が凄く悪かったのが気になったのだが、調子が悪いのかと聞いても、首を横に振るばかりだった。

「ふーん……。きっと、一時の気の迷いだった事に気が付いたんじゃないかな？」

オリヴァー兄様の言葉に「成程」と納得した私は、兄様とセドリックが互いに顔を見合わせ、頷き合っているのに気付く事なく、大好きなラム肉の香草焼きを口に含んだのだった。

第三勢力

王立学院に通うようになって、ほぼ一ヵ月が経過した。

その間で変わった事と言えば、日に日にクラスから女子が姿を消し、今現在は私一人だけが男子達に交じって授業を受けているって事ぐらいだろうか。

え？　まさにハーレム状態？　いやいや、普通に勉強しているだけだから。

そもそも私、まだ悪女認定されているから、そういったアプローチをしてくる男子は皆無だし、彼らに、婚約者や恋人でもない女の機嫌なんて取っている暇などない。

特に最初の試験があと一ヵ月後に控えているからね。皆、真剣そのものだ。

ちなみにクラスの人数だが、最初のうちは七十人ほどいた。

教室自体、大学の講堂並みに広いから（実際、教師が立つ壇上を中心に、放射線状に生徒達の席があるので、ほぼ大学のクラスそのものである）別に圧迫感は無かったけど、クラスの二割ほどの女生徒が居なくなった今は、五十人ぐらいとなっている。

「ぐらい」って言うのは、家の都合や体調の関係で、たまに来る生徒がいるからである。

ご令嬢方は狩り《ハンティング》の為に学院に通うのであって、勉強する事が目的ではない。

なので大体一ヵ月経つと、こうして男性だけになるそうなので、学院側もそれを踏まえて、クラスの人数を決めているのだろう。

入学式当日。リアム殿下に「授業出るの？」と聞かれて、「出る」と答えたら「変わっている」と言われたのだが、あれは本気で私が変わっていたからで、殿下が失礼な訳でもなんでもなかったという事だ。

でもさ、私は来ざるを得なかっただけで、狩り《ハンティング》をする為に王立学院《ここ》に来た訳ではないんだよね。

だから、ご令嬢方の溜まり場であるカフェテリアに行ったって、話す相手もいなければ、狩り《ハンティング》の相手を探す事もない。ぶっちゃけ、ただお茶してお菓子食べてるだけ。つまらない事この上ない。

まして、クライヴ兄様を侍らしてお茶するだなんて言語道断。

これ以上ご令嬢達の敵意と嫉妬の視線を浴びたくない。そんなの、ランチの時だけで十分ですよ。

まあさ、ご令嬢達の気持ちも分かるよ？

なんせ、こんなドリル頭で瓶底眼鏡な上、ソバカス顔の冴えない女が、現生徒会長であるオリヴァー兄様、オリヴァー兄様の実弟であり、将来の大有望株なセドリック、そしてなにより、リアム殿下という、超サラブレッドな面々に囲まれてランチしているんだから。

しかも、前副会長だったクライヴ兄様の給仕でね。

周囲から見たら、「お前、どんだけハーレム築いてんだよ⁉」って、ツッコミたくもなるわな。

うん、気持ちは分かるけど、周囲の……というより、ご令嬢方の表に裏にの罵詈雑言、なんとかならないものだろうか。

中には「あのわざとらしい高飛車な眼鏡がいやらしい」なんて言い掛かりに近いものまである始末。

……もうね。そこまでくると私も腹を括りますよ。

ええ、こうなったら私は私らしく過ごさせて頂きますとも。悪女と言いたければ言うがいい！

そう言う訳で、男子生徒に交じって勉強している方が、よっぽど気が楽だしマシなのである。

それに彼らは、徹底された生粋のレディーファースター達だ。

こんな残念な悪女の私に対しても、表面だけかもしれないけどちゃんと紳士的に接してくれる。

どっちが居心地良いかって言われたら、断然こっちですよ。授業も何気に楽しいし。

そう。まるで門をくぐっただけで終わってしまった、前世での大学生時代をやり直しているみたいな気持ちになってしまうんだよね。

とは言っても、華やかなキャンパスライフとは程遠い状況なんだけれども。

でも実は、私のこうした行動が、更にご令嬢達の顰蹙《ひんしゅく》を買っていたりするらしい。

……そうだよね。ご令嬢達や周囲の人達からすれば、女だてらに授業に参加するのって、やっぱ男漁りかハーレム待遇を狙っていると思われてしまうのも仕方ない。

ましてや私のクラスには、肉食女子にとっての最上の獲物《憧れ》である、王族《リアム殿下》までいらっしゃるのだ。「殿下狙い」という憶測までプラスされているから、クラスの男子以外の人達には、やっぱりよく思われてないっぽい。

……いや、ご令嬢達以外の人達は、逆になんか私を怖がっているっぽい雰囲気があるんだが……。ひょっとして、兄様方が睨みを利かせているのかもしれないな。

まあでも、こればっかりは学院生活を続けているうちに、徐々にでも分かってもらうしかないなと諦めている。親しく接してくれるクラスの男子達や私の大切な人達は、ちゃんと私の事を分かってくれているんだしね。十五歳になるまで四年もあるんだから、いつかは誤解も解ける。気長にいこう。

余談だが、クラスの女子達。暫くの間は私の真似して、ちゃんと授業に参加していたんだけど、基本授業に興味が無い上に女性至上主義脳のお陰で、授業中にお喋りするわ、男子に話しかけるわと、私からすれば有り得ない暴挙をしまくった結果、リアム殿下直々に「煩い。授業の邪魔。とっとと出てけ！」と追い出されてしまったのである。

この一件で、クラスにおけるリアムの株は爆上がりし、ご令嬢方による私への株は大暴落した。なんでも彼女らの中では、私がリアムにそう言わせ追い出した事になってるんだそうだ。

……お前ら……。どんだけ私を悪女にしたいんだよ!?

「エレノア、悪い。インクを切らしてしまった。お前の一緒に使わせてもらって構わないか？」

横に座っていたリアムに声をかけられ、私は勿論と頷いた。

「うん、いいよ。あ、でも私のインク、三色あるから間違えないでね？」

「そういやいつも、何でこんなにインク瓶があるのか不思議だったんだよな。成程……色が違ってたのか。でも何で色違いのインク使ってんだ？」

「だって黒だけじゃ後で見直した時、重要な所がすぐ分からないでしょ？　だから重要だなって所は青、もっと重要だなって所は赤にしているの。そうすれば一目瞭然だし、後でノート纏める時にも便利でしょ？」

「リアム。僕もエレノアに言われて、そうしてるんだ。慣れるまでは面倒かもしれないけど、凄くいいよ」

「へぇ、セドリックも使っているんだ。成程。じゃあ、俺も試してみようかな？」

「何々？　エレノア嬢。何かまた画期的な事してんの？」

「良かったら僕達にも教えてくれないか？」

私達の会話を聞いていたクラスメートの男子達が、わらわらと集まってくる。

彼らには以前、メル父様におねだりして作ってもらった、前世で言うところの付箋を普及し、大変感謝されていたので、また何か良いものを持って来たのではないのかと期待されているのだろう。

「うん、良いよ。あのねー、まずはインクを黒以外に好きな色二色使ってねー……」

ふんふんと、真剣な顔で私の説明を聞いている彼らを見ながら、今度は蛍光マーカーでも開発しようかな……と、頭の隅っこで考える。

でもあんまりこの世界にない物をポンポン作ると、私が転生者であるとバレてしまうかもしれないから、程々にね……って、父様からは釘を刺されている。

でもね、父様。付箋やこのインクの使い分け、何気に父様や王宮の文官達が大絶賛しているって事、私は知ってるんですよ？

こないだも父様、不備のある書類に赤いインクで思いっきりダメ出しして、相手を涙目にしてやったって、メル父様とグラント父様に笑って言っていたの、たまたま聞いちゃってたんだから。

「父様……溜まってるな」って、あの時はちょっと、目頭を押さえたけどね。

そんな訳で、父様の為にもうちょっと、前世のお役立ち文具を開発してもいいんじゃないかな？　って、思っている私です。

そうだ！　今度の父様の誕生日に、父様だけのお役立ち文具をプレゼントしよう。

オーダーメードの一点ものなら、普及させる訳じゃないし、いいんじゃないかな。帰ったら早速、オリヴァー兄様に開発の協力をお願いしようっと。

……ところでだ。

私はここにきて、ご令嬢達以外にも、私を敵視する人種がいる事を知ったのである。

それは誰かというと、男性でも女性でもない……。いわば第三勢力……とでも言うべきだろうか。

女性が少ないが為に、マイノリティーな立場ながらあまり迫害される事なく、確固とした地位を確立している人達。それは……。

「エレノア・バッシュ！　君、またリアム殿下や学友達と親し気にして！　その不躾で空気の読めない距離感、何とかした方がいいのではないか⁉」

——来たな。第三勢力の急先鋒。

ちょっとうんざりしながら声のした方向を振り向くと、少しシルバーがかったグレイの髪の少年が、腕組みしながら仁王立ちで私を睨んでいた。

ちなみに顔は結構ぼやけていて、表情は分からない。セドリック曰く、目は切れ長のシルバーで、全体的に割と中性的な容姿だそうだ。

成程……。制服も滅茶苦茶華美にアレンジされていてとても華やかだし、さぞかし似合っているのだろう。

「失礼な事言わないでほしいわね、マテオ・ワイアット。私は勉強法を皆に教えているだけよ。毎度毎度、私が何かするたびに別のクラスからすっ飛んで来るなんて、猟犬並みに鼻が利くのね」

「犬と一緒にするな！　この野蛮娘！」

「可愛げがある分、犬の方が百倍マシよ！　このストーカー男！」

「ス、ストーカー？　何だそれは？」

「病的な追っかけって意味」

「誰がお前のような、粗暴で不細工な女の追っかけなんぞするか！」

「不細工で悪かったわね！　だったら私なんぞに絡んでないで、その素晴らしい嗅覚生かして、自分好みの同類追っかけてなさいよ！」

「同類ではないが、好みなら一番はリアム殿下だ！　それかお前の横にいる婚約者も中々……」

「黙れマテオ！　この変態が！」

「悪いけど……僕はエレノア一筋だから」

……今の私達の会話でお察しいただけただろうか。

女性でも男性でもない第三勢力とはズバリ、『同性愛者《ゲイ》』である。

この学院にも一定数第三勢力が存在していて、彼らもご令嬢方同様、憧れの対象である者達がことごとく私の婚約者だという事に憤っているのだそうだ。

だがもし、彼らが私に何かしでかしたとして、ご令嬢方と違い『男性』である彼らに対し、兄様方は絶対に容赦しないだろう。だから、このマテオ少年のように、正面切って私に挑んでくる者は稀である。

ちなみに、同じ同性愛者でも色々あって、私の家庭教師はその殆どが第三勢力《同性愛者》の面々であったが、半数はオネェ様であった。

彼……マテオは、男として男が好きなタイプの第三勢力である。

そして恐ろしい事にこのマテオ、現宰相様の孫であり、リアムとは小さい頃から仲の良い友人として共に育った、いわば幼馴染同士の間柄だというのだ。

……まあ、よくあるBとLのお話的に、気が付けば友情が愛情に……というベタ過ぎるパターンを経て、マテオはリアムを一途に慕っているのだそうだ。

そして当然の事ながら、リアムに気に入られている私に対し、ゆるぎない敵意と嫉妬を向けてくるのである。

「マテオ。俺は幼馴染兼友人としてはお前を好きだがな、恋愛対象ではないと、あれほど口を酸っぱくして言ってるだろうが！　エレノアの言葉じゃないが、いい加減俺の事は諦めて、同類を好きになれ！」

「何を仰います殿下！　このマテオ、たとえ貴方に断られ、罵られ、足蹴にされても、それはご褒美……いえいえ、諦める理由になどなりません。私の愛は未来永劫、貴方様だけのもの。たとえ我が身が滅しようとも、魂となり果てようとも、貴方様の元を離れるつもりはありません！」

「……いっそ本気で滅してくれ……」

あ、リアムの目が死んだ魚の目に。

リアムとも仲良くなったら、だいたいどんな表情しているのか分かるようになってきたんだよね。

可哀想なので、私はいつもの奥の手を使った。

「クライヴ」

「はい。お嬢様」

今回、たまたま教室の隅に控えていたクライヴ兄様を呼ぶ。

他の子達の従者は、授業が終わる迄は使用人専用の部屋で待機なんだけど、女の子の従者は常に、その傍に居る事を許されているのだ。なので、クライヴ兄様は半々の割合で教室にて待機しているのである。

ちなみに何故常駐していないのかと言えば、セドリックもいるし、他の子達が委縮してしまうかららだそうだ。そりゃあ、クライヴ兄様は有名人だからな。

「また私の教室に不審人物が侵入して来たわ。元居た場所に捨ててきて！」

「かしこまりました」

クライヴ兄様はそう言うなり、マテオの襟首をガッシリ掴むと、喚く彼をズルズル引き摺りながら教室から出ていってしまった。

「済まない、エレノア。助かった……」

「良いのよ。でもリアムも大変ね」

「まあな。……あいつ、ああしてとち狂ってさえいなければ、あいつの兄同様、優秀で良い奴なんだが……。にしてもマテオの奴、あれだけエレノアを罵ってるってのに、よくあのクライヴ・オルセンにぶっ殺されないよな？　俺なんて、ちょっとエレノアと仲良く話をしているだけで睨まれるってのに」

不思議そうに首を傾げるリアムに、私はドヤ顔をしながら胸を張った。

「クライヴはあんな子供の言う事に、いちいち目くじら立てないわよ！」

なんてったって、物凄く強い上に冷静沈着な私の自慢の兄なのだから。

「う〜ん。多分クライヴ兄上、マテオがリアム狙いだから、手を出さないってだけじゃないかな？エレノアに微塵も興味が無いっていうところもポイント高いのかもね。あ、でもオリヴァー兄上に同じ事言ったら、間違いなくその場で燃やされると思うけど」

……クライヴ兄様……。

つまりは、リアムに精神的ダメージを与えてくれるから、マテオを放置しているって訳ですか。そんでもってオリヴァー兄様、愛が重いです。もし万が一、マテオが兄様の前で私の悪口言っても、どうか燃やさないでくださいね!?

「……髪の毛ぐらいは燃やしてくれても構わないんだが……」

割と本気っぽい口調で、リアムが呟いた。……貴方も何気に溜まってますね。

「お嬢様、不審人物を教室に放り込んでまいりました」

クライヴ兄様が戻って来た。……ん？　何かを手に持っている。

「あ、有難う……って、何それ？　布切れ？」

気のせいか、何だか制服っぽい色なんだけど……。

「ああ、これですか？　少々抵抗された為、うっかり魔力を放出してしまい、結果、彼の制服を凍らせてしまいました。それで教室に放り込んだ際、衝撃で制服がバラバラになってしまい、ゴミを廊下に放置する訳にもいかず、私の手に残っている分は持ち帰りました」

「………………」

クライヴ兄様……。

駄目だ。しっかりマテオの言った事に目くじら立ててた。

「制服だけで許してあげるなんて、やっぱりクライヴ兄上の方が冷静だよね」

セドリック、違う。それ、絶対に違うから！

「あいつにはいい薬だ。別に髪の毛を凍らせてやっても良かったんだぞ？」

リアム、貴方も煽るの止めてあげて！

「殿下のお許しとあらば、次回からはそうさせていただきます」

……マテオの毛根が死滅しませんように……。と、私は心の中で密かに祈ったのだった。

炭クッキーと試食係

「……退屈……」

私は広いバッシュ邸の中をテクテク歩きながら、そうひとりごちた。

本日は週末の為、王立学院はお休みである。

なので今日は久々に、クライヴ兄様と剣の稽古をしようと思っていたのだが、セドリックがリアムと何やら約束していたらしく、一緒に王城へと行ってしまったのだ。

セドリックだけでなく、クライヴ兄様まで一緒に行ったのは、弟の警護と私に関しての情報漏洩を防ぐ為である。

なにせ王宮は海千山千の修羅場を潜り抜けてきた猛者達が集う戦場（アイザック父様談）。そしてリアムだけならいざ知らず、王家直系達……特にアシュル殿下が絶対待ち構え、自分についてのアレコレをセドリックから聞き出そうとするに決まっている……からだそうだ。

そういった訳で、「考え過ぎでは？」と言ってみた私の言葉はまるっと無視され、満場一致でクライヴ兄様がセドリックの護衛として付いて行く事になったのである。

ちなみに、海千山千の修羅場の大半は、伴侶や恋人を巡っての争いなのだとか。

つまり王宮には、種を残す為の生存競争を勝ち抜いて来た、エリート中のエリート達が集っていると、そういう事なんだろう。

「まあ、いくら男子の嗜みを習得していても、所詮は十代前半の子供。しっかりしているとはいえ、セドリックでは彼らに良いように転がされてしまうだろうからね。クライヴ兄様が付いて行ったのは正解だったよね」

――ん？　でもクライヴ兄様だって、十代後半とはいえ女遊びもしないし、そんな連中相手に、どうやって戦うんだろうか？　……まあ、クライヴ兄様だったら、色々な意味でなんとかしそうだけど……。

そんな事を考えながら、私は話し相手を求め、オリヴァー兄様を捜しにサロンへと向かったのだった。

◆◆◆◆◆

「じゃあリアム。次は砂糖と卵を入れるから」

「分かった」

「あ！　違う！　卵は直に入れるんじゃなくて、ちゃんと解きほぐしてから少しずつ！」

「セドリック！　なんか分離した！」

「砂糖を先に入れないからだよ。……まあいっか。小麦粉と混ぜちゃえば同じだし」

王城内の巨大なキッチンの片隅で繰り広げられている王族とその友人によるやり取りを、何人ものシェフやその見習い達は、好奇心と緊張を押し隠しながら、チラチラと窺っていた。

「でもリアム。何でいきなり僕にお菓子を習いたいって思ったの？　わざわざ僕に習わなくたって、ここには優秀なシェフが沢山いるじゃないか」

「……だってエレノア、俺が持って来たお菓子は全然食べてくれないし。セドリックの作ったやつは物凄く喜んで食べるから、セドリックに教えてもらって作れば食べてくれるかと思って……」

リアムは分離してしまったクッキー生地を一生懸命混ぜながら、少し拗ねた様子で話す。

その様子を見たセドリックは、思わず苦笑してしまった。

「エレノアは、僕や兄上達以外の男性のお菓子は食べないんだよ。たとえどんなに美味しそうでもね」

――「食べない」というより、「食べられない」んだけどね……。とは、心の中でだけ呟く。

婚約者のいるご令嬢は基本、婚約者や恋人以外の男性からのお菓子は貰わないし食べない。

何故なら、お菓子を食べる＝その相手の好意を受け入れるという事になるからだ。

尤も、女性が「この人良いな」と相手を気に入ってしまえば、婚約者が懇願しようが恋人が泣こうが、関係なくお菓子を頂いてしまうのだが……。

しかしながら、本来王族が菓子を勧めて断るご令嬢はいないだろう。

万が一断ろうとしても不敬になる為、断る事は出来ない。……はずなのだが、エレノアの場合アシュルがやらかしてしまったお陰で、リアムのお菓子を断っても角が立たないのだ。

「いわゆる、『婚約者の特権』ってヤツか。……じゃあ、俺がお菓子作ってもエレノア食べてくれないかな」

「う〜ん……どうだろう。そこはエレノアだしなぁ……。食べるんじゃない？」

自分の為に、仮にも王子様が一生懸命作ってくれたお菓子だ。エレノアだったら絶対に絆されてしまい、断らないだろう。

そう、後でオリヴァーやクライヴに叱られると分かっていても。

「……セドリック。お前、何でそうなるって分かっていて、俺にお菓子を教えてくれているんだ？」

「ん？　……う〜ん……。なんていうか……リアムは友達だから……かな？」

エレノアは兄達にとっても、自分にとってもかけがえのない大切な婚約者だ。

その婚約者を奪いかねない王族のリアムに対し、敵に塩を送るような行為をするなど、本来であれば言語道断だろう。

でも、エレノアを無理矢理王立学院に引っ張り出した事はともかく、彼は王族の権威を振りかざして、強引にエレノアを自分のものにしようとはしない。

それにオリヴァーやクライヴに対する態度と違い、自分には親しい友人として、気さくな態度で接してくれるのだ。

リアムの自分に対する態度に、打算計算は一切感じられない。

だから兄達ほど、セドリックはこの目の前の王子様に対し、シビアな態度を取り切れないのだった。

「……エレノアもだけど、お前も大概、変わってるよな」

「そう？　エレノアと一緒だなんて、嬉しいな」

「褒めてねーよ」

「ふふ」

セドリックは、拗ねたような態度を取るリアムをまじまじと見つめる。

鮮やかな空色の髪と瞳。

滅多に現われないとされるその色は、強力な『風』の魔力を宿している証しだ。

まだ一回もリアムの素顔を見た事がないエレノアは知らないだろうが、その透き通るような美貌は、オリヴァーやクライヴと比べても、まるで遜色が無い。

なのに、その完璧な見た目と相反して、彼の性格はとても実直で不器用だ。

「この相手だ」と決めたら、それを貫く一途さも持っている。

身分といい、才能といい、美しい容姿といい。兄上達同様、自分とは比べ物にならないほど魅力的な王子様。

彼は将来、間違いなく自分達の強力なライバルとなるだろう。

その時は自分も、エレノアを守る為に全力で彼と戦うつもりだ。……でも今ぐらいはこうして、仲の良い友人として接していたい。

「……お前のそういうトコ、敵わないって思うよ」

リアムの呟きに、セドリックが首を傾げる。

「え？　何？　何か言った？」

「何でもない！　で？　次は何するんだ？」

「うん、それじゃあ小麦粉を入れて、馴染むまで捏ねてこうか！」

「……いいねぇ、仲良くて。まるで僕と君の関係みたいじゃないか？」

「……反論したいが、確かに一応友人だな。だがあっちと違って、俺にとってお前は、ただの悪友だ」

「相変わらず辛辣だねぇ」

弟達の奮闘ぶりを、同じキッチンの片隅でお茶をしながら微笑ましそうに見つめるアシュルの横で、クライヴは溜息をついた。

「お前、弟を見守りたいのは分かるが、そろそろここ出て行った方が良くねぇか？　シェフ達見てみろ。思いっきり挙動不審じゃねぇか」

クライヴの言う通り、第四王子のみならず、第一王子までもが居座っている事により、キッチン内は異様な緊迫感に包まれているのだ。

「そんな事言ったって、リアムの初めてのクッキングだよ？　父上達や母上も見学したいって言うのを宥めて、僕が一部始終を魔力再生するって事で、何とか落ち着いたんだから。しっかり最後まで見届けるさ」

うん、止めて正解だ。

今でさえ緊張のあまり、指を切ったり火傷をする者が続出しているというのに、ロイヤルファミリーが総動員で押し掛けたりなんぞしたら、シェフ達がパニックを起こした挙句、爆発事故すら起こし兼ねない。

「全く……。このブラコンが」

「クライヴに言われたくないよ。君、本当はセドリックをここに来させたくなかったんだろう？」

「………」

「エレノア嬢の婚約者としては、当然止めるべきだよね。でもセドリックが友人としてリアムに会いたがっているのを知っていたから、止められなかった。……君もオリヴァーも僕同様、重度のブラコンって訳だ」

アシュルの指摘に、クライヴは反論する事が出来なかった。

母親絡みで辛い過去を持っているセドリックの事は、オリヴァー共々常に気にかけていた。だからそんな彼がリアムと仲良くしている姿を見て、複雑ではあったが、同時に嬉しくもあったのだ。

リアムの事も、エレノアを奪うかもしれないライバルと認識しているものの、直に接しているうちにその実直で素直な人柄を知り、ついつい情が湧いてきてしまっていたりするのだ。

それにリアムのエレノアに対する感情も、まだ恋心と言うには若干微妙なレベルだ。

尤も、彼がエレノアに対して本気になったとしたら、容赦する気は毛頭無いが。

「ま、君達の兄心に免じて、リアムの大切な友人にあれこれ詮索するのは控えるよ。それに、リアムが毎日楽しそうに報告してくれる彼女のアレコレで、こちらも毎日和ませてもらっているしね。先日のマテオの件なんて、兄弟一同、腹を抱えて笑わせてもらったよ」

思い出し笑いをしながら、そう話すアシュルに対し、クライヴは再度溜息をついた。

「お前ら。弟があんだけ嫌がってんだから、もう少しマシな『影』付けてやれよ」

「あれ？　マテオがリアムの『影』だって、分かってた？」

「そりゃあな。ふとした拍子に見せる身のこなしや、エレノアの言葉じゃないが、嗅覚の鋭さを見りゃ、おおよその見当はつく」

「ふふ。ああ見えて、マテオは若手ではずば抜けて優秀な『影』だからね。あれ以上となると難しいんだよ。それに彼なら、エレノア嬢に絶対惚れないから、君達に排除されずに済むしね」

「………」

「一応、これでも色々考えているんだよ。ああでも。エレノア嬢は本当に楽しくて素敵な子だね。早く時間をつくって、直接話をしに行きたいな」

途端、鋭い眼光で睨み付けてくるクライヴに、アシュルは食えない笑顔で応戦する。

「…ん？　何か焦げ臭い……？」

アシュルの言葉に、クライヴも微かに漂ってくる臭いに気が付き、セドリック達の方を振り向く。するど何やら、二人が慌てているのが見えた。

「うわぁ……。派手にやったね」

「……食えると思うか？　これ」

「……分からないけど、誠意だけは伝わるんじゃないかな？　あ、でも一応、エレノアの目の前で毒見はした方がいいかもしれない」

「劇物レベル⁉」

「否定はしない」

「「……………」」

一触即発だった兄達を、自分達の和み行動でほっこりさせ、有耶無耶にしてしまった事にも気付かず、リアムとセドリックは真っ黒焦げになったクッキーを、いかにして食べられるようにするかを真剣に議論していた。

「チョコを上にかけて誤魔化せないかな？」

「いや、それよりもアイシングした方がいいかも」

――焼き直せばいいんじゃないかな？

……という、冷静なツッコミ不在のまま、彼等の兄達は揃って、アレコレ誤魔化そうとしたクッキーの試食役を任せられ、腹痛を起こす羽目になってしまったのだった。

後にこのクッキーは、エレノアによって『炭クッキー』と命名されたという事である。

リアムが「セドリックに教えてもらって作ったんだ」と言って、学院に謎の黒い物体を持って来たのは週明けの事だった。

「……こ……これは……⁉」

ランチタイムが終わった後、リアムが持って来た『何か』を見た瞬間、私は顔を引き攣らせた。

箱とラッピングはとても可愛いのに、入っているモノが謎過ぎだった。思わず何を持って来たのかと聞いてみれば、クッキーを焼いてきたのだという。

そういえば四角い。そして丸い物も入っている。……ただ、黒い。真っ黒だ。これクッキーと言うより『元はクッキーだった消し炭』ではないだろうか……。

そう思ったものの、指が包帯やテープだらけになっているリアムを見てしまえば、「そっか……クッキーなんだ。頑張ったね」としか言えない。

実際、王族のリアムが手作りで何かを作るって、激レアものなんだろうし。

「えっと……。リアム。でもこれってちょっと、焼き過ぎじゃないかな？」

「何故か、何回焼いても黒くなるんだ」

それとなく「何故こうなった？」と聞いてみると、リアムも不思議そうに首を傾げてる。

「でもこれ、最初作ったものより黒くないよ。あれは大失敗だったよね。試食してくれたクライヴ兄上やアシュル殿下、お腹壊しちゃったし」

教えた側のセドリックも、何だかよく分からないフォローを入れる。

っていうかクライヴ兄様！　よりによって、これを食べさせられていたのか!?　あ、なんかクライヴ兄様の目が虚ろだ。そ、そういえば昨日帰って来た時、クライヴ兄様顔が真っ白だったよ。夕食も欠席していたし……。

私はそこでハタと気が付いた。

「セドリックとリアムは試食しなかったの？」

「ああ。万が一の事があったら、作り直せないと思ったからさ」

「僕も。リアムに教えてあげなきゃいけないし、倒れる訳にはいかなかったからね」

……流石は要領の良い末っ子達だ。物凄くちゃっかり……いや、しっかりしている。

「リアム殿下……。そんな劇物……いや、危険なものを何故ここに？ まさかと思いますが、エレノアに食べさせるおつもりですか？」

心なしか、オリヴァー兄様の顔も引き攣っている。

「大丈夫だ。ちゃんと毒見は済んでいる。これを食べたフィンレー兄上はお腹壊さなかったぞ！」

あ、やっぱり私に食べさせようと、持って来たんだね。

って、リアム！ 君、兄殿下達を毒見役にすんなよー!!

し、しかし……。お腹壊しそうって見た目で分かるヤバイものをしっかり試食してくれるあたり、リアムってお兄ちゃん達に愛されてるんだなぁ……。というか王子様方、普通に凄く良い人達だ。

「リアム、お兄様方にお悔やみを言っておいてね」

「有難う。でも兄上達、ちゃんと生きているから」

「……とにかく、これはお受け取り出来ません」

「何でだ？ 俺が婚約者じゃないからか？」

「それもありますが……。ともかく、うちのエレノアに食べさせたかったら、まず少なくとも、クッキーだと分かる見た目のものを持って来てください！」

私達のボケボケな会話に頭痛を覚えたのか、額に手を当てたオリヴァー兄様が、リアムにピシャリと釘を刺した。

……うん、まあ、気持ちは有難いけど、私もちょっと、消し炭食べる勇気はないかな。

「リアム。だから生地だけ作って、他の人に焼いてもらえば？　って言ったじゃないか」

「……他の奴の手を入れずに、全部ちゃんと自分で作ったものを持って来たかったんだ！　……でも確かに、次からはそうした方がいいかもな。流石にこれじゃあな……」

あ、リアムの声、なんか落ち込んでる。

……そうだよね。男の子なんだから、女の子に持って来るモノは見栄えの良いモノ持って来てカッコつけたいよね。なのに敢えて失敗作を持ってくるなんて……。

そういう負けず嫌いなトコ、可愛いなぁ。お姉さん、そういう正直で不器用な子は大好きだよ！

私は炭の塊にしか見えないクッキーを一つ手に取ると、躊躇いも無く口に含んだ。

「え⁉」

「エレノア⁉」

兄様方とセドリック、そして何故かリアムまでもが炭クッキーを口に入れた私を見て慌てている。

私はジャリジャリと音を立て、クッキーと言う名の炭を咀嚼した後、急いで手元の紅茶を一気飲みして喉へと流し込んだ。

「エ……エレノア？　大丈夫か？」

恐る恐るといった風に、そう声をかけてくるリアムに私は苦笑を向ける。

……本当は微笑みたかったのだが、苦笑しか出てこなかったのだ。

「今度はもっと、美味しいもの作ってね？」

「――ッ！」

リアムは暫くそのままボーっと私を見た後で頷く。

「……ああ、任せとけ！」

そう力強く言うと、リアムはニッコリと凄く嬉しそうな笑顔を私に向けた。

その笑顔を目撃してしまった周囲のご令嬢が黄色い悲鳴を上げる。あ、何人かはよろめいている。眼鏡のお陰で私は分からないが、どうやら凄い破壊力を持った笑顔だったようだ。

「……エレノア……。君って子は……！」

「はい？」

「はい？　じゃない！　分かっているのか⁉　君が今、何を言ったのか！」

「勿論、分かっています！　大丈夫です兄様、私こう見えてお腹は丈夫ですから！」

「……え？　お腹？」

「はいっ！　現に今もお腹は痛くなってません。胸は多少ムカムカしますが……。リアム、これから私、試食係としてリアムのクッキーの腕が上がるよう、頑張って協力するから。ちゃんと人に任せないで、全部ちゃんと自分でクッキー作ってくるのよ⁉」

私が今度こそ、心からの笑顔を向けると、何故かリアムの唇から笑顔が消えていた。

「……うん、まあ……分かっていた。分かっていたけど……」

「え？　何が？」

「いや……。別に何でもない」

「美味しく出来たら、お母様に食べてもらおうね！　きっと凄く喜ぶわよ！」

「……ソウダナ」

あれ？　何か雰囲気が落ち込んでる？　あ、兄様方やセドリックが、可哀想な子を見るような眼差しで私達を見つめている。

「……他人事《ライバル》ながら、なんかリアム殿下に同情してしまうね」

「オリヴァー、お前もか」

「優しさって、時に残酷なものなんですね……」

え？　何それ？　私、何かリアムに悪い事したっけ？

そこで私は思い出した。

あ、そうか。女性が異性にお菓子を勧められて、それを受けたら「貴方を受け入れます」ってOKサイン出した事になるって……。あ、しかも私、「また作ってね」なんて言っちゃった！　ヤバイ！

「ご、ごめんリアム！　私、そういう男女の作法疎くって！　そ、それにアレって、相手にお菓子を食べさせてもらったら……なんだよね!?　えっと、自分で食べたからセーフ？　あ、それにまたアレ食べたいかって言われたら、ちょっと要らないかな？　私はただ、頑張ったリアムを真剣に応援する意味で試食係を……」

「エレノア、もういい。いいから黙れ！」

クライヴ兄様に止められ、私はようやく、リアムが机に突っ伏して撃沈しているのに気が付いた。セドリックがなんか必死にリアムを励ましている。あ、オリヴァー兄様も、なんか目頭を押さえて俯いている。

……ヤバイ。誤魔化そうとして完全にやらかしたっぽい。

「……リアム殿下。エレノアはこういう子なんです。これしきの事でいちいち心を折っていたら、この先やっていけませんよ？」

ええっ⁉　オリヴァー兄様が、リアム殿下を慰めてる！　あ、クライヴ兄様も、物凄く同情のこもった眼差しをリアムに向けてる！　それってつまり、そんだけ酷い事を私、リアムにしてしまったって事なのかな⁉

「……うん、よく分かった。オリヴァー・クロス。クライヴ・オルセン。お前達も苦労していたんだな……」

「……まあ、それなりに……」

「愛があればこそ、乗り越えてこられたというか……」

兄様方とリアムが、謎の連帯感に包まれている。

あ、セドリックまで、同意するように深く頷いている。うう……な、なんか、物凄くいたたまれないんですけど……。

「分かった！　エレノア、俺はいつかきっと、お前に「このクッキー、美味しい！」と言わせてみせるから、覚悟しておけよ⁉」

ビシッと指を差されてそう宣言される。……うん、分かりました。覚悟して試食させていただきます。

「それで美味しく出来たら、お前にご褒美もらうからな！」

「え？　あ、うん」

「エレノア！　そこで頷かない‼」

「リアム殿下！　どさくさ紛れに何を仰ってるんですか⁉」

途端、いつものやり合いが勃発した訳なのだが……。気のせいか、なんか兄様方とリアムが微妙に仲良くなっている気がする。

もっとも、それを指摘したら「断じて違う！」と、双方から否定されたけどね。

それからというもの毎週明け、リアムは自作のクッキーを持って来るようになった。

「……うん！　これなら何とか食べられるよリアム」

「ほ、本当か⁉」

「本当本当！　苦味の中に、微かに甘みとバターの匂いを感じる。進歩したね！」

「ああ。それもこれも、エレノアが頑張って試食し続けてくれたお陰だ！」

「友達だもん、当たり前じゃない！　今は（焦げ）八対（クッキー味）二だけど、徐々に割合を逆転出来るように、頑張ろうね！」

「おう！　任せとけ！」

「「「…………」」」

まるっと焦げたクッキーを前に、盛り上がっている二人を見ながら、オリヴァー、クライヴ、セドリックは冷汗を流す。

なんか「愛する女性に自分のお菓子を食べさせる」……という目的から、微妙に方向性がずれている気がしないでもない。

「リアム殿下が天然なのか……。それとも、エレノアに感化されてしまっているのか……」

オリヴァーがそう言いながら、微妙に焦げ色が薄くなってきた炭クッキーを手に取り、頬張った。

「……確かに……。微妙に炭以外の味も混ざっている……ような……？」

「まあ、食えなくもないレベル……にはなってきたかな……？」

「リアムがエレノアのご褒美を貰える日、凄く遠そうですね」

三者三様の感想を口にしながら、炭の味薫るクッキーを数回咀嚼した後、三人はいつものように急いで紅茶を含むと、自力では呑み込めないソレを喉奥へと流し込んだのだった。

◆◆◆◆◆

「よう、リアム。どうだ成果は？」

「僕らを実験台にしてくれたんだから、当然上手くいったんだよね？」

エレノアに初めて自分のクッキーを食べてもらった当日、城に帰って来たリアムを、ディランとフィンレーが興味津々と言った様子で出迎えた。

「うん。食べてもらえた」

「やったな！　まあ、王族であるお前がわざわざ手作りしたんだ。そりゃ食べるよな！　……たとえ消し炭でも」

「王族だからとかじゃなくて、『リアムが頑張って作った』って事実が大事なんだよ。今迄の話を聞いていれば、そういう努力を無視出来ない子だって分かるからね。……でもアレを食べてくれたのって、相当勇気あるって思うけどね」

そう言いながらも、リアムのクッキーの毒見役をさせられた二人の顔色は悪い。

フィンレーは多少の胸やけで済んだのだが、ディランはお腹こそ壊さなかったものの、一日酷い嘔気に襲われたからだ。

ちなみにクライヴと一緒に最初のクッキーを試食したアシュルなどは、酷い腹痛と吐き気に襲われ、今日に至るまで、ろくに食事を摂れない有様だった。

「で？　どうだ？　言質は取ったんだよな？」

たとえ炭ではあっても、異性からのプレゼントを食べてくれたのだ。その時点で『脈あり』と公言したようなものである。

ワクワク顔のディランに、リアムは無表情のまま口を開いた。

「うん。俺のクッキーが美味くなるまで、試食係してくれるって言ってた」

「……え？」

「ちょっと、何それ？　彼女、リアムのクッキーを食べたんだろう？」

「俺から食べさせたんじゃなくて、自分から食べたからセーフなんだって」

「…………」

「ああ、そうだ。兄上達が試食してくれたって伝えたら、「お悔やみ申し上げます」って言ってたよ」

「……それはどーも」

「……まだ死んで無いけどね。……しかし、そうきたか。変わっている上に、割と侮れない子だね」

フィンレーが眼鏡の奥の目を据わらせる。

彼が身内の事ではなく、他人の話にここまで興味を示すのは非常に稀だ。

そしてそれはディランも同じで、彼は以前出逢ったという運命の少女を中々見つけられず、酷くふさぎ込んでいたのだが、リアムから学院でのエレノアのアレコレを楽しく聞いているうち、彼本来の快活さを取り戻しつつあった。

出逢った少女も何気に規格外だったので、不思議と親近感が湧くのだそうだ。

「さて、じゃあ詳しい話はアシュル兄上が来てからにしようか。ああ、今度父上達も、リアムの話を色々聞きたいって仰っていたよ」

王や王弟達の仕事の補佐で毎日忙しいアシュルだが、一日の終わりにリアムの話を聞くのをとても楽しみにしているのだ。

父達も、リアム付きの影達から随時報告は受けているはずなのだが、やはり直接、可愛い息子の口からお気に入りのご令嬢の話を聞きたいのだろう。

「分かった。じゃあ俺、着替えたら夕食の時間までクッキーの練習してくる！」

「言っとくけど試食係が出来たんだから、もう僕達は毒見しないからね」

「うん、分かった！」

目に闘志の炎を燃やしながら頷くと、リアムは自分の私室へと走って行ってしまった。

そんな弟の様子を、兄二人は微笑ましそうに見つめる。

ほぼ年子で生まれている自分達と違い、遅くに生まれたリアムの事を、兄弟達や父親達は、それこそ目の中へ入れても痛くないくらい可愛がっているのだ。

そんな彼が気に入ったというエレノア・バッシュ公爵令嬢。

エレノア本人は全く分かっていないが、今や彼女は王家にとっての注目の的だ。

「母上も「あの子は良い子ね。心がとても綺麗だわ」って凄く褒めておられたから、そろそろ公式にリアムの婚約者候補になるんじゃないかな？」

「ああ。なんてったって、聖女のお墨付きだからな。誰からも文句は出ないだろ」

それに話を聞いているだけでも、これほど愉快で楽しい子なのだ。彼女がリアムの妃になったら、きっと王宮内《ここ》も華やぐに違いない。……彼女の見た目はともかくとして。

ただ、それを彼女の婚約者達が良しとするかと言えば、絶対にしないだろう。

彼らの親であるバッシュ公爵やクロス伯爵、オルヤン子爵も同様で、怒った彼らが一斉に王家に牙を剥けば、非常に面倒な事になってしまう。

だからこそ、王宮はリアムとエレノアとの婚約を打診しかねているのだ。

「エレノア嬢自身がリアムに惚れてくれるのが、一番手っ取り早いんだがな」

だが現状、彼女にそういった兆候は見られない。

まあ、リアムに初めて逢った時、彼の美貌に怯まず惚れず、「顔が良いと苦労するわね」なんて同情するようなご令嬢だ。むしろ婚約者達を黙らせるより、彼女にリアムを惚れさせる事の方が難しいのかもしれない。

「まあ、可愛い弟の為に、俺達も色々協力してやるとするか」

「そうだね。……それに僕も一度、彼女と会って話をしてみたい。リアムの援護射撃も兼ねてね」

「それこそ難しいんじゃねぇかな？　あのオリヴァー・クロスに返り討ちに遭うぞ」

「あのクロス魔導師団長の息子か……。良いね。彼とは一度、やり合ってみたいと思っていたんだ」

そう言いながら、不敵にフィンレーが笑う。そんな弟を見ながら、ディランは眉をひそめた。

彼は自身の持っている特殊な属性からか、時に『炎』の属性を持つ自分よりも攻撃的になる時があるのだ。

自分が目標としているクロス魔導師団長の後継者とされているオリヴァー・クロス。

ひょっとしてフィンレーはエレノアを口実に、彼と会う事こそが目的なのかもしれない。

「程々にしとけよ？」

そう言うと、ディランはやれやれといった様子で肩をすくめた。

思いがけない邂逅

「エレノア嬢、済まない。右手を痛めてしまって……」

「分かった！　……はい、どうかな？」

「うん、痛くなくなった！」

「応急処置だから、あんまり無理しないようにね」

「分かった、有難う！」

笑顔でお礼を言いながら試験に戻って行くクラスメートに、こちらも笑顔で「頑張ってね」と手を振って見送る。

今日は学期内で四回行われるテストのうちの四回目。総合試験の日である。

ちなみにその前の三回は筆記試験だけ。前世で言えば、中間テストに当たる。そして学期末に一度、総合試験が行われるのだ。

これは体術、剣術、魔術、自由学習……等々、ありとあらゆる学科が含まれる。

この総合試験に、定期的に行われる中間テストの成績をプラスした総合得点で、その年の学年順位が決まるのだ。

ちなみに私もテストを受けるが、基本、体術・剣術などの格闘系学科は見学組。当然、試験など受けられない。

なので私の総合得点は相当低いだろう。

どちらかと言えば、筆記試験よりも身体を動かす学科の方が得意分野なんだから、そちらで得点を稼ぎたいところだ。

でも万が一ディラン殿下に気が付かれては不味いという事で、泣く泣く不参加。

楽しそうに授業に参加しているセドリックやリアム達を、指をくわえて見ているしか出来ないのである。

「バッシュ君。君ねぇ……。そんなに授業に参加したければ、僕の助手をさせてあげようか？」

毎回毎回飽きもせず、気分だけでもと体操着を着こんで授業の見学をしていた私に対し、クラスの担任であり、攻撃魔法の教師でもあるマロウ先生に呆れ顔でそう言われ、私は一も二もなく頷いた。

ちなみに助手って何をするのかと言えば、実践練習で吹っ飛ばされて怪我をした生徒の治療。

なんでも私の持っている『土』の魔力って、治癒魔法を使うのに最も適しているんだって。

「魔力の練習にもなるし、僕の役にも立てるしで一石二鳥だろ？」

マロウ先生、そう言って爽やかに笑っていたが……。

でも貴方。いくら授業だからって、生徒吹っ飛ばし過ぎだろ。

お陰で毎回、魔力が空っぽになる寸前まで治療魔法かけなきゃいけなくって、最初のうちは真面目にヘロヘロ状態だったよ。

まあ、実践で叩き込まれたお陰で、治癒魔法の技術が嫌でも上がったけどね。

しかも私の働きっぷりに感心してくれたマロウ先生が、治した生徒の数をカウントし、それを私の総合得点にプラスしてくれるようになったのは、正直有難かった。

なんでも『土』の魔力保持者って女性が多いから、この学院でも治癒師《ヒーラー》が圧倒的に不足しているんだって。

だから今迄、新入生にはなるべく怪我をさせないように加減していたそうなんだけど、今回は私がいるから、思いっきり全力で授業を出来るようになったらしく、そのお礼なんだそうだ。

……いや、マロウ先生。教師が生徒に怪我させないように力を加減するのって、常識ですからね？

ともかくそういった事情で、私は木陰に設置された簡易テントの中、救護班としてポイント稼ぎに勤しんでいるという訳なのである。

「ご、ごめん……エレノア嬢……」

「有難う……。楽になった……」

「うう……。戻りたくない……。このまま倒れていたい……」

思った以上に、怪我人続出だ。

私としてはポイントが稼げるので嬉しいが、これって大丈夫なのかな？

「あの先生は思考回路が少々ぶっ飛んでいるが、そこら辺は弁えている。お前がいるから、安心して相手が潰れるギリギリのラインで鍛え上げているんだろう」

クライヴ兄様が、冷たいアイスティーを渡してくれながらそう話すのを聞いて、私は冷汗を流す。

「つ、潰れるギリギリの……って。兄様、それってヤバくないですか？　いくら私が怪我を多少治せるからって、本当に大怪我させちゃったら、洒落になりませんよ？」

「心配するな。俺の知る限りであいつほど、相手の力量を見抜くのに長けている奴はいないからな」

そう言って、クライヴ兄様は楽しそうに笑った。

その視線の先には、今まさにマロウ先生の攻撃を、結界を張って防ぎ切ったセドリックがいた。対峙しているマロウ先生の口元にも、薄っすらと笑みが浮かんでいる。

「ああ。セドリックの奴、ロックオンされたな。次の攻撃はもっとエグイのがいくだろう」

「兄様ー！　セドリックが死んじゃいますよ!!」

「大丈夫だ。あいつはああ見えて負けず嫌いだからな。婚約者であるお前の目の前で無様を晒すなんざ、死んでもしねぇよ。現にセドリックの奴、今迄一度もお前の治療を受けに来てねぇだろ？」

「そ、そういえば……」

「それに、お前以外にも無様を晒したくない相手がすぐ傍にいるからな。ほら」

クライヴ兄様に促されると、マロウ先生と対峙しているリアムが目に入った。

野外故、頭上に広がっている青空にも負けない、鮮やかな青い髪が陽光を受けて煌めいている。

次の瞬間。

今迄の比ではないほどに強力な攻撃魔法がリアムへと放たれ、私は思わず息を呑んだ。

だが、攻撃はリアムを傷つける事無く、彼の目の前で霧散する。

それを見たクラスメート達から感嘆の声が漏れ、ついでに従者に傅かれ、優雅にベンチで寛ぎながら試験を見学していたご令嬢方からも、黄色い歓声が沸き上がった。

「……流石は王族。俺やオリヴァーが食らったレベルの攻撃を防ぎ切ったか。アシュルを思い出すぜ。……いや、あいつ以上か……」

「兄様？」

「リアム殿下は魔力量がずば抜けて多い。そして多分だが、その膨大な魔力を完璧にコントロール出来ていない。だからクッキーをいつも焦げさせているんだ」

――え？　そこで何でクッキー？

「無意識下で漏れ出ている、微弱な『風』の魔力が竈の火を増幅させてるんだよ。それを制御出来るようになれば、まともにクッキーを焼く事が出来るはずだ」

「な、成程……そうなんですか」

まさかあの炭クッキー作製の裏に、そんな事情が……。って、あれ？　でもそれじゃあ、その事をリアム本人に教えてあげる人はいないのかな？

「教えてどうにかなるもんでもないからな。これも推測だが、お前の事が無くても、リアム殿下は王立学院に通う予定だったのかもしれん。ここにはあのマロウみたいな奴らがゴロゴロいるからな。魔力操作を学ぶにはうってつけだ」

――マロウ先生みたいな人がゴロゴロ？

つまりは、王族に全力で攻撃魔法ぶっぱなすような、ぶっ飛んだ人達が沢山いるって事か。

確かに王宮内で王族に対し、あんな命知らずな事が出来る人なんていないだろう。きっとすぐに不敬罪で逮捕されてしまうはずだ。

その時だった。その命知らずな教師の能天気な声が、こちらに向かって投げかけられる。

「おーい！　そこの『元副会長』執事ー！　ちょっとこっち手伝えー！」

途端、クライヴ兄様がこめかみにビキリと青筋を立てた。

「マロウ先生。ご冗談がお好きなようですね。在校生だった時ならいざ知らず、今の私はエレノアお嬢様の執事です。お嬢様以外の方からの指図など、受ける義理はありませんよ」

ニッコリ優雅に、だが冷ややかな感情を込めて言い放たれた言葉を、マロウ先生は飄々と受け流す。

「そんな事言わずにさぁー！　君、僕と同じぐらい相手の癖読むの上手いじゃないか。僕もさ、ほら……年だし。少し楽したいっていうかー」

「だったら、とっとと隠居する事をお勧めしますね。この学院も多少は平和になる事でしょう」

「元・教え子が冷たい！　……そうだ！　じゃあバッシュ君、君から執事君に頼んでよ！」

「え？　何で私がそんな事を……」

「君のポイント、十倍にしてあげるから！」

「クライヴ、先生を手伝って差し上げて！」

「……かしこまりました」

『お前、後で覚えておけよ』という心の声を込め、私を睨みつけた後、クライヴ兄様は上着を脱ぎ捨て、顔面蒼白になっている一年生達の元へと向かって行った。

「さて、バッシュ君。君にもお願いがあるんだ。この後、二年生の試験があるんだけど、結界用の魔石が足りなくなっちゃったから、僕の部屋から取って来てくれないかな？　はい、これ鍵ね」

「え？　でも、そうしたら治療は……」

「もう、残り三分の一ぐらいだから大丈夫。いざとなったら医務室に行かせるから！」

「そうじゃなくて、今席を外したらポイント稼げないじゃないですか！」

「……あ、そっち？　大丈夫。その分も内緒でプラスしておいてあげるから」

「分かりました！　いってきまーす！」

元気よく返事をし、走って行こうとした私の後方から、不機嫌そうな声がかかった。

「おい待て！　令嬢が走るな！　このがさつ女！」

「え？　なによマテオ。何であんたもこっちくんの？」

「あー、君の執事君借りちゃったからさ、護衛にって僕が命じたの。バッシュ君になんかあったら、僕がクライヴに殺されちゃうからね」

だったらそもそも、生徒《私》をパシリに使わなければ良いのでは……？　と思ったのだが、マテオに「ほら、さっさと行くぞ！」と声をかけられ、私は慌てて先に歩き始めたマテオの後姿を追い掛けた。


「…………」

私達は互いに無言で、長い廊下を並んでテクテク歩く。

「……マテオはもう、試験は終わったの？」

「私は最初の方だったからな」

「…………」

「…………」

——会話終了。

私から話しかけてもそっけないし、共通の話題《リアム》がいないと、彼も私に対して言う事が無いのか、いつもの暴言も出てこない。

試験の場所となった闘技場エリアからマロウ先生の部屋までは、かなり距離がある。このままでは間がもたない。

『どうしよっかなぁ……』

いっそ、リアムの趣味とか小さい頃の事とか聞こうかとも思ったが、それでまた変な誤解をされて、更に目の敵にされてはたまらない。非常に気まずいが、ここは魔石を持って帰る迄の間我慢するしかなさそうだ。

そう思っていた矢先、私の耳にご令嬢達の聞えよがしな会話が飛び込んできた。

「ねえ、ご覧になって。バッシュ公爵令嬢がまた、婚約者の方々とは別の殿方と御一緒してらっしゃるわよ」

「え？　でもあの殿方、確か女性は対象外では……？」

「それでも、あれほどの見目の良さですもの。家柄を使って従わせてらっしゃるのですわ。流石は男漁りが趣味なだけありますわねぇ。少しはご自分の冴えない容姿を自覚して、大人しくなさった方がよろしいのではなくて？」

「野外の授業も欠かさず参加なさってらっしゃるのも、その為でしょ？　治療と称して、隙あらば殿方と触れ合おうとなさっているのよ」

「リアム殿下にまですり寄ろうとなさってらっしゃるのよ。お茶会の席で、アシュル殿下にあれだけ袖にされたというのに、恥知らずにも程があるわ！　オリヴァー様もクライヴ様も、あのような方が婚約者だなんて、本当にお可哀想！」

……おいおい、あんたら。それ言う為に、わざわざ待ち伏せしていたのかい。いつもの事ながら、相変わらず暇だね。

私は溜息をつきながら、聞こえなかったフリをして彼女たちの横を通り過ぎる。……が、私の横にいたマテオがチッとわざとらしく舌打ちをした。

「この私が、地位があるってだけが取り柄の不細工女に媚びる訳ないだろうが！　顔だけじゃなく、頭まで沸いているのか？　……ったく。頭空っぽな癖に、品性下劣で口先だけは姦《かしま》しくよく回る。だから女はやなんだよ！」

炸裂したマテオの暴言に、ご令嬢達が一斉に気色ばんだ。

「な……っ！　なんて無礼な物言い！　病的な嗜好をお持ちな第三勢力《同性愛者》はこれだから！」

マテオとご令嬢達が睨み合う。

実はご令嬢方と第三勢力《同性愛者》達は、非常に仲が悪いのだ。

何故かと言えば、彼女・彼らは互いに獲物《優良物件》を奪い合うライバル達だからである。

彼らはもはや、私そっちのけで互いに罵り合いを開始する。

「非生産的で不毛な愛を押し付けられて、殿方がお可哀想だわ！」

「お前達の機嫌取りに疲れ果てた奴らが、真実の愛に目覚めてんだよ！」

「何が真実の愛よ！　わたくし達と違って、何も生み出せないくせに！　いくら外見だけ美しく装っても、貴方なんて、この世の中に要らない存在なんですからね！」

その言葉を聞いたマテオの顔が、僅かに歪む。

「……黙れよ。子供産めるって事しか存在価値が無いって、自分自身で公言して虚しくならないのか？　雌鶏共が！」

「なんですってー!?」

「マテオ、もうそこら辺でいいでしょ？　早く帰らないとマロウ先生に怒られるわよ。ああ、それと貴女方。一応忠告しとくけど、自分達よりも綺麗な相手に喧嘩は売らない方がいいわよ？　絶対後で『不細工のひがみ』って言われちゃうからね」

「ま……っ！」

「な……っ！」

——ああ……。また悪女扱いに拍車がかかるだろうな……。

そんな事を思いながら、彼女たちが真っ赤になって絶句しているうちに、私はマテオの手を引っ張って、その場から急いで立ち去った。

「……なんで、私の事を庇ったんだ？」

暫く無言で歩いていると、マテオがポツリとそう呟く。

「庇った訳じゃないわよ。ただ私は、彼女達の言い分に腹が立っただけ」

『お前は要らない存在だ』なんて、絶対に他人に言っていい言葉じゃない。だって皆、誰かにとって、かけがえのない存在であるはずなんだから。

「マテオが同性を好きなのって、私の不細工と同じで生まれつきなんだから、どうしようも出来ない事じゃない。なのにそれを攻撃の材料にするなんて、良くない事だって思うから」

私の言葉にマテオは絶句した後、気まずげに顔を伏せた。

「……私も、お前によく不細工と言っているが……」

「まあ、私の場合は言われても仕方がないから、それに本当の事だし、別にいいよ」

――わざわざ不細工になるように、逆メイクアップしているんだしね。

そんな私に、マテオがカッと目を見開いた。

「良くない！　なにヘラヘラしてるんだ！　お前の場合は、自分の欠点を見つめ直して磨いていけば、今より絶対、多少はマシになれるんだぞ!?　なのに何もしないってのは、単なる無精であり怠慢だ！　だからお前見てるとイライラするんだよ！　いいか、今度私が色々改善点を指摘して、適切な指導をしてやるから、きちんと実践しろよ!?　そうすれば不細工から、さっきの雌鶏程度には変われるはずだ！」

「そ……それは……お気遣い、どうも……」

マテオの剣幕に、思わず仰け反りながらお礼を言うと、マテオがまたバツが悪そうな顔になった。

そして何か言いかけようとした瞬間、ハッとした様子で姿勢を正し、最敬礼をとった。

「え？　マテオ、どうし……」

「やあ、久し振りだ。エレノア・バッシュ公爵令嬢」

不意に後方から声をかけられ、振り向く。

するとそこには、顔が最高にぼやけて口元しか見えない、金髪長身の男性が立っていたのだった。

◆◆◆◆◆

「アシュル王太子殿下」

マテオの口から出た名前に「誰だろう、この人」と男性を凝視していた私は、慌てて最上の相手に対して行うカーテシーを行った。

……最も、今自分が着用しているのは体操着である。

なので、緩いスパッツにお飾り程度に付けられていた短いスカートをチマッと摘まむという、かなり情けないカーテシーとなってしまったが。

それにしてもこの眼鏡。美形であれば女性以外、誰でもかれでも顔がボケてしまうので、緊張したり鼻血を出したりしない代わりに、人の顔が覚えられないという欠点があるのが難点だ。

もしマテオがいなかったら相手が名乗る迄、ボーッと凝視し続けるという、王族に対して有り得ない不敬をしでかしてしまうところだった。

「ああ、硬くならずとも良い。ここは身分の貴賤なしと中立を謳う王立学院なのだから。それに便宜上王太子と言われているだけで、僕はただの第一王子だよ」

そう言われましても……。

いくら中立がモットーの王立学院でも、いきなりロイヤルファミリーに砕けた態度なんて取れないよ！　……あ、私、リアムに砕けた態度取ってたわ。

「それにしても、こんな所でバッシュ公爵令嬢に会えるとは思ってもいなかった。……いい機会だ。バッシュ公爵令嬢、少し僕と話をしていただけないだろうか？」

「は？　え？　い、いえっ！　あのっ、私、せ、先生から頼まれた用事が……」

「おい、鍵を貸せ」

「へ？」

「マロウ先生の部屋の鍵だよ。私がお前の代わりに魔石を届けるから、お前はアシュル殿下のお話を聞いとけ。いいか、くれぐれも無礼を働くなよ⁉」

そう言うと、マテオは私から鍵を奪うように受け取り、アシュル殿下に一礼した後、その場から立ち去ってしまった。

その後姿を呆然と見つめていた私に、アシュル殿下が声をかける。

「バッシュ公爵令嬢」

「はいっ⁉」

「立ち話もなんだから、あちらにあるベンチに行こうか」

「え？　は、はぁ……」

見れば、今私達の居る回廊の横は、こぢんまりとした中庭風になっていて、手入れされた花壇と、多分それを眺められるように設置されたのだろうベンチが置かれていた。

戸惑う私に、アシュル殿下は安心させるように優しく笑いかけると、私の背中に手を当て、そっとベンチの方へと促す。

その流れるような動作はとてもスマートで、ともすれば強引に思えるような行動なのに、ちっとも不快な気分にならない。流石はロイヤルファミリーと、心の中でサムズアップしてしまった。

そうして私達は、気持ちの良い青空の下、共にベンチに腰掛けた。

しかし、私に話って何？　何を話すつもりなんだろう。

弟と仲良くしてくれて有難う？　あんまり気安くしないでね？　それとも、お茶会の席での演技の事をからかわれる……とか？　う～ん、それはちょっと嫌だなぁ……。

「……あの。リアムの誕生会での事だけど……」

――ビンゴー！　お茶会の事だったー‼

「すっ、済みませんでした!!」

突然の私の謝罪に、アシュル殿下がビックリした様子で私の方を振り向く。

私はここぞとばかりに、ペコペコと頭を下げながら謝罪した。

「あのっ！　わ、悪気はなかったんです！　ご覧になっていた殿下方がご不快になるような演技をしてしまって、本当に申し訳ありません！」

だって、もう二度と会う事は無いと思っていたから、全力で痛い演技してしまったんだよ。

あの時はさぞかし、目にも耳にも不快だった事だろう。

「い……いや……あの……。謝るのはこっちの方で……」

なんか、呆気にとられた様子で私を見つめているアシュル殿下に、私は「え？」と首を傾げた。

「謝る？　何をですか？」

不思議そうにそう尋ねると、今度こそアシュル殿下は絶句してしまった。

「……僕は……貴女を衆人環視の下、侮辱したのですよ？」

侮辱？　それってひょっとして、あのお菓子の件かな？

「男性が女性に対して、あのような事を……。ましてや僕は王族です。その王族が直々に、ご令嬢に対してあのような侮辱以外なにものでもない行為を行うなど、決して許される事ではありません」

そう言うと、アシュル殿下はベンチから立ち上がり、私の目の前で片膝を地面に突いて深々と頭を下げた。

「お詫びして済むような事ではありませんが、どうしても一度、直接貴女に会って謝罪をしたかった。本当に……貴女には申し訳ない事をしました」

「……あ……」

——……何か言わなくては……！

だが私はこの想定外の出来事に、不甲斐なく固まってしまって声も出せない状態だった。

だって……だって！　ロイヤルファミリーが……！　王子様が、私の目の前で膝ついて頭下げているんだよ⁉　この異常事態を私にどうしろって言うんだー！！？

「ア、アシュル……殿下！　私なんかを相手に、そのように膝をつくなどやめてください！　服も汚れてしまいます！」

何とかそう声を振り絞って声をかけるが、アシュル殿下は伏せた顔を上げない。

ひょっとして、私が謝罪を受けるまで顔を上げないつもりなのかな？

でもそれって、どちらかと言えば悪いのはこちらの方なんだから、許しますも何もないでしょう⁉

しかもここ、学院内だよ⁉

誰かが来てこの光景を見たら、間違いなく卒倒しちゃうよ！　王子様が、こんな悪評高い女に対して頭下げてんだよ⁉　一体全体、また何やらかしたんだって思っちゃうでしょ！　またいらん悪評が立ちかねないし、兄様方にだって絶対怒られる。

ええい！　こうなったら！

「アシュル殿下！　ベンチに座ってください！　そ、そうしないと私、貴方のした事、絶対許しませんからね⁉」

途端、アシュル殿下が顔を上げた。

そしてなんか、私の方を凝視している。あ、また俯いた。え？　肩が震えている。お……怒った……のかな？

「そ……それは困るな……。それじゃあ、貴女の指示に従うとしますか……」

再び顔を上げたアシュル殿下は、怒ってはおらず……笑っていました。

まあ、そうだよね。我ながら、バカ言っているなと思いますよ。

っていうかさっきの言葉、思いっきり脅しだったよね。本当、私って不敬の塊なんじゃないかな……。誰かに聞かれていたら、こっそり始末されてしまうかもしれない。

再び私の横に腰を下ろしたアシュル殿下に、私は躊躇いがちに声をかけた。

「あの……。本当に気にしないでください。私自身は侮辱だなんて、ちっとも思っていませんから。寧ろアシュル殿下は、クライヴ兄様の為に怒ってくれました。……王族なのに偉ぶらないで、ちゃんと友達を守ろうとしてくれるなんて。クライヴ兄様には、こんなに優しい友人がいるんだって、私、凄く嬉しかったんですよ？」

「……それは……買いかぶりですよ。僕はそんなに優しい人間なんかじゃない」

アシュル殿下は私から視線を逸らし、少しだけ俯く。

表情は全く分からないけど、声色から本気でそう言っているのが分かった。

「優しい人は、自分の事を優しいなんて言いません。それに殿下ご自身が否定しても、私は殿下の事、優しい人だって思っていますから」

のろのろと、緩慢にアシュル殿下が顔を上げ、私を見つめた。

「……先程貴女を見つけた時、貴女は僕がした事でご令嬢方に揶揄《やゆ》されていました。多分ああいった事は、これから何度でも起こるでしょう。貴女を直接知らない男達の中にも……。王族に袖にされた女だと、貴女を忌避する者がいるはずだ。なのに貴女は、それでも僕を責めないんですか？」

「う～ん……。そりゃあ、嫌み言われるのは正直うんざりしますけど、多分殿下の事が無くても、何かしら嫌がらせされていましたよ。なんせ私、元々評判悪かったですから。それに、他の殿方に敬遠されたって、どうって事ないです。私には既に、私なんかには勿体ないくらい素敵な婚約者達がいますからね！」

「――……ッ……！」

言葉を詰まらせたアシュル殿下。

あんな事を、ずっと気に病んでくださっていたのか。

目の前の優しい人に対し、私は安心させるように精一杯の笑顔を浮かべた。

◆◆◆◆◆

――僕に対し、ニコニコと笑っているエレノア嬢を見て、僕は言葉を発する事が出来なかった。

僕が優しい……？　馬鹿馬鹿しい。優しくなどあるものか。

君は何も知らないから、そんな事が言えるんだ。

僕は王族の直系として……そして長男として、次代に繋げる子を生すに相応しい女性を探し続けてきた。

そうして理想の女性にいつまで経っても巡り合えない虚しさや苛立ちを募らせ、あのお茶会で目にした君に、その苛立ちをぶつけたんだ。

その結果、君がどうなるかを知った上で。しかも、そうなって当然だとさえ思っていた。

それなのに、君は僕の大切な弟を守ってくれた。

君が、僕の思っていたような我儘なご令嬢ではないと知って……。直接会って謝りたいと、何度も手紙を出した。

でも当然の事ながら、オリヴァーを筆頭に、バッシュ公爵家は僕のやった事を盾に、王家が君と接触する事を一切認めなかった。

でもそれは当然の結果だ。

それに君も、僕の事を恨んでいると、そう思っていたから……。王家の力で強引に事を進められなかった。

それでも僕の失態のせいで、君と会う事も叶わないリアムが可哀想で、母を利用して君を強引に王立学院へと引っ張り出した。

当然、クライヴとオリヴァーには酷く恨まれたし、君にも今まで以上に嫌われただろう。

リアムは毎日、君の事を楽しそうに僕達に話して聞かせてくれる。

その規格外なご令嬢っぷりが新鮮で、楽しくて……。

いつしか君の話を聞くのが、毎日の楽しみになっていった。

でも、それと比例するように、僕の君に対する罪悪感は日増しに強く、大きくなっていった。

人の真意を見抜く事こそ、王家に生まれた者の義務だというのに。何で僕はあの時、上っ面だけの君を見て、それが真実の君の姿なのだと安易に信じてしまったのだろう。

いっそ、時を遡らせる事が出来たらと、何度そう思ったかしれない。

でも、どれだけ魔力に長けた者でも、時間を遡らせる事など出来はしないのだ。

ならばと意を決し、僕は罵倒されるのを覚悟で、王立学院へとやって来た。

そして偶然を装い、君とこうして話す事が出来た。……のだが。驚くべき事に君は、僕の事を恨んでも嫌ってもいなかった。

君を王立学院に通わせる事に成功した時、クライヴから君が話したという台詞を聞いてはいたが……。まさか本当に、あの時の事を何とも思っていなかったなんて。

でも、「エレノア嬢らしいな」と妙に納得してしまい、思わず苦笑が漏れた。

ソバカスの浮かんだ顔に、瞳が全く見えないほど分厚い眼鏡。くすんだ色の髪。奇天烈な髪形。お世辞にも美しいとは言えない容姿。

なのに、僕の目はおかしくなってしまったのかな？　何故だかそんな君が、とても可愛らしく思えてくるのだから。

そのホッとするような温かい言葉を、声を、もっと傍で聞いていたくなってしまう。

「……果報者だな」

ポツリと漏らした僕の言葉に、エレノア嬢は大きく頷いた。

「はい！　本当に私は果報者だと思います！」

あ、誤解している。

どうも彼女は自己評価が低い。というか、非常に客観的に自分を見ている。

そんなところも非常に好ましいところではあるが。

「いや、そうじゃなくてね」

「はい？」

「クライヴやオリヴァー達の事を言ったんだけど……」

「ええ、ですから私は果報者だと……」

「違う！　君は……！」

思わず声を荒げ、エレノア嬢の手を両手で強く握った。

「君はもっと、自分に対して自信を持つべきだ！」

「へ？　ア、アシュル殿下……？」

きょとんとした顔が、うっすらと赤く染まっていく。

ああ、やっぱり可愛い。

成程、オリヴァーやクライヴが彼女に夢中になる訳だ。

……なんか……今凄く、彼らが妬ましくて仕方がない。やっぱり僕は、ちょっとおかしくなってしまったのかな？


『……え～と……？』

物凄く真剣なアシュル殿下の様子に二の句が継げず、私達はただ黙って見つめ合う格好になってしまった。

至近距離から見つめられ、思わず顔が赤くなる。

もしこれで顔が見えてたら、間違いなく鼻血を噴いていただろう。

『……あれ？』

何かいきなり貧血になった時のように、クラリと眩暈がして慌てて目を瞬かせる。

そういえば、ちょっと前からなんか身体に違和感があったのだが、なにやら下半身……特に腰からお腹にかけて、重ったるくなってきた。

ひょっとして、極度の緊張が原因の体調不良だろうか。

「エレノア嬢？」

アシュル殿下がそんな私の様子に気が付き、心配そうに私の様子を窺ってくる。

と、何故か突然、霧が晴れていくように、ぼやけていたアシュル殿下の顔がクリアになった。

「――ッ!!」

アクアマリンのように、どこまでも透明な水色の瞳。緩くウェーブのかかった黄金色の髪。

整いまくった優美極まる甘やかな美貌が、心配そうな表情を浮かべ、私を至近距離から見つめている。

――な……何という、顔面破壊力……!!

「え？　うわぁっ！　ど、どうしたんだエレノア嬢!?」

久々に見る、兄様方ばりの美貌にやられ、私の鼻腔内毛細血管は脆くも決壊した。

「ふ、ふみまひぇん！　おみぐるひぃさまを……」

顔を真っ赤にし、慌てて鼻を両手で押さえて立ち上がった拍子に、再び先程よりも酷い眩暈が襲って来た。

「エレノア嬢！」

フラリと傾いだ身体を、アシュル殿下が支えてくれる。

お礼を言おうとしたその瞬間、腹部に強烈な痛みを感じ、足に力が入らなくなった。

「エレノア嬢！　一体どうしたんだ⁉　どこか身体の調子が……」

そこまで言って、突然口をつぐんだアシュル殿下は、ぐったりとした私をそっとベンチに横にさせると、急いで自分の上着を脱ぎ、私の身体を包んで横抱きにした。

「アシュル殿下‼」

「エレノアお嬢様‼」

突然、フードを被った複数の男性達が、私達の前に現れる。

『え⁉　誰⁉』

って言うか、一体全体どこから湧いて出たのだ、この人達⁉

頭痛と腹痛が酷くなって、まともに声が出せずにいる私に駆け寄ろうとする一群と、その動きを牽制しようとする一群とが、互いに睨み合う。

よく見れば、フードの男性陣の服装は、所々が微妙に違っていた。

「お前達、やめろ！　彼らを止めるな！」

アシュル殿下の言葉に、フードの男達全員の動きが止まった。

「事情が変わった。……そこの者達。急ぎ、オリヴァーとクライヴをここに連れて来てくれ。それまで彼女は僕が見ている。……大丈夫だ。王家と僕の名に誓って、彼女には何もしない」

私に駆け寄ろうとしたフードの男達は逡巡《しゅんじゅん》した後、一瞬で姿を消した。

なんてこった！　まさか彼らは忍者だったのか⁉

「エレノア嬢。もう暫くの辛抱だ。……大丈夫、何も恐い事は無いから……」

――……イケメンは声もイケボだ……。

そんなしょうもない事を思いながら、私はアシュル殿下の腕の中で意識を失ったのだった。

女の子の記念日

「エレノアお嬢様。またお祝いのお品が届きましたよ！」

「…………」

私は寝間着でベッドに横になったまま、ウィルがいそいそと運び込んで来るプレゼント達を遠い目をしながら眺めていた。

二日前。私はアシュル殿下と話をしている最中、酷い腹痛と頭痛で倒れてしまったのである。

そして目を覚ますと、いつの間にやら私はバッシュ公爵家に舞い戻り、こうしてベッドに寝かせられていたという訳なのだ。

……何故か、満面の笑みを浮かべたオリヴァー兄様、クライヴ兄様、そしてセドリックに見守られながら。

「おめでとう、エレノア！」

「え？」

貧血起こしてぶっ倒れたのが、何故にめでたいのか？

そう思って首を傾げた私に、これまたいつもの厳格な表情を好々爺に変えたジョゼフが声をかけてくる。

「お嬢様は大人の女性の仲間入りをされたのですよ！」

――…………え……？　大人の女性の仲間入り……って。

……ひょっとして……女の子の……アレですか？　そ、そういえば……馴染みの感覚が……。ってか、お腹痛い……。

「この事は、旦那様方にもすぐにお伝えしました。皆様とても喜んでおられましたよ！」

――はいー⁉　な、何で父様に⁉

……いや、父様に言うのは普通か。母親いるけど、いないようなもんだし。……じゃなくて！

何で他の父様方にも知らせるの⁉

あ！　そ、そういえば、兄様方やセドリックも……知ってる……んだよね？

ってか、そういう女の子にとって、最もデリケートな情報を、なんで本人そっちのけで当たり前のように共有してんだよ⁉　しかも何で、そんなに嬉しそうなんですか⁉

そんな事を胸中で叫びながら、真っ赤になってしまった私の唇に、オリヴァー兄様が口付けた。

……初っ端から、ディープなやつを。

「これで君は、名実ともに大人の女性の仲間入りだね」

唇を離し、そう言って色気たっぷりに微笑まれた私は、再び頭に血が上り……軽い貧血を起こした。

「オリヴァー！　エレノアは体調が万全じゃねぇんだ！　あんまり興奮させんなよ！」

「ごめんクライヴ。嬉しくてつい……」

「ったく……。ま、気持ちは分かるがな」

そう言って、クライヴ兄様も蕩けそうな甘い表情で、貧血起こしてぐったりしている私の唇に口付けてくる。

……あんたら……。もうちょっとデリカシーって言葉を勉強しようか？　なに妹の成長で盛り上がってんだよ！　変態なんですか⁉

「兄上方、どうか落ち着かれてください。ほら、エレノアが泣きそうになってますよ？」

すかさず、気遣いの塊であるセドリックが助け舟を出してくれる。

うう……。流石は私の癒し要員。大好き！

「あ、ああ。そういえば、エレノアは転生者だったものね」

セドリックの言う通り、涙目で真っ赤になっている私を見たオリヴァー兄様が、慌てて説明をしてくれた。

曰く、この世界では女性がアレを迎えるって物凄くおめでたい事で、貴族、平民問わず、一族総出でお祝いするのが常識なんだって。

更に貴族に至っては、「うちの娘が大人の仲間入りをしました」って、方々に宣言するのが習わしなんだそうな。

――この国に、個人情報保護法は無いのだろうか……。

女子のデリケートなプライバシーを、堂々と曝け出すなんて、有り得ないだろ……。

まあようするに、「うちの娘、お年頃になりました。バッチリ嫁に行けますよ！」って、アピールするのが狙いなんだろう。

そして本格的に子孫繁栄を謳い、雌を巡った雄同士の仁義なき戦いが勃発すると……。やっぱり野生の王国だ。

ってか、何が悲しくて自分のアレが始まった事を全国津々浦々、余す所無く公言しなくちゃいけないんだ⁉

つまりは学院の皆も、私が初潮来たって全員知っちゃうって事だよね⁉　……うう……もう、学院行きたくない……。ってか、死にたい……。

知りたくなかった、この世界におけるあるある情報に生理痛ではない眩暈を覚え、更にぐったりとベッドに沈み込んだ私に、オリヴァー兄様が追い打ちをかけてくる。

「エレノア。一人前の女性になったからには、花嫁修業も本格的に力を入れていかなければならないね」

「は？　花嫁修業……？」

「そうだよ。口付け一つで羞恥に震える君も、とてつもなく愛らしいけど、結婚するからには、そのままって訳には……ね。色々慣れていってもらわなければ、結婚した後、お互い困ってしまうだろう？」

な、慣れるって……何を⁉　いや、ナニを困ると⁉

「大丈夫、まだ時間はあるから、ゆっくりと慣れていこう。僕達が全力で協力するから」

ニッコリと、まさに顔面凶器と言うに相応しい極上の笑みを浮かべるオリヴァー兄様に、真っ赤になった顔が引きつる。

そろりと他の二人を見てみれば、これまた物凄く嬉しそうな笑顔を浮かべていた。というかセドリック、貴方まで⁉

ってていうか、ナニをどうして、どう慣れていくのか、具体的に教えてください！

恐ろしい妄想が脳内炸裂しています！　なんか兄様方が、野獣に思えてなりません！　恐いです！　めっちゃ恐いです！

「ああ……そんなに怯えた顔をしないで？　大丈夫、君を怖がらせないよう、ちゃんと順序だてて教えてあげるから」

今迄向けられた事のない眼差しを向けられ、背中にゾクリと震えが走る。

こ、これが……大人とみなされるって事なのか。

ってか、今迄の触れ合いだって、絶対子供に対してのものじゃないからね!?　あれで大人扱いじゃなかったたって……。本当にこれから先、私は何をされるんだ!?

半ばパニック状態になっているエレノアは知らなかった。

自分の婚約者達が自分に対し、「この先、どんなに花嫁教育を施そうとも、エレノアの恥じらいや羞恥心は消える事はないだろう」と確信している事を。そしてその事に対し、むしろ喜んでいる事を。

「三年後が楽しみだね？」

愛してやまない婚約者との甘やかな日々を夢見ながら、オリヴァーはエレノアに向かってニッコリと微笑んだのだった。

◆◆◆◆◆

――まあ、そんな訳で、私がアレを迎えた事実は電光石火のごとく広まり、今現在私の元には、連日ひっきりなしにお祝いのメッセージやプレゼントが贈られて来ている状態だ。

父様と付き合いのある貴族達はもとより、なんと王家からも祝福のメッセージが届き、嬉しいやら恥ずかしいやら……。

そういえば、かなりの数のクラスメート達からもお祝いが届いていたりするのだが（ご令嬢方は除いて）、その中にはなんと、マテオからのものもあった。

彼が何を贈って来たのかといえば、『折角大人の女の仲間入りをしたんだから、これを使って自分磨きしろ』といったメッセージが添えられた、基礎化粧品のセット。……はい、頑張ります。

そしてあの時、いきなり具合が悪くなった私を介抱してくれたアシュル殿下からも、祝福のメッセージと共に、抱えきれないほど大きな白薔薇を使った花束が贈られてきたのだった。

兄様方は面白くなさそうな顔をしていたが、その白薔薇、どうやら当代の王家直系……すなわち国王陛下や王弟方が、聖女様の為に独自に改良した、門外不出の薔薇だったらしい。

そんな貴重な薔薇を贈ってもらったなんて……と、小市民な私は恐縮しきりである。

「有難がってやる必要はないぞ。そもそもその花、あいつからの詫びみたいなもんだからな」

そうクライヴ兄様が言っていたのだが、何でもアシュル殿下、私とどうしても話がしたくて（多分お詫びを言いたかったのだろう）マテオや手の者を使って、偶然を装ってあの場に現れたのだそうだ。

そして、あのいきなり現れたフードの男性達は、王家とバッシュ公爵家にそれぞれ仕える『影』達なのだそうだ。

『影』っていうのはまあ、ようは忍者みたいに、文字通り陰から主君を守る人達の事である。

まさか私にも、そんな人達が付いていたとは思わなかった……と兄様方に言ったら、「大切な娘に『影』を付けない貴族の親はいない」と言われた。成程、そりゃそうだよね。

尤も私の場合、クライヴ兄様が居る時は、兄様が私を守るから『影』の人達は別の場に控えているらしい。

んで、兄様が居ない時に私に付くと……。まあ、いわゆる主君達のプライバシーに立ち入らないってアレです。

なんでもあの時、アシュル殿下が私と話をしている間、クライヴ兄様やオリヴァー兄様方に、その事を知らせようとした私の『影』達と、それを阻止しようとしたアシュル殿下の『影』達とが、裏で激しくやり合っていたのだそうだ。

で、あの後『影』達から事の次第を聞かされ、急いで駆け付けた兄様方。気を失った私を抱きかかえていたアシュル殿下と、あわやバトル……になりかけたんだって。

でも、アシュル殿下に私が倒れた理由を聞き、一触即発だったのが有耶無耶状態になったのだそうだ。

理由はというと、経緯と手段はともあれ、お陰で私が大勢の野郎共の中でアレになった現場を見られずに済んだから……だそうだ。

父様なんて、後で王家に感謝の意を伝えたそうだし、オリヴァー兄様もクライヴ兄様も、渋々アシュル殿下に感謝をしたのだそうだ。

でもさ、娘がアレを迎えた事は大っぴらにするのに、その現場見られるのは不味いって、その線引きは一体なんなのだろう。

ひょっとして、血の臭いが野生の本能を引き摺り出すって事なのだろうか。

「お嬢様！　何というはしたない事を仰るんです!!」

ウィルが真っ赤になって私を叱ってきたけど、私からすればアレになった事をベラベラ喋る事の方が、よっぽどはしたないと思うわ！

ちなみにあの時突然、アシュル殿下の顔が見えるようになったのって、どうやら体内の魔力バランスが崩れた結果だったらしい。

なんでもあの眼鏡、私の魔力が媒介となって効力を発揮するようになっているんだって。成程、だからかぁ……。

私はベッド脇の花瓶から白薔薇を一本手に取ると、その優しい香りを胸一杯吸い込んだ。

「それにしても、アシュル殿下って綺麗な人だったなぁ……」

あのダンジョンで出逢ったディーさん。……後に、第二王子のディラン殿下だったって聞かされて驚いたけど、あの人も絶世の美形だった。

兄弟なのに全く似ていないのは、アシュル殿下が現国王の嫡子で、ディラン殿下は王弟の子供だから。ともかく二人とも、まさに視覚の暴力とも言うべき、顔面破壊力だった。

しかし……よりによって、王族の前で鼻血噴きまくっている私って、一体なんなのだろう……。

アシュル殿下に至っては、鼻血以外にも、えらい状態になってしまったのも見られてしまっているし、恥ずかしくてもう、お会いする事なんて出来ないよ。

「とにかく、もうこれ以上王族の前で醜態晒さないようにしなければ……！」

私は、同じ花瓶に飾られた青薔薇に目をやった。

これはアシュル殿下の白薔薇と一緒に贈られた、リアムからの薔薇だ。

まるでリアムの髪の色のような、とても鮮やかな青い色。

確か花言葉は『神の祝福』だとオリヴァー兄様から教えてもらった。

「……花言葉はともかく、本数がいやらしいんだよね」

苦々し気にそう言っていたけど、本数ってなんだろう？

そういえば、アシュル殿下のバカでかい花束と違って、凄く少なかった気がするな。青い薔薇って珍しいから、希少なのかもしれない。

ちなみに、白薔薇の花言葉は『新たな始まり』

子供の殻を脱ぎ捨て、大人の女性になっていく第一歩を飾るのに、なんて相応しい言葉なのだろう。流石は王族。やることなす事スマートだ。

あれ？　でも国王様や王弟方が、愛する女性である聖女様に捧げた花だよね？

だったらもっと、それに相応しい花言葉があるんじゃないのかな？　だってこの世界、とにかく女性に対してロマンティックというか、甘々しいから。

「白薔薇の他の花言葉？　そんなもの、エレノアが知る必要は無い。それに殿下に他意は無いと思うよ？」

そんな訳の分からない事を言って、オリヴァー兄様は花言葉を教えてくれなかった。

なので私はこっそりベッドから抜け出すと、庭師長のベンさんに花言葉を聞きに行った。

「ああ、白薔薇の花言葉ですか？　『純潔』『無邪気』『若さ』……」

成程。聖女様だから、『純潔』ってのはピッタリだ。

それに王家の嫁って、純潔を求められるって言っていたしね。

「それと、『私は貴女に相応しい』『永遠の愛』こちらは愛する女性に贈る時に意味を持つ言葉ですね」

……オリヴァー兄様が教えてくれなかった理由が分かりました。

でも兄様。あのアシュル殿下が、まさか私にそういった意味合いで花を贈るわけないでしょうに。

本当、心配し過ぎなんですよ。

そこで私は、ふと疑問に思った事を尋ねてみた。

「お花の本数も意味があるの？」

「ははは、そりゃあ大ありですよ！　女性に薔薇を贈る時はむしろ、本数の方がより重要なんです」

そうだったのか。でも、リアムの薔薇はともかく、アシュル殿下の贈ってくれた本数なんて、今更分からないからな。

「お嬢様はご結婚の際、きっとオリヴァー様方からそれぞれ、九百九十九本の薔薇を贈られると思われますからね。その時の為に、私も丹精込めて最高の薔薇を育てますよ！」

九百九十九本って……。

しかも一人一人から？　なんか薔薇の花に埋もれて窒息しそうだな。

ちなみに意味は？　と聞くと、ベンさんは含み笑いをして「ご婚約者様方にお聞きください」と言って教えてくれなかった。

ベンさんの言葉を受け、私は兄様方には決して九百九十九本の意味を聞くまいと誓った。

だって聞いたが最後、絶対変なスイッチ入っちゃいそうだからね。

ちなみに、リアムの贈って来た薔薇の本数を数えたら十二本で、その意味を後に知った私は、羞恥と驚きで顔が真っ赤になってしまった。

「多分リアム、本数間違えたんだと思うよ」

セドリックにそう言われ、十三本の意味を聞いた私は、大いに納得したのだった。

お役目御免

本日。バッシュ公爵家では、普段忙しくて中々顔を合わせられない父様方が全員揃い、普段よりも更に豪華な食事を囲んでの晩餐会を楽しんでいる。

だって今日はお祝いなのだ。

何をお祝いしているのかと言うと、セドリックが総合試験で次席を取ったからである！

ちなみに首席はリアム。そして三位は、まさかのマテオだった！

結果を知った時は、ついうっかり「凄い！　マテオって、顔だけの男じゃなかったんだね！」

……なんてマテオ本人に言ってしまい、めちゃくちゃ冷ややかな視線を浴びせられてしまった。

ちなみに例のオーウェン君も、しっかり十位内にランクインした。重々めでたいね！

「おめでとう、セドリック」

「セドリック。総合試験、よく頑張ったな。私もとても誇らしいよ」

「有り難うございます。オリヴァー兄上、そして父上。ですがまだまだです。次は首席を取れるように、全身全霊をかけ、邁進していく覚悟です！」

「ははは！　そう肩肘張らずとも、お前だったらきっと成し遂げられるさ。なんと言ったって、お前は私の自慢の息子の一人なんだからな」

メル父様に誉められたセドリック、凄く嬉しそうだ。

でも本当に凄いよ。私もとても誇らしい気分です。

「それとエレノアもね。女の子なのに五十位内に入るなんて驚くべき成果だ。それについても、セドリックと同じくらい誇らしいよ」

メル父様が、手にしたワイングラスを私に向かって軽く掲げ、妖艶な笑みを浮かべる。

――くっ！　なんとも様になる上に、久々の大人の魅力パワー全開ですか！　義娘の視覚を潰さんとするその攻撃、目に突き刺さって痛いです！

おっと、いかん。顔が真っ赤になってしまった。早く冷まさなければ、またオリヴァー兄様が拗ねてしまう！

「ん？　エレノア？」

「何をやっているのかな、エレノア？」

冷たい水の入ったグラスを頬に当てる私にメル父様は首をかしげ、アイザック父様は冷汗を流しながら尋ねてくる。

「い、いえ。家庭内円満の為に、少々クールダウンをと思いまして……」

「……エレノア、大丈夫。いくらなんでも、それぐらいで目くじら立てないから」

私の謎行動に慣れているオリヴァー兄様が意図を的確に察し、そう声をかけると、これまたメル父様が察した様子で肩を震わせる。

「ふふ……成程。エレノア、狭量な息子で済まないね。まったく誰に似たのやら」

その瞬間、オリヴァー兄様から黒いオーラが湧き上がった。

ひぇぇ!!　おめでたい席で血の雨が降るのか!?

だが、そうはならず、瞬時に暗黒オーラを引っ込めたオリヴァー兄様。メル父様にニッコリと笑顔を向けた。

「……申し訳ありません。愛しい婚約者の事になると、ついつい我を忘れてしまいまして……。でも父上も、もし僕のようにエレノアのような子と巡り合えていれば、きっと僕の気持ちを理解していただけたと思いますよ？」

メル父様が珍しく、鼻白んだような表情を浮かべた。

どうやらオリヴァー兄様が、メル父様の何かを抉ったようだ。

「……言うようになったな、オリヴァー」

「有難う御座います。これも父上の日頃のご指導の賜物です」

……何だろう。言葉や表情は穏やかなのに、何故か二人の間に青白い火花が散っているような気がする。

「まあまあ、親子の交流はその辺にしておこうか。ね？　二人とも。折角のお祝いの席なんだから」

「……うん、そうだな」

「……はい、公爵様。セドリックもエレノアも、御免ね？」

――親子喧嘩終了。

アイザック父様、普段は割とヘタレたところしか見ていないが、こういうところは流石次期宰相。場を締めるタイミングが絶妙だ。

私は隣にいるセドリックと顔を見合わせると、互いに苦笑した。

「それにしても、エレノアが上位五十名に入れたのって、俺を売って稼いだポイントのお陰なんじゃないのか？」

あ、クライヴ兄様ってば酷い！

うむむ……。女の子の日のゴタゴタでうやむやになったと思っていたが、やはり根に持っていたか。

まあでも確かに、ポイント欲しさに兄様を売っちゃったのは事実だし、ここは素直に謝っておこう。

「はい、その節は大変お世話になりました。また機会がありましたら、ぜひ宜しくお願いいたします！」

「もう二度とあるか！　バカ娘が！」

あ、酷いな兄様。可愛い妹のポイント稼ぎなんだよ？　むしろ進んで協力してくれたっていいじゃないか。

「エレノア、クライヴは君の護衛なんだよ？　守るべき対象者である君が、わざわざ護衛売ってどうするの。そんなんだから、アシュル殿下の姦計にまんまと引っかかってしまうんだよ。大体、君は危機感が無さすぎる。セドリックに聞いたけど、この間だって……」

しまった！　オリヴァー兄様のお説教スイッチが入ってしまった！

クライヴ兄様は「全くもってその通り」って感じで頷いてるし、メル父様とグラント父様は面白がってるから、止めてくれそうにない。セドリックもこの事に関しては完全に兄様側だから、助け舟を出してもらうのは無理。……という事で、残るは……。

私は密かにアイザック父様にヘルプの合図を送った。

あ、アイザック父様、頷いた。お願いします、父様！

「そういえば、岩風呂温泉……だったっけ？　源泉を引く転移魔法陣を敷き終わったから、近日中に屋敷の増設工場が始められるよ。良かったね、エレノア」

父様ー!!　何でよりによって、その話題ー!?

「本当ですか！　公爵様」

「流石はバッシュ公爵家！　迅速な手腕、お見事です！」

ああっ！　オリヴァー兄様とクライヴ兄様が食い付いた！

あ、アイザック父様、「やったよエレノア！」的な凄く良い笑顔でこちらを見ている。

……うん、確かにお説教は止まったよ。止まったんだけどさぁ！

「ああ……楽しみだねエレノア。完成したら、一番乗りで一緒に入ろうね？」

「入浴着は俺とセドリックで、絶対お前に似合うヤツを特注しといたから。そっちも楽しみにしてろよ？」

「オリヴァー兄上も絶賛されていたから、きっとエレノアも気に入ると思うよ？」

ほらー！　兄様方やセドリックのヤバいスイッチ、入っちゃったよ！

……実は私、まさか女の子の日が来るなんて思いもせず、十二歳の誕生日プレゼントにクロス伯爵家にあるのと同じ温泉浴場を父様に強請っていたのだ。

そんでもってアレになるちょっと前、ジョゼフに言われたんだよね。

「お嬢様。どうやら私のお役目は、ここまでのようです」

寂しそうにそう言われ、私は愕然とした。

「え⁉　ジョゼフ、辞めちゃうの⁉」

「は？　いえいえ、まさか。このジョゼフ、お嬢様のお子様が成人されるまで、現役を貫き通す所存。ご心配めされますな」

なんだ、良かった。

でもその時ジョゼフ、一体何歳？　仙人にでもなる気かな？

「じゃあ、何がここまでなの？」

そう聞いてみれば、私の入浴介助の役目が終了なんだって。思わずガックリと脱力してしまったよ。

「これからはご婚約者様方が、私の代わりをされます」

は？　何故に兄様方やセドリックがジョゼフの代わりを？

「……察するに、お嬢様が大浴場を旦那様に強請られたのは、自ら花嫁修業を決意されたから……。そうですね？」

……はい？

「そのご覚悟。このジョゼフ、しかと受け止めました。……ふふ……。お嬢様が大人の階段を上られる日を待ち望んでおりましたのに。いざその日を迎えると、やはり寂しいものですな」

え～と……。もしもし？　何一人で勝手に話を進めた挙句、感じ入っちゃっているのかな？

「恥じらいを捨て、自ら進んでご婚約者様方の愛情に応えようなどと……。お嬢様の尊い御決意は、既にオリヴァー様方にお話ししておきました。皆様、お嬢様の御決意を、それは喜んでおられましたよ」

ジョゼフの言葉に、私の顔から血の気が引いた。

そ、それってつまり、私が兄様方やセドリックと一緒にお風呂入りたいって思っているって、そう伝えたって事⁉

おおおい、ジョゼフー‼　あんた、なんって事をやらかしてくれたんだー‼

慌てて訂正しに、兄様方の元へとすっ飛んで行った私だったが、時すでに遅く。

すっかりジョゼフの話を真に受けた兄様方は、私の必死の否定を「ただの照れ隠し」で済ませてくれやがったのだ。

ってか兄様方、絶対確信犯だよ！　分かっていてジョゼフの言葉に乗っかったんだよ！

汚い……！　大人の男って、汚いよ‼

「まだ子供のうちは、絶対一緒に入りません‼」と言って、今すぐにでも混浴しようとした兄様方やセドリックを何とか押しとどめたのも束の間。女の子の日を迎えて、大人の女の仲間入り認定されちゃいましたよ。

つまり、今の私は「子供ですから」を盾に、ごねる事が出来なくなっちゃった訳なんだよね……。

ああ、兄様方やセドリックの期待に満ち満ちた視線が痛い……。

仕方が無い。こうなったらせめて、折角の温泉が私の鼻血で血の池地獄へと変わるのを防ぐ為にも、兄様方やセドリックには、男性用の入浴着を着てもらうしかないだろう。

……尤もこの世界に、そんなもんがあるかどうかは知らないけどね。

第二章

王家の夜会編

夜会に行こう！

「そういえば一週間後、王家主催の夜会が催されるそうだよ」

——なんと！　王家主催の夜会とな⁉

アイザック父様のお言葉に、私は大きく目を見開いた。

「ああ。新たに爵位を賜った貴族達のお披露目も兼ねたアレか。ようやっと決まったんだな」

「うん。貴族達の調整と、王立学院の試験が一段落したこの時期が良いんじゃないかって事でね」

「あ～あ、面倒くせぇな！　アイザック、俺だけでもフケていいか？」

「良い訳ないだろう。寧ろ君は一番のメインなんだからね、グラント！」

そうですよグラント父様。

この国の軍事を預かる最高責任者なうえ、一代限りの爵位が底上げして、正式に永続貴族となったんだから。アイザック父様の言う通り、グラント父様こそ一番の注目株なんですからね。

「ああいった席では、女共が大量にまとわりついてうぜぇんだよ。なー？　メル」

「そうだねぇ。今は別に、女性と遊びたい気分じゃないし。アイザック、私はただ単に爵位が上がっただけだから、今回は欠席しても良いよね？」

「……メル。グラント。駄目だからね。もし直前で欠席なんてしたら、この屋敷への接近禁止令を言い渡すよ？」

アイザック父様の脅しに、メル父様とグラント父様が一斉に口をつぐんだ。

何だかんだ言って、二人とももう完全にバッシュ公爵家《こ こ》に住み着いちゃっているしね。グラント父様なんて結局、爵位上がっても自分の屋敷を構えるそぶりすらないし。

「いいじゃねぇか、親父。無理せずそのまま欠席しても！」

「そうですよ父上。嫌な席に無理矢理参加される事なんてありません。是非欠席なさってください！」

兄様方が、ここぞとばかりに父様方を気遣う……フリして、あわよくば屋敷への接近禁止を狙っている。

あ、今度は火花どころか、青いイナズマが二組の親子の間を駆け抜けている。

本当にこの親子達って、仲が良いのか悪いのか、よく分からないな。

「……まあ良い。だったらオリヴァー、クライヴ。お前達も夜会に参加しなさい」

「えっ⁉」

「げっ！」

おお、兄様方。物凄く嫌そうな顔だ。

そんな二人に対し、メル父様が涼し気な表情でのたまう。

「当たり前だろう？　お前達は共に、私やグラントの後継とみなされているのだからな。特にオリヴァー。お前はバッシュ公爵家を継ぐ身だ。寧ろ社交の場には、積極的に出て行かなくてはならないはずだろう？」

「……分かりました。僕も参加致します」

オリヴァー兄様、嫌そうだな。そんだけ肉食女子の群れが苦手なんだろう。

クライヴ兄様も、オリヴァー兄様に輪をかけて嫌そうだ。お二人とも、ご愁傷様です。

「よろしい。セドリック、お前も今回の夜会が王都でのデビュー戦となるのだ。学院で次席を取った事もあり、お前には様々な貴族やご令嬢方の思惑と欲望が集中するだろう。我がクロス伯爵家を継ぐ者として、心して挑むがいい」

「はい！　分かりました、父上！」

セドリックが緊張した面持ちで頷く。

……う～ん、それにしてもデビュー戦かぁ……。プロレスとかボクシングの試合みたいだ。

夜会ってもっとこう、華やかなもんだと思っていたんだけど。実際のところ、欲望渦巻く戦場なんだなぁ……。本当、この世界の男性達って大変だ。

……でも王家主催の夜会か……。

きっと、シンデレラが出席した舞踏会みたいにキラキラしているんだろうな。

肉食女子の群れはともかくとして、私も行ってみたいなぁ……。

「あの……父様方。兄様方。私も夜会に参加するというのは……」

「うん。あの眼鏡をするなら良いよ？」

オリヴァー兄様の一言で、敢え無く撃沈。

兄様……。紳士淑女が一堂に会する、王家主催の夜会でまであの恰好を晒すって、何の拷問なんですか⁉　いくら何でも、これ以上笑い物になんてなりたくないですよ！

え？　しかも一言も喋るな？　食べるのも飲むのも禁止？　ダンスも不可？　……それって、何の為に行くんですか⁉

「じ、じゃあ、あの眼鏡とはいかずとも、かなり地味に装って、こっそり参加するって事は……」

「夜会に参加する女性は普通、パートナー同伴でなければ出られないよ？」

えええっ⁉　じゃあシンデレラって、どうやって舞踏会に潜り込んだんだろう⁉　魔法使いのおばあさんが、隠蔽の術でもかけたのかな？

「そ、それでは姿隠しの魔法をかけてもらうって事は……」

「王宮には、その手の魔法を弾く結界が張り巡らされているからダメ。引っかかった時点で、警備の騎士達に取り押さえられちゃうよ？」

万引き防止のセキュリティーシステムかよ⁉

姿隠しもダメ、お一人様参加もダメときたら……。あ！　そうだ！

「それじゃあ、普通の眼鏡をかけて、思いっきり地味な格好をして、バッシュ公爵令嬢だって事を隠して参加するってのはどうでしょうか？　エスコートは、ここで働いている使用人の誰かにお願いするとか！」

だって、社交界で私の素顔を知っている人っていないから、適当な偽名を使えばバレないだろう。

それに公爵家の使用人ともなると、貴族の次男坊や三男坊がご奉仕に上がっている事も少なくない。

そんな彼等にお願いして、パートナーとして夜会に参加すれば不自然じゃないよね？　以前私付きだった例の使用人も、確か子爵家の次男だったはずだし……。

しかし次の瞬間、その場の空気が一瞬で凍り付いた。

「……エレノア。それ、本気で言っているのかな……？」

まるで地の底を這うようなオリヴァー兄様のお言葉に、背中にドッと冷や汗が噴き出る。

周囲をチラ見してみると……ひぇぇ！　クライヴ兄様やメル父様、グラント父様までもが、笑っているけど目が笑ってない！　セ、セドリックは……うわぁ！　真顔になっちゃってるよ！　笑顔無しだよ！　やめて、その目！　ＨＰ削られるからやめてー！

……くっ……。こ、こうなったら……助けて父様！　ああっ！　首を横に振ってるー！　八方塞がりか！

「ににに……兄様。もも、もちろん、冗談です!!」

「うん、そうだと思った。でもこれからは、冗談を選ぼうね？」

急速解凍された空気の中、私は極上の威圧スマイルを浮かべるオリヴァー兄様に対し、壊れた人形のように、何度もコクコクと頷いたのだった。

◆◆◆◆◆

「それではエレノア、行って来るよ」

「はい、いってらっしゃいませ。どうかお気をつけて」

今夜は王家主催の夜会が催される日。

それゆえ、兄様方やセドリック、そして父様方は、全員きっちりと貴族の正装に身を包んでいる。

その眩しい事といったら……。顔面偏差値の臨界点を突破し、地球再生へと向かう勢いである。

当然というか、私はその眩しさを直視する事が出来ない。

人間は眩しいものを見続けていると視力が落ちてくると言うが、私の視力もかなりやられてしまっているに違いない。（気分的にだけど）

「なるべく早く帰ってくるようにするからね。……ああ、それにしても何て綺麗なんだエレノア。このまま君を夜会に連れて行って、エスコートしたいぐらいだよ！」

私の頬に手を当て、うっとりと呟くオリヴァー兄様。

私は「はい、是非連れてってください！」と言いたいのを、グッと堪える。

実は私の今現在の恰好、このまま夜会に行けるぐらい気合を入れたドレス姿になっているのだ。

小さな白い花をかたどった宝石（多分、ダイヤとか真珠とか！）が散りばめられた細いレースのリボンを、下ろしている髪に緩く編み込み、光のアクセントをつける。

そしてこれまた、スパンコール並みに細かいダイヤモンドを散りばめた純白なシルクのドレス。

少し背が伸びたので、ドレスのタイプは以前着たいなと思っていたエンパイアラインだ。

結婚式でよく花嫁さんが来ているあのスタイルですよ。

ひょっとしてお前、夜会に行くのかって？　いえいえ、違います。これは兄様方の要望《リクエスト》です。

なんでも、気分だけでも私をエスコートしたいから、ドレスアップした私の姿を目に焼き付けてから夜会に行きたいのだそうだ。

私としては、夜会に行く訳でもないのに、こんな格好するのって拷問か何かかな？　って思っちゃうけど、今夜社交界デビューをするセドリックにまで頼み込まれたんじゃあ、断るに断れませんよ。

「ああ……本当に綺麗だ。……ったく！　夜会なんてバックレて、このまま教会行っちまうか⁉」

そう言いながら、クライヴ兄様が私を抱き上げ、唇に軽くキスをする。

ボンッと相変わらず真っ赤になった顔だが、咄嗟に目を瞑ったので、兄様のドアップを見ずに済み、鼻血は免れた。……ふう……やれやれ。

「お前、本当にいつまでたっても慣れないな。……可愛い……」

クライヴ兄様ー、やめてー！　楽しそうな口調で耳元に囁きかけないでください！

視覚を封じているせいで、聴覚が敏感になってるんです！

折角耐えた鼻腔内毛細血管、崩壊しちゃいますよー！　純白のドレスが深紅に染まるって、どこのサスペンス劇場なんですか!?

「……クライヴ……」

オリヴァー兄様のドスの利いた声に、クライヴ兄様が慌てて私を地面へと下ろした。

そうして、クライヴ兄様のカウンターパンチ攻撃でクラクラしていた私を、今度はセドリックが優しく抱き締めた。

「エレノア、凄く凄く綺麗だよ。本当だったら今夜、君を婚約者としてエスコートしたかった……」

全身黒を基調としたコーディネートな兄様方と違い、セドリックは髪や目の色に合わせた、落ち着いた色合いの生地をベースにした正装を身に着けている。

初々しくも凛々しいその装いは、これから花咲くお年頃のセドリックに凄く良く似合っている。

あ……深い森の中にいるような、清々しい匂い……。セドリックに凄くよく似合っていて、ホッとする。

「セドリック……。うん、私も同じ気持ちだよ。夜会、頑張ってね？　肉食女子達に負けないでね？」

「他の女の子なんかには目もくれないよ！　僕には君だけだ……。愛してるよエレノア」

ボンッと、折角収まりかけていた熱が、瞬時に復活してしまった。

うあぁぁ……！　甘い！　何もかもがデロッデロに甘い!!

油断しているところに、年下（精神年齢的に）男子の一途な愛情が、最後のボディーブローとばかりに繰り出されたよ！

……駄目だ……もう、完敗だよ。リングに沈んで、そのまま気を失いたい……。

「あの……。そろそろお時間ですが……」

ウィルが、遠慮がちに声をかけてくる。

確かに！　さっき「行って来るね」と言ってから、どんぐらい時間経ってるんだ！　貴方がた、私を萌え殺す前に、とっとと夜会に行ってくださいよ！

「やれやれ、やっと私達の番か。それじゃあね、可愛いエレノア。私達を待っていないで、ちゃんとベッドに入って休んでいるんだよ？」

はい、メル父様。分かっています。

「なんか美味そうなモンがあったら土産に持って帰ってやるから、楽しみにしてろよ？」

グラント父様。お気持ちは嬉しいですけど、それは止めた方が良いと思います。

「エレノア、本当に素敵だよ。こんなに綺麗な君を皆に自慢出来ないのが、本当に悔しいよ。僕の大切なお姫様。……くっ……。王家に目を付けられてさえいなければ……！」

アイザック父様。そのお気持ちだけで十分です。

え？　王子様方にこっそり媚薬盛って、適当なご令嬢に宛がおうかな？

やめてください！　バレたら極刑食らいますよ!?

「父様方、頑張って下さいね！　お土産話、楽しみにしております」

そう言ってニッコリと笑った私はその一瞬後、父様方によって、キスや抱擁の嵐を受ける羽目となった。

当然というか、青筋を立てた兄様方が、父様方から私を引っぺがしてくれたけど。

「オ、オリヴァー兄様。クライヴ兄様。セドリック。大変でしょうけど、頑張ってください。……あの……。なるべくでいいので、早く帰って来てくださいね？」

自分だけ置いてきぼりにされる寂しさから、柄にもなくそんな事を言った私に対し、兄様方は軽く目を見張った。

そしてお約束と言うか、感極まった兄様方の抱擁をサバ折り状態で受ける羽目となり、その状態で濃厚な口付けをされ、あわや酸欠寸前にまで陥ってしまったのだった。

その後兄様方は、使用人や父様方総出で私から引き離され、「やっぱり行きたくない！」「エレノアを寂しがらせる訳には！」と喚きながら馬車に押し込まれ、夜会へと旅立って行ったのだった。

◆◆◆◆◆

「はぁ～……。なんか、ドッと疲れた……」

そう呟きながら、私は自室のベッドにグッタリと横になった。

ちなみに、服はまだドレスのままだ。

これはジョゼフ達が「折角美しく装われたのですから」と気を利かせ、着替えを後回しにしてくれたからである。

確かに、私も折角こうしておめかししたのだ。誰に見せる訳でも、舞踏会に行ける訳でもないけど、暫くはお姫様気分を……。

うーん……。折角ドレスアップしたのに、カボチャの馬車に乗り損ない、結局お城に行けなかったシンデレラの気分になってしまうな。

もし原作でそうなっていたならば、さぞかし無念だったろう。運よくカボチャがあって良かったね、シンデレラ。

「……今頃兄様方、まだ馬車の中かな……」

きっと会場に着いたら、エスコートする婚約者がいないのをこれ幸いと、肉食女子軍団が一斉に群がるんだろうな。

あの兄様方の事だから、全く相手にしないだろうけど。女性には一定の礼儀を払わないといけない社会だからなぁ……。お話ぐらいはするかもしれない。

場慣れしていないセドリックなんか、格好の獲物《ターゲット》だよね。

筆頭婚約者のオリヴァー兄様や、最初からガン無視上等なクライヴ兄様とは違って、自分に迫って来たご令嬢を上手く捌けるのかな？

押し切られて、ダンスぐらいはするのかもしれない。ううう……。なんかモヤモヤするなぁ。

「……私も、一緒に行けたらいいのに……」

そうすれば「あの人達は私の婚約者なんだから、近寄らないで！」って、肉食女子達に牽制出来るのに。

……でもそれやったら帰った瞬間、感極まった兄様方に押し倒されるかも……。

いや、彼らならば帰るまで待たない。

きっと夜会の最中でも、堂々とキスぐらいするに違いない。それも濃厚なヤツを。……うん、やっぱり大人しくここにいた方がよさそうだ。

「そういえばリアムも、夜会に出るのは初めてだって憂鬱そうに言っていたな」

彼の懸念は、大体察しが付く。

アシュル殿下もそうだったが、リアムは王立学院に通っている。

つまり、同じく王立学院に通っているご令嬢方は、それを話の切っ掛けにして、堂々と王族に話しかける事が出来るのだ。

そうなると流石のリアムも、王家主催の夜会で彼女達に塩対応は取れないだろう。

そのストレスたるや、察して余りある。

「でも今日から試験休みだからなぁ。大変だったねって、手紙出すか」

そういえば、最近はアシュル殿下も折に触れて、私に手紙を寄越してくるようになったんだよね。

返事は兄様方に「絶対出すな！」って言われているんだけど、女の子の日が初めてきた時、お祝いで貰ったお花のお礼状ぐらいは送りたいところだ。

「リアムの手紙にでも、こっそり紛れ込ませようかな……。ん？」

何かコツコツと音がする。

耳を澄ますと、どうやら音はテラスに続いてる大窓から聞こえてきているようだ。

——こんな夜に、まさか鳥？　いや、ひょっとしたら不審人物⁉　……う～ん、だったらわざわざ音を立てたりはしないよな。

「ウィルを呼んだ方が良いかな？」

取り敢えず、何時でも叫ぶ準備をしつつ、恐る恐る窓辺に近付いてみる。

すると何やら、カワセミぐらいの大きさの黒い物体が、窓をコツコツ叩いているのが見えた。

「……ん？　……あれっ⁉　ひょっとして……ダンジョン妖精⁉」

そのミノムシっぽい姿を確認した私は、慌てて窓を開ける。

すると、やはりどう見てもミノムシにしか見えない物体が、開いた窓から部屋の中へフワリと入って来た。

『久しいな、小娘』

相変わらずの尊大な口調。

だけど何でまたミノムシなの⁉　あの麗しい姿はどこいったんだ⁉

『ミノムシではない！　ちゃんと私の名を呼べ！』

「え？　え～と……。〝ワーズ〟？」

すると至高のミノムシ……ではなくワーズは、何か嬉しそうに私の周囲をクルクル飛び回った。

そしてテーブルに常時置かれている、フルーツが盛られた銀の皿を目にするや、フルーツ目掛けて突撃した。相変わらずブレないヤツである。

私は今まさに林檎にダイブしようとしていたミノムシを、すんでのところでキャッチした。

『あっ！　何をする！　離せ小娘！』

「小娘じゃない！　あんたの方こそ名前で呼べ！　……で、ワーズ。何でまたその姿になってるのよ？」

あの犯罪者達にどうやって捕まえられたかが、今の流れで十二分に分かってしまった。

というか、まるで反省していないないなこいつ。いつか絶対また捕まるよ。

……待てよ？　ひょっとして、また捕まって力奪われたから、この姿になったのか⁉

『いや、違う。この姿にならなければ、お前の所に行けなかったからだ』

「え？　そうなの？」

『お前、知らんのか？　この屋敷を中心に、かなり広範囲に仕掛けられている、まるで呪いのごとき厄介な結界の事を！』

「へ？　結界？」

『ああ、そうだ。侵入しようとする相手の魔力を感知し、排除する結界だ。私も何回かあの姿で通り抜けようとしたのだが、ことごとく弾かれてしまった。この姿になってようやく、結界と結界の僅かな隙間を通り抜ける事が出来たのだ』

なんと！　そんな結界が張られていたのか。

前世で言うところのセ●ムかアルソ●クみたいだ。兄様が前に言っていた、王宮のセキュリティーシステムを思い出すな。

『しかも、いやらしい感じに、色々な魔力が複雑に絡み合っていてな、なんというか……ある種の執念を感じたぞ。さぞや守らねばならぬ、大切なものがあるのだろう。全く……お前も罪な女……』

「そりゃあ、一応うち公爵家だからね！　政敵も多いだろうし、お宝もきっと沢山あるはずだし！」

『違う！　多分間違いなく、そっちじゃない！』

「え？　じゃあ何で？」

私が首を傾げるとワーズのヤツ、首を振りながら溜息をついた。

しかもなんか、残念な子を見るような視線を向けているっぽい。

何なんだあんた！　急に来たかと思えば、失礼なミノムシだな！

『だから！　ミノムシでは無いと言っておろうが！』

「だってどう見たってミノムシじゃん！　って言うか、さっきから人の頭の中を勝手に覗くな！

……で？　話を元に戻すけど、何だってわざわざ、その姿になってまで私の所に来たの？」

『……全く呼ばれなかったから……』

「はい？」

『だから！　あの時以来、全くお前は私を呼ばなかったから、気になっただけだ！　……果物も食べたかったし……』

――……どうやら今、私は妖精のツンデレを目の当たりにしているらしい。

寂しくて、わざわざミノムシになってまで私の所に来るとは……。

高飛車なフリして寂しがりか!?　なんかちょっと、ほっこりしちゃうじゃないか。

私は握りしめていたワーズを、そっと林檎の上に置いてやった。

途端、貪るように林檎にガッツき始める。

物凄い勢いで一個食べ終わったら、今度は葡萄。次はバナナ……。ひょっとしてこの妖精、私に会いたかった訳じゃなくて、果物食べるのだけが目当てだったんじゃ……？

やがて、大盛りのフルーツ全てを食べ尽くした妖精は、満足そうに私の方へと飛んできた。

『ところでお前』

「エレノア！」

『わ、分かった。エレノア、随分と華美な格好をしているが、どこか行くのか？』

――今更それか。

「違う違う。王様が主催するパーティーに、兄様方や父様方が参加するから、お見送りする為に着ただけ」

『見送りするだけで、それだけ豪華に着飾るのか？　人間の貴族とやらは、随分と無駄な事をするのだな』

「……いや、貴族と言うより、普通の家でもこんな事、やらないと思う……」

こんな虚しいドレスアップ、私だって兄様方やセドリックが強請らなかったらやらなかったよ。

そこで私はふと閃いた。

「ねえ、ワーズ！　ワーズの力で私をこっそりお城に連れて行くって出来ない⁉」

『お前を城に？　……う～む……』

「ね？　少しだけ夜会を見るだけでもいいの。……出来ない？　やっぱり無理……かな？」

しょんぼりとしてしまった私を見たワーズが動きを止めた。

『いいだろう』

「本当⁉」

『ただし、そのまま行くのではないぞ？　精神体でだ』

「『精神体』？」

『自らの意識を身体から離脱させた状態の事を言う。幸い、お前の魔力と私とは相性が良い。この屋敷の結界もお前にだけは甘いようだし、抜け出す事は容易だろう』

え？　ちょっと待って。それっていわゆる、『幽体離脱』ってヤツじゃないかな？　何か危なそう。

「あの……折角の申し出だけど、やっぱちょっと……」

『もう出来たぞ』

「……へ？　……って、うわっ！」

気が付けば、私は上から自分の部屋を見下ろしていた。あ、真下に私がいる！

「ね、ねぇ……。身体の方は大丈夫なの？」

『ふむ。いわば抜け殻状態だからな。確かに何日もそのままでは支障が出ようが、パーティーに行って帰るぐらいであれば問題なかろう。それに、この屋敷全体に張られた結界が、悪さをしようとする輩からお前の身体を守ってくれるだろうしな』

悪さをしようとする悪い輩って……。この場合、目の前にいるこの妖精の事だよね？

『さあ、とっとと行くぞ！』

ジト目になった私から視線を逸らすように、ワーズが少しだけ開いた大窓から外に出てしまう。

私も慌てて後を追う。勿論、空中に浮かびながらだ。

窓の隙間が狭くて通り抜け出来るかと不安になったのは杞憂だった。

無意識に伸ばされた手は、スルリと窓を通り抜けてしまう。

「うわぁ……!!」

凄い！　私、今飛んでる！

綺麗な夜空に浮かぶ月が、何だかやけに近くに感じる。

もはや気分は、ピーターパンにおけるウェンディーだ。

って事は、ワーズはティンカーベルか。……う～ん。随分枯れ果てたティンカーベルだな。

『……白くてキラキラしていて、まるで真白い鳥のようだ。……あやつの兄達が、閉じ込めたくなる気持ちも分かるな……』

空中散歩に夢中になっていた私の耳に、ワーズの呟きが届く事はなかった。

◆◆◆◆◆

——で、やって来ました！　王族のお住まい、王宮！

地上からでは道なんて分からないけど、空中から行くと、お城すぐ分かる。

障害物が無いから超速い！

今回で王宮に来るのは二回目だけど、やっぱ空中からだと、印象がまるで違うな。

……ってか、王宮デカい！

うちのお屋敷も、敷地も合わせると凄く広いんだけど、王宮はまさにレベルが違う感じだ。

某ネズミのテーマパーク丸々二個分ぐらいありそう。それかベルサイユ宮殿？　端から端まで全部見学したら、丸二日はかかりそうだ。

それにしても、白亜のお城は昼間見ても素敵だったけど、魔法でライトアップされているのか、闇夜にキラキラ光っていて、凄く幻想的だ。

それに、上空から王都を見下ろしてみたんだけど、王宮を中心に放射線状に広がった街並みの明かりがキラキラしていて、まるで地上にも星空が広がっているような錯覚に陥ってしまった。

空も地上も満天の星空……。うん、凄く良い。幻想的。

アルバ王国の平和と豊かさを象徴しているみたいで、見ているだけで凄く幸せな気持ちになる。

私の住んでいる国は良い国なんだなぁって、素直に信じられる美しさだ。

『リアムやアシュル殿下も、この景色をいつもこうして眺めているのかな？』

彼らはこの光景を見て、どう感じているのか。いつか彼らの口から聞いてみたいものだ。

王宮に近付いて行くと、きらびやかな馬車が沢山見える。

まだ遠目でよく見えないけど、きっと着飾った紳士淑女が沢山集っているのだろう。

そこでふと、気になった事をワーズに尋ねてみる。

「ねぇ、ワーズ。私のこの姿って、他の人には見えるの？」

『実体化している訳ではなく、あくまで精神体だからな。余程の事が無い限り、姿を見られる心配はないだろう。ただ、魔力量がずば抜けて高い者や、お前と波長が合う者の傍には近寄らない方が無難だな。万が一にも見られたら厄介だ』

成程。

「あ、でもさ、魔力量が高いって、どうやって分かるの？」

『今の状態のお前なら、見ただけで魔力量の有無が分かるはずだ。それにこの国は、身分が高位の者達ほど、魔力量が高い傾向にあるようだな』

成程。いわゆる、選ばれしＤＮＡというヤツだろうか。

という事は、王族や有力貴族達、それと私の身内の傍には、極力近寄らない方が良いって事か。

精神体だと鼻血は噴かなくて済むだろうから、リアムの素顔を拝むチャンスだと思ったんだけどなぁ……。残念。

「あ……。ひょっとしてこれが結界？」

王宮に近付いてみて分かったのだが、キラキラの正体は、どうやら王宮を守る結界だったようだ。透明の、まるでレースのような美しい文様が、ベールのように王宮全体を覆っているのが視える。

「ワーズ、どうしよう。これって私、弾かれたりしないかな？」

『大丈夫だろう。この結界は、お前の屋敷の結界よりもよほど緩いし、悪意や魔力が無い者にはほぼ無害だ。実際……ほら、見てみろ』

言われて目を凝らすと、まるで蛍のような小さな光が、あちらこちらで瞬いているのが見える。

『あれらは小妖精か、まだ精霊になっていない小さき者達だ。あれらが通り抜け出来るのだ。ただの精神体であるお前なら、なんの問題も無く通り抜け出来るだろう』

そう言われ、ドキドキしながらワーズの後方から付いていき、結界に触れてみる。

すると言われた通り、何の抵抗も衝撃も無く、スルリと結界を通り抜ける事が出来た。

「本当だね！　……あ！　バッシュ公爵家の馬車！　兄様方や父様方、もう着いていたんだ」

どうやら、既に本人達は宮殿の中に入ってしまっているようだ。

私は眼下に見える、着飾った紳士淑女達に紛れて宮殿の中に入ろうとして、足を止める。

『え？　ぼんやりとオーラを纏っている人達がいる……？』

ひょっとしたら、あれがワーズの言っていた魔力量の高い人なのだろうか。

だとしたら、あの中に紛れて王宮内に入るのは危険だ。

視え方にもよるけど、もし中途半端に私が視えて、「幽霊がー！」って騒がれても困るしね。

仕方が無い。なるべく人目に付かない場所から潜入するとしよう。

「ん？　あれ？　ワーズ？」

気が付けば、さっきまで一緒にいたはずのワーズがどこにもいない。

これはひょっとしなくても、さっさと夜会の会場に行って、果物を撮《つま》み食いしているに違いない。

全くもって、フリーダムな妖精だ。

「え〜と……。仕方がない。取り敢えず、裏手から会場に行くか」

私は正門から離れると、人気のない裏手から会場を目指すべく、宙を飛んだ。

◆◆◆◆◆

「……では、これよりのアルバ王国の、より良き発展を心から願う。今宵は存分に楽しんでいってほしい」

現国王アイゼイアの言葉を受け、居並ぶ者達が一斉に王家の面々に向かって礼を執ると、国王が手を軽く上げた。

それを合図に、楽団が華やかな演奏を開始する。

招待された貴族や有力者、大商人、外国の主賓なども、始められた舞踏会を楽しむべく、会場中に散っていく。

「ねぇ、お聞きになりまして？　本日の夜会には、あのクロス伯爵様とオルセン子爵様が参加されているのですって！」

「ええ。わたくし先程、お姿をお見掛けしましたわ！　お二人とも、滅多に王都の夜会に参加されませんけど、流石は王家主催の夜会。まさかお二人が共に揃っていらっしゃるなんて……！」

「眼福などという言葉では、あの方々のお美しさは語り切れませんわ！　今宵は是非とも、お近づきになれるように励まなくては！」

「あら、あの方々は少々つれないから、狙うだけ無駄ですわ。わたくしは断然、バッシュ公爵様狙いですわね！　お美しい上にお優しくて……。しかも次期宰相になられる事が、正式に決定しましたのよ⁉」

「そうね。あの方の方が御しやすそうですものね。しかもクロス伯爵様やオルセン子爵様とも親友であらせられるのですもの。お近づきになっておけば、あのお二方と接する機会も持てるというもの……」

「まあ素敵！　私も是非、バッシュ公爵様にご挨拶しなくては！」

華やかに姦しく、妙齢の淑女から妖艶な熟女までもが話題にするのは当然というか、この夜会での一番の注目株達である。

地方貴族の筆頭とも言える実力と財力を誇る、メルヴィル・クロス伯爵。

彼は絶世の美貌と話術、そして優雅な物腰から数多の女性達と浮名を流しており、未だに社交界の女性全ての憧れと言われている美丈夫である。

しかも彼はここにきて爵位を上げたうえに、ずっと断り続けていた宮廷魔導師団の団長職を拝命し、王都に居を移した。社交界の淑女達が目の色を変えるのも無理からぬことである。

そしてこの度、名誉男爵から一転、永久貴族の仲間入りを果たしたグラント・オルセン子爵。彼こそ、この夜会のメインとも言える人物であった。

なにせ彼は、ドラゴンを倒すほどの魔力と剣技を有した英雄である。

にも拘わらず、彼は権力にまるで執着せず、王家がどんなに勧誘しても、頑として役職に就く事を嫌った自由人だ。

しかも彼の社交界嫌いは有名で、もし社交界で出会えたら奇跡と言われているほどの人物なのだ。

そんな彼がここにきて、子爵の称号と軍事の最高峰である将軍職を賜ったのである。

実力は元より、親友であるメルヴィル・クロス伯爵に勝るとも劣らぬ美貌を有する彼に、傾倒する紳士淑女は数え切れない。

……ちなみに、何故淑女だけでなく『紳士』までもが含まれるかと言えば、『漢に惚れる』的なアレと、第三勢力《同性愛者》達にも大人気であるがゆえである。

だが、それほどご婦人方から絶大な人気を誇っていながら、本人はさほど色事を好まない。

ぶっちゃけ彼は、『女よりも魔物狩り』というほどの脳筋である。

その事から色仕掛けもあまり効果が無いと、飢えたハンター《貴婦人》の中では『落とせたら奇跡』とされる、レア中のレア。希少優良物件なのだ。

そして、あくの強い彼らを唯一取りまとめられるとされているのが、次期宰相である事がこの夜会で明らかとなった、アイザック・バッシュ公爵である。

クロス伯爵、オルセン子爵と旧知の仲である彼は、今現在でも二人と大変仲が良く、バッシュ公爵家の館で同居生活をしているとのもっぱらの噂だ。

本人は友人達と比べ、魔力、美貌共に割と平凡な部類なのだが、誰からも警戒される事無く、スルリと相手の懐に入り込める特技を持ち、人を纏め、先々を見通し采配を振るう能力にずば抜けて秀でている。

しかも知力謀略で言えば、クロス伯爵をも凌ぐと言われ、王家からの信頼も厚い。

唯一の残念かつ最大の弱点と言えば、一人娘を溺愛している事で「娘と会う時間がこれ以上少なくなるのは嫌だ」と、現宰相からの後継の誘いを再三断り続けていた過去があるのだ。

それがこの度、ようやっと宰相位を賜る事を承諾したのである。

身分も高く、王家の覚えも目出たく、おまけに次期宰相。

しかも最大級の攻略対象者達と親友という、素晴らしいオマケつき。

なので「アイザック・バッシュ公爵を制する者は、クロス、オルセンを共に制する」と陰で囁かれる、ご婦人方にとっては最も狙い目な獲物《ターゲット》なのである。

……尤も。彼の基準の全ては、最愛の娘であるエレノアである為、実は攻略対象者の中で一番手強い相手である事を、彼女らは知る由もなかった。

ともかく。そんな超激レア物件が、雁首揃えて会場に勢揃いしているのである。

そりゃあ、愛の狩人たる女性陣が浮足だつのも無理からぬことであろう。

「……相変わらず、あの三人の人気は絶大だな」

ご令嬢方から身を隠すように、目立たぬ場所でシャンパンを飲んでいた第二王子のディランが、人だかりの中に埋もれるように取り囲まれているバッシュ公爵、クロス伯爵、オルセン子爵を見ながら呟いた。

「そうだね。特にクロス伯爵とオルセン子爵は、滅多に夜会に参加しないからな。ご婦人方も、ここぞとばかりに群がるんだろう。でも……ああ、はら見てご覧よ、あれ」

同じく、自分の隣でシャンパンを飲んでいた第一王子のアシュルが、面白そうに指し示す先には、ご婦人方やご令嬢方に取り囲まれながら、つまらなそうに欠伸をしているオルセン子爵の姿があった。

「……流石だな、オルセン将軍。女性に対してあの態度。並みの男じゃ有り得ないだろ！」

「本当だね。流石は自由人と言ったところかな。対してクロス伯爵の方はと言えば……。相変わらずの優雅な物腰は流石の一言だけど、目や雰囲気が笑っていない。寧ろ笑顔な分だけ、凄みが増しているように感じるね。ほら、すり寄っていたご婦人方が、距離を取り始めている」

最後にバッシュ公爵の方を見れば、何やら楽し気に、自分を取り巻く女性達と会話をしている。

他の二人と違って流石だ……と思いきや、よく見てみると、一方的にバッシュ公爵だけが喋っていて、ご婦人方の顔は引き攣っている。

……ひょっとしなくても、多分彼は溺愛する愛娘の素晴らしさを、自分を狙っているご婦人方に対し、これでもかと披露しているのだろう。

三人三様。清々しいほどに淑女達《ハンター》の攻撃をスルーしている。

同性としては「いいのかな？　アレ」と思わなくもないが、同じく淑女達《ハンター》の攻撃を受ける身としては、とても参考になる光景だ。……見習いたいかと言えば、そうでもないけど。

「あれ？　レナルドの叔父貴がバッシュ公爵に近付いて行った」

「あの方、割と引きこもりなのに、こんな場所に出て来るなんて珍しいね」

レナルドとは彼らの叔父であり、リアムの実の父親である。

容姿こそリアムと瓜二つな彼であるが、髪と瞳の色はリアムと違い、明るめな濃紺だ。

周囲の者達が一斉に王族に対して礼を執る中、レナルドとアイザックは二人揃って笑顔で会話を開始する。

……だが、気のせいだろうか。

穏やかそうな様子とは裏腹に、二人の周囲に火花が散っているように見えるのは。

「……きっと、リアムとエレノア嬢との婚約について、叔父貴がバッシュ公爵に圧力《プレッシャー》をかけてんだろうな」

「ああ。叔父上としては、可愛い愛息子の恋を何とかして成就させてやりたいんだろう。でも、国王である僕の父上からの打診も華麗に蹴っていたから、叔父上でも無理だと思うけどね」

叔父の健闘を祈りつつ、二人は彼らの近くにある。もう一つの人だかりの方を見てみる。

すると、これまたオリヴァー・クロス、クライヴ・オルセンの両名が、大量のご令嬢方に取り囲まれていた。

彼らも自分達と同世代のご令嬢方にとって、垂涎の的とも言うべき超優良物件である。

ここからでも、彼女らのだだ漏れの欲望と熱意がビシバシ伝わってくるほどだ。

「やっぱりと言うか、エレノア嬢は欠席なんだね。まあ、だからこその、あのご令嬢方の行動なんだろうけど」

クライヴはともかく、オリヴァーはエレノアの筆頭婚約者だ。

なので普通であれば、あれほどあからさまにすり寄るなどご法度なのだが、当の婚約者であるエレノアが不在なのと、未だにエレノアが彼らにとって、お飾りの婚約者だと信じている者達が多い事もあり、「あわよくば、恋人に！」と、あからさまとも言えるほどの媚びっぷりを披露しまくっている。

当たり障りなく、やる気の無い態度（主にクライヴが）で接していた二人だったが、ご令嬢方の一人が何かを口にした瞬間、瞬時に態度と表情が冷たいものへと変わったのが見て取れた。

群がっていたご令嬢方も、一様に怯えだしている。

やがて件のご令嬢に、オリヴァーが冷たい微笑を浮かべながら何事かを口にすると、真っ青になって、慌てて走り去って行ってしまった。周囲のご令嬢方も皆、我先にと会場中に散って行ってしまう。

「……何があったんだ?」

「多分だけど、ご令嬢の誰がが、エレノア嬢の悪口でも言ったんじゃない? それであの二人がブチ切れたんだろう」

「あー、あいつらにエレノア嬢の悪口なんて言ったら、アウトだよなー」

王家に連なる者達はみな、彼ら婚約者達のエレノアに対する偏愛とも言える溺愛っぷりを知っている。

そして彼らの父親達が王都に定住するのを決めたのも、エレノア絡みである事も。

そんな彼ら全員にとって、かけがえのない存在であろう彼女をバカにしたというのなら、あのご令嬢方は今後一切、彼らに近付く事すら出来ないに違いない。


『そういえば……』

ディランはチラリと、自分の横にいる兄のアシュルを盗み見た。

元々、こういう華やかな場が苦手な自分と違い、彼は社交界に出た瞬間から、水を得た魚のように優雅にこういったきらびやかな場を泳ぎ楽しみ、数多くの女性達と浮名を流していった。

今となっては兄のその行動の裏には、第一王子としての義務があったのだと理解している。勿論、それなりに楽しんでいた事も事実だろうが。

だが兄は今現在何故か、自分と同じく目立たない場所にいる。

いつものように、ご令嬢方と話したり踊ったりしないのかと聞いても、曖昧に笑ってはぐらかすだけだ。

――考えてみれば、兄は最近いつもこんな感じだ。

なんと言うか……。まるで憑き物が落ちたように。女遊びをしなくなった。

どこか体調が悪いのかとも思ったが、それ以外では至っていつも通りの兄である。

いや、寧ろ無意識に肩肘張っていたのが、自然体になって丸くなったというか、雰囲気がとても穏やかになった。

『一体何が、アシュル兄貴を変えたんだろうか……』

「ディラン、そろそろリアムを助けに行ってやろうか」

そう声をかけられ、思考を切り替え兄の顔を見てみれば、苦笑するアシュルの視線の先には、本日一番の黒山の人だかりが出来ていた。

その中心にいるのは、今日が夜会デビューである末弟のリアムである。

彼は今まさに、王族として避けて通れない洗礼を受けている最中であった。

白を基調とした礼服が青の髪によく映えていて、透き通るような中性的な美貌を際立たせている。

だがその顔は『ザ・不機嫌』と呼ぶに相応しい無表情っぷりで、彼が心底うんざりしているのが、遠目であっても見て取れた。

彼は見た目の儚さと違い、『淡白でぶっきらぼう（母談）』な性格をしている。

更にフィンレーほどではないが、親しくもない相手に、自分のパーソナルスペースにズカズカと入り込まれるのを殊の外嫌う。

一応、王族としての英才教育は受けてはいるものの、『男性として女性を愛し尊ぶ』精神は、やや欠けている。その為、初めて受けているであろうご令嬢方の愛と打算と欲望にまみれた攻勢には、心底辟易しているに違いない。

「そうだな。面倒だが、可愛い弟の為だ。仕方ないな」

そう苦笑しながら、二人がリアムの元に向かおうとしたその時だった。

同い年ぐらいの少年が、リアムに近付き声をかける。リアムも何やらホッとした様子で少年に笑いかけた。

「彼は……？」

「おや！　あれはリアムの友人の、セドリック・クロスだよ」

「ああ！　クロス伯爵のもう一人の息子か！」

少々くせ毛な深い茶色の髪を持つ、全体的に落ち着いた印象を受けるその少年は、リアムと少し話をした後、出鼻を挫かれ、剣呑な雰囲気になってしまったご令嬢方にも笑顔を向け、自己紹介を始めたようだ。

途端、ご令嬢方の雰囲気と顔付きがガラリと変わる。

そんな彼女らに優雅に一礼するセドリックは、どうやら彼女らのシビアな審美眼《お眼鏡》にかなったらしい。

その隙にリアムがその場を離れても、一瞬残念そうにはするものの、敢えて追いかけようとするご令嬢方がいない事が何よりの証拠だ。

「へぇ……！　大したもんだな。自分の価値をちゃんと知った上で、それを餌にリアムを助けるとは。流石はクロス伯爵の息子だ」

感心した様子で、ディランはリアムの話によくのぼる少年をじっくりと観察する。

容姿は非常に整っているが、リアムの美貌とは比べるべくもない上、父親や兄ともまるで似ていない。

だがどこか人を惹き付ける、独特の雰囲気と魅力を持っている。

実際、ご令嬢方は皆うっとりと、彼の話に心から聞き入っている様子だ。

「流石はクロス伯爵の息子であり、あのオリヴァーの弟と言うべきか……。それとも、愛しい婚約者に相応しく在るようにと、努力している結果なのか……」

アシュルの瞳に、一瞬だけ羨望の色が浮かび、消えていく。

「そういえば何となくだが、今夜の夜会はいつもと様相が違うね」

アシュルはそう呟くと、再び会場へと目を向ける。

すると目に飛び込んでくるのは、会場のあちらこちらで繰り広げられる、ご令嬢方とその取り巻きや婚約者であろう者達とのやり取りだ。

ある者は甘く女性に囁きかけ、ある者は、まるで女王に対するかのごとく、恭しく傅いている。

……が、その中にあって僅かではあるが、自分のパートナーであろう女性に対し、非常にそっけない態度を取っている者達がいるのだ。

そして女性の方はと言えば、パートナーの態度に立腹し、何やら喚き散らしたりするものの、最終的には自分に対してつれない態度を取るパートナーに、寧ろ媚びるような仕草を見せていたりするのだ。

自分達王家の者や、クロス伯爵やオルセン子爵のような、何もせずとも女性の方から寄って来る男などは貴族社会においても極めて稀で、男性達は常に、希少な女性に自分を選んでもらう事に心血を注いでいる。

ゆえに、折角手に入れた婚約者ないし恋人に対し、そのような態度を取る者など、常識的に考えても普通は有り得ないのだ。

それなのに……。

「おや？　……そう言えば……」

よく見ると、そのような態度を取っている者達は、その殆どがリアムと年の近い少年達であった。

そしてその少年達は互いの存在に気が付くと、皆一様に親し気に声を交わし合っている。（パートナーそっちのけで！）

これは……ひょっとするとだが……。

「彼らはリアムの同級生達なのかもしれないな」

そして十中八九、彼らの有り得ない行動の原因は、エレノア嬢その人であろう。

あの、貴族令嬢にあるまじき奇想天外な行動や言動に加え、全く飾らない優しさを持つ彼女と日々触れ合っていれば、従来の考え方や行動に疑問を持つ者が出て来るのも当然だろう。

――そう。自分の心までをも簡単にかき乱してくれた、あの子なら……。

「ん？」

「どうした、兄貴？」

「いや……。なんか目の端に、白いヒラヒラしたものが見えた気がしたんだけど……」

「妖精か精霊の類じゃねぇのか？　あいつら、賑やかそうな場所によく集まってくるから」

「いや、そういうのじゃなくて……。なんか、人間のような大きさだったような……。でもあれ、明らかに空中を浮いていたよね？」

ひょっとして、王宮内に住み着いた幽霊や怨霊の類であろうか？

だが、そういった輩は母である聖女が定期的に浄化しているので、滅多に出ないはずなのだが……。

「――ッ……！　あ……危なかった……！」

そんな彼らの頭上では、幽霊疑惑をかけられたエレノアが暗闇に紛れながら、心臓をバクバクさせていたのであった。

◆◆◆◆◆

「お……おのれ……！　あのクソミノムシ～!!」

エレノアは怒っていた。無茶苦茶怒っていた。

なんせこの夜会、国中の有力貴族達が集っている所為か、至る所に高魔力保持者が点在しているのである。

そのお陰でこの舞踏会会場にやって来るまで、どれほどの人間に目撃され、恐怖された事か。

幸い、そこまでしっかり視えている者はいなかったようだが、それがかえって恐怖を煽っているようで、あちこちから聞こえる悲鳴交じりの「幽霊ー！」だの「出たー！」だのの言葉に、どれほどHPを削られた事だろう。

兄様方や父様方に「まるで花嫁さんのようだね」なんてベタ褒めされた、この全身白でコーディネートされたドレス姿が、ここではすっかり幽霊扱い……。クッ、泣けてくる！

きらびやかな舞踏会に参加する事は叶わずとも、せめてその華やかな様子を見てみたいと思い、ワーズに頼みこんだというのに。現実はといえば人の目を避け、まるで魔物か幽霊のように暗闇の中をウロウロさ迷っている有様。

あのミノムシがいれば、なんかの術をかけてもらって、少しはあのキラキラした会場の中を見学することぐらいは可能だったかもしれないのに。当の本人はといえば、どこに行ったのか見当もつかない状態だ。

見つけ出そうにも、そもそも会場に近付く事も出来ないのだからお手上げである。お陰様で気分はすっかり、太陽の光を恐れ、闇に潜むヴァンパイアだ。

「ワーズの奴……。連れて来たからには、最後まで責任取れよな！　くっそう！　今度会ったら徒《ただ》では済まない……。絶対、激辛スープの中に沈めてくれる！」

そう呪詛を吐きつつ、会場の入り口に近い場所にコソコソと移動する。

ああ……華やかな音楽の音と楽し気な話し声が聞こえてくる。

遠めでも分かるほど、きらきらしい会場が目に眩しい。

もう少し……もうちょっとぐらい、中に入れないかな……。

「ん？　……あれ？　あの人達……」

会場の中心部から離れた端っこの場所に、以前ダンジョンで出会ったディーこと、ディラン第二王子殿下と、アシュル第一王子殿下が、身を隠すようにして何やら話し合っている。

好奇心に負けて、ついふよふよと近付いてみた途端、アシュル殿下が鋭い視線で周囲を一瞥する。

慌ててまた天井の柱の陰に潜んだが、周囲を気にしている様子なので、しっかり自分の姿を目撃してしまったのだろう。何たる不覚！

しかし。夜会の真っ最中だというのに、何でこんな人気の無い場所に、あの二人はいるのだろうか。

「う～ん……。それにしてもあの方々、相変わらずの美形っぷりだな……！」

ディーさん……いや、ディラン殿下。

あの冒険者の恰好も、ワイルドな美貌にマッチして物凄くかっこよかったけど、しっかり礼服に身を包んだそのお姿たるや、圧巻の一言である。

既に大人の男の色気がだだ漏れていて、その燃えるような色彩と精悍な容貌とが、軍服的なアレンジが施された礼服と相まって、着崩している訳でもないのに物凄く背徳的な色気を醸し出している。

うっかり直視してしまったが最後、絶対に鼻血を噴く。断言できる……！

対するアシュル殿下だが、学院では割とラフな服装だったのが、今はしっかり、『ザ・王族』と言うべき、豪華な礼服を身に着けていらっしゃる。

豪奢な金髪と宝石のようなアクアマリン・ブルーの瞳が、そのキラキラしい服装とマッチして、極上の宝石のように全身輝きを放っています（と言うか、そう見える）。

お陰様で精神体だというのに今現在、真面目に目が潰れそうです。視覚の暴力も大概にしてください！

……そして両殿下は比喩では無しに、自分の目には物理的に光って見える。

つまりは魔力が物凄く高いのだ。

先程まで遭遇していた高魔力保持者達と比較できないぐらい光っている。

つまり、見られでもしたらアウトという事だ。

『と、とにかく……。もう、会場を見るのは諦めて、とっとと帰ろう。うん、そうしよう』

「…………」

「…………」

その頃。アシュルとディランは、心の中で同じセリフを呟いていた。

曰く「何か、めっちゃ見られてる」……と。

「……ディラン、気付いているか？」

「ああ。ほぼ真上から、視線をビシバシ感じるぜ」

真上から。……そう、天井から視線を感じるのだ。

暗殺者か影かと思ったが、王宮付きの影なら、わざわざ天井なんぞに張り付かないし、こんなあからさまに気配をだだ漏れさせる暗殺者なんぞいるはずがない。

……つまり、ひょっとしたら人間ではない存在が真上にいる……という事なのだろう。

そもそも、この視線の主は、獲物を狙う捕食者の気配ではない。

敢えて言うなれば……そう、怯えた草食動物である。

つまりこの場合、視線の主にとって、自分達こそが捕食者なのであろう。

怯えながら息を詰めるように、こちらに視線を寄越しているのが手に取るように分かる（その中に若干、好奇心が含まれているような気がしないでもないが）。

「……幽霊に怯えられるって、どうなんだ？」

「いや。まだ幽霊と決まった訳では……。でも、そうだな。一応正体は確かめておいた方が無難だろう。可愛い妖精とかだったら、鳥籠に捕らえてペットにしてもいいし」

アシュルの冗談に苦笑しつつ、ディランは天井へと視線を向けた。

「ペットは止めといてやれよ。ま、そんじゃあ……」


「えっ⁉」

眼下にいたはずのディランがいきなり消えた。

……と思った瞬間、柄に手を掛けた状態のディランが、突然目の前に現れたのだった。

「――ッ⁉」

「……え？」

視線が重なった瞬間、ディランの目が限界まで見開かれる。

そしてエレノアの方はといえば、どアップで拝んでしまったディランの顔面破壊力に顔を真っ赤にさせながら、咄嗟に鼻を押さえた。

その行動の理由はと言えば勿論、鼻血を噴いた時の為の用心である。

見つめ合った時間は、コンマ数秒程度だっただろう。

「エル……？」

咄嗟に伸ばされたディランの手は、エレノアの身体をすり抜け、宙を切る。

そしてディランの行動によって我に返ったエレノアは、その場から遠ざかろうと身を翻した。

――が、慌ててしまっていた為、迂闊にも暗がりから出て、姿を晒してしまう。

「――ッ!!」

眼下から、息を呑む様な音が聞こえて来た気がするが、それを確認する余裕もないエレノアは会場から飛び出ると、一心不乱に外へと向かって飛び続けたのだった。

◆◆◆◆◆

「はぁ……」

中庭に面した人気の無いテラスで、リアムは一人、溜息をついていた。

ご令嬢方に取り囲まれ、矢継ぎ早に好き勝手な事を囀られ、頭と気持ちがついていかなかったとはいえ、ただ無言を貫き通すしかなかった自分の不甲斐なさに、先程から溜息しか出てこない。

そのうえ、見かねたのであろうセドリックに助けられてしまう体たらく。情けない事この上ない。

「……あいつには、負けっぱなしだな……」

身分、魔力量、容姿……。

他人が羨むものを幾つも持っているとされている自分だが、気の置けない友人であり、ライバルでもあるセドリックには、いつもどこかで劣等感を持ってしまっている。……口には出せないけど。

同い年だというのに、自分よりも年上であるかのような落ち着きを持っている彼は、何より、自分が密かに思いを寄せている少女の婚約者でもあるのだ。

——学院で首席をお取りになられたのですよね!?　流石はリアム殿下ですわ！

——王族ですもの。首席を取るなど、当然ですわ！

先程まで、ご令嬢方が口にしていた台詞が蘇ってくる。

『王族だから』『やれて当たり前』そんな言葉を、何度耳にしただろうか。

確かに他人より魔力が多い分、やれる事は多いし、物覚えもそれなりに悪くはない。

でも、元が多少他人より恵まれているだけで、勉強にしろ魔法にしろ、それなりに努力しなければ向上なんてするはずがない。

だから今回の首席も、自分なりに頑張って努力した結果なのだ。

でも周囲にとっては結果こそが全てで、それを得る為に、どれほど自分が努力したかなんて関係ないのだ。

だって、『出来て当たり前』なのだから。

「リアム。周囲が望む姿である事や期待に応える事も、王族としての務めであり、義務なんだよ」

鬱屈とした自分の気持ちを察した兄のアシュルが、そう諭すように教えてくれた。

幼い頃から『王家の鑑』『神童』と称えられてきたアシュル兄上。

兄上も自分のような鬱屈とした気持ちを押し殺し、王族としての責務を完璧に果たしてきたのだろう。

……でもそんな中にあって、エレノアだけは違った。

「リアム、首席おめでとう！　凄く頑張ったんだね！」

学院で順位が発表された時、満面の笑顔で言われた言葉だった。

『王族だから、首席を取れて当たり前』なのではなく、『努力したから、首席を取れた』と、ただ一人、そう言って祝福してくれた。

それを聞いた他のご令嬢達は皆、眉を顰めて「リアム殿下を侮辱なさってるの⁉」「努力なんてしなくても、リアム殿下は全てを完璧になさられるのよ！」と、口々にエレノアを非難したが、当のエレノアはキョトンとした顔で、こう言い放ったのだ。

「え？　何もしないで何でも完璧に出来る人間なんていないでしょ。そんなのがいたら人外だって！　リアム、王族だけど人間だよ？」

当たり前のような顔と口調でそう言われ、絶句して二の句がつげないでいるご令嬢達を他所に、自分やセドリック、そして周囲のクラスメート達は、思わず噴き出してしまった。（その横で、当のエレノアは氷点下の形相のクライヴ・オルセンに睨まれ、震えていたが）

「……会いたいな……」

あの屈託の無い笑顔が見たい。

今、何をしているのだろう。これから暫くの間、会う事が出来ないと思うと、余計に気分が滅入ってくる。

そんな事をぼんやりと考えながら、銀色に輝く月を眺めていた視界が突如、白一色に変わる。

「え？　何だ⁉」

いや、白一色……ではない。どうやらそれは、ドレスの裾であるようだ。

――ドレスの裾⁉　ここがどれぐらいの高さだと……いや、そもそもテラスの先には足場など何も……！

混乱しながら、もう少しだけ見上げた視線の先に映りこんできたのは、真っ白いドレスを着た、とても美しい少女の姿だった。

月明かりを背後に受け、艶やかに光輝くヘーゼルブロンドの髪。

大きな瞳がキラキラと輝いていて、まるで極上の宝石のようだ。

そして小さく華奢な身体を包む純白のドレスが、非現実的なほどによく似合っていて……。

「……妖精……？」

思わず目を奪われ、食い入るように夜空に浮かぶ純白の少女を凝視していると、その少女は同じようにこちらを見つめながら、頬を赤く染めていく。

その初々しい姿を目にした瞬間、心が甘く騒めいた。

やがて、純白の少女が小さな声で呟く。

『リアム……？』

「え!?」

突然呼ばれた自分の名前に、目を見開く。

すると少女はそんな自分を見るや、慌てた様子でその場から身を翻した。

「ま、待って！」

慌てて少女を引き留めようとするも、空中を飛ぶ少女を止める術など自分には何も無くて。

彼女の姿が視界から完全に無くなるまで、ただその姿を見つめ続けているしかなかった。

「……何故……」

——……何故君は、俺の名前を知っているんだ……？

呆然としながら、心の中でそう呟く。

それに……自分の名を呼んだ時のあの声、あの口調。

自分は……あの声の主を知っている……気がする。

「……エレノア……？」

星空の下、リアムの小さな呟きは誰の耳にも入る事は無かった。

◆◆◆◆◆

『ああ……焦った!!　ま、まさかあそこにリアムがいるとは……!!』

リアムの顔を見た事は無かったが、あの青銀の髪は見間違うはずも無い。間違いなくリアムだ。

いきなり現れた私を驚いた顔で見ていたけど……。なんなん？　あれ！　顔面破壊力も本当に大概にしてほしいぐらいに、超ヤバイよ！

青銀の髪と同じ、サファイアブルーのアーモンドアイ。

陶器のような、滑らかで透明感のある白い肌。白を基調とした豪奢な礼服に身を包んだ、少年期特有のスラリとした肢体。

セドリックや周囲の面々が言っていた通り、まるで透き通るような中性的な美貌！

あれはヤバイ。真面目にもの凄い美少年だ！

もしドレスを着せたら、私なんて足元にも及ばないほどの美少女になるに違いない！　（……いや、そもそも何故リアムがドレスを着るんだ）

でもとにかく、それぐらい凄く綺麗な訳なんですよ！

王族……。選ばれし血を持つ一族。

貴方がたはどこまで、自分の遺伝子を高めれば気が済むんですか⁉

ああ……。真面目に私、あの遮光眼鏡で命拾いしていたんだなぁ……。

じゃなかったら絶対、アシュル殿下やディラン殿下の時と同じように、リアムと初顔合わせの段階で派手に鼻血噴いてたよ。

「うう……。王宮恐い。は、早く帰らなきゃ……！」

先程の顔面破壊力のトリプルパンチにやられ、目と心臓が瀕死寸前になってしまったのを無理矢理奮い立たせ、フラフラと広い王宮の庭をあても無く飛び続ける。

幸いな事に、精神体では鼻血は出ないようで助かった。

もし鼻血を噴いていたとしたら、なんせ三人分である。間違いなく、この純白のドレスは鮮血に塗れ、まさにホラーな絵面になってしまっていただろう。

そして私を目撃した人達から『顔面から鮮血を流し、王宮を漂う赤いドレスの少女』……なんて言われて、王宮七不思議の一つに加えられてしまうんだ（そんなものがあるかどうかは謎だが）

――それにしても、王宮って広い。

そういえば十歳の時お茶会に来た際、ちょっと走り回っただけで簡単に迷子になってしまった事を思い出す。

「このまま低空飛行していたら、また迷っちゃう。もっと上空飛行しないと……」

そう呟きながら、数ある塔の一つを通過しようとしたその時だった。

急にバラバラと、紐のような細い影が私の周囲に現れる。

「えっ⁉　なに……これ？」

そうして『影』は、まるで網のように私の周囲を覆ったと思うと、物凄い引力で、私を下へと引きずり下ろす。

『地面に叩き付けられる‼』

咄嗟にそう思い、思わず目を固く瞑ったが、突然引力が無くなり、覚悟していた衝撃は訪れなかった。

恐る恐る目を開いて見てみると、先程網のようだった『影』は形を変え、大きな鳥籠のような形となり、私はその中に閉じ込められていたのだった。

「……へぇ……。随分変わったものが釣れたものだ。キラキラしていて真っ白で……。まるで白い鳥のようだな」

静かな声が頭上から聞こえてくる。

驚いて顔を上げると、暗がりの中。一人の青年が立っているのが見えた。顔は月が逆光になっていて、よく見えない。

『あの服は……！』

メル父様がたまに着ているのを見た事がある。宮廷魔導師団の正装だ。

黒を基調としたその服は、魔導師が自分の魔力を増幅させる、独自の文様を魔除けの銀糸で編み込むのだという。

青年の纏った服も、古代文字のような複雑な文様が漆黒の黒衣に煌めいていて、まるでこの夜空に煌めく星々を纏っているようだ。

自分を見下ろしていた青年は鳥籠の方へと近付いてくると、鳥籠の中を覗き込むように顔を近付けてきた。

——ヴッ!!　こ……これは……っ!!

耳にかけられた少し長めの黒髪が、覗き込んだ拍子にサラリと頬を流れ落ちる。

縁の無い眼鏡の奥にある、希少なエメラルドのように煌めく切れ長の瞳は、伏目がちに私を見つめていて、まるで流し目を食らっているかのような錯覚を受ける。

白い肌は、先程見たリアムと張るほど白く透き通っていて、まるで月の光を纏い輝いているかのようだ。

「今晩は、可愛い妖精さん」

冴え渡る月の光のごとく、一切の温度を感じさせない冷たい美貌。

そんな彼に見惚れている……というより魂を持っていかれ、茫然自失になった私を見下ろしながら、青年はうっすらと微笑んだのだった。

◆◆◆◆◆

私達は暫しの間、無言で見つめ合っていたのだが、(というか、彼の美しさに私の思考がフェードアウトさせられていただけである) 先に言葉を発したのは彼の方からだった。

「女性への礼儀として、まずは僕の方から名を名乗ろうか。僕の名はフィンレー。アルバ王国の第三王子だ」

屈み込んでいた姿勢を正し、悠然と私を見下ろしながら自分の名を名乗った青年……改め、少年

を見つめていた私は、驚愕のあまりヒュッと息を呑んだ。

『こ……この方が……フィンレー殿下⁉』

あの外より内の、引きこもり体質で魔術オタクだという⁉

そ……そう言えば、以前メル父様から教えていただいたフィンレー殿下の特徴と一致している。

というかこの方、あのお茶会の時にいらっしゃったよね⁉（顔見えなかったけど）

……ヤバイ。あまりの緊張に全く覚えていなかった。そういや私、ディーさんの事も覚えていなかったっけ。

——それにしても……。

髪の色や理知的な容姿はオリヴァー兄様と似ているけど、纏う雰囲気は圧倒的に違う。

オリヴァー兄様の纏う雰囲気はとても穏やかで、まるで陽光のような温かさを持っている。

対してこの目の前のフィンレー殿下はと言うと、美しいけど冷ややかで、温度が無い……。そう、夜空に輝いている月のような雰囲気を纏っているのだ。まさに『陰と陽』と言ったところか。

「さて、僕の自己紹介が終わったところで、君の名前を教えてくれるかな？」

『…………』

「それじゃあ、君がここに来た目的は？」

『…………』

「……ふぅん……。言う気が無いんだ」

——言う気が無いんじゃありません。言えないんです！

……なんて言えば、「へえ？　何で言えないの？」と言われて堂々巡りになる事請け合いなので、やはり何も言えずに黙り込んでいるしかない。

ついでに顔面破壊力から目と心臓を守る為に、今現在は顔も伏せている。

「それじゃあ、僕なりの見解を言ってみようか。まず君は妖精なんかじゃない。人間だね？」

――……はい。その通りです。

「しかもその姿は精神体だね？　生身の身体で空を飛ぶ為には、強い『風』の魔力が必要だけど、今の君から『風』の魔力は一切感知出来ないからね」

――へぇー、そうなんだ！　風の魔力があると飛べるんだね！　今度リアムに飛んで見せてもらえるよう、頼んでみようかな。

「君。ひょっとしたら、王族の誰かに夜這いかけにきたんじゃないの？」

――……は？　夜這い？　夜這いって……え……!?

「君の年齢から言えば……リアムがお目当てってとこかな？」

一気に顔と言わず、身体中が熱くなった。

『ち、違います！　ってか、何でそういった話になっちゃうんですか!?』

思わず怒鳴りながら、フィンレー殿下とバッチリ目を合わせてしまう。

……うっ！　月明かりに冴えわたる美貌が目に突き刺さって痛い！

「だって、君達女子の関心事と言ったら、より良い相手と番う事でしょ？　それにしても魔力を持たない精神体なら、この王宮に張り巡らせた結界を通り抜けられるって、誰から教わったの？　今後の対策と参考の為に、是非とも教えてほしいところだな……」

微笑みながらそう言うフィンレー殿下の目は全く笑っておらず、冷たい色を湛えている。

というか私、完全に不審人物扱いされている！（実際、不審人物なんだけど）

それにしても、彼が語った女性観って何気に酷くない？

女が皆、そんなことだけしか考えていないって思わないでほしいな！

……まあ尤も、あの肉食女子軍団しか見ていなかったら、そう思っちゃうのも仕方ないのかもしれないけど。

『な……名前を名乗れないのは、申し訳ありません。この姿になったのには、少々事情がありまして……。でも決してやましい理由があって、こちらにお邪魔した訳ではないんです！　ただ、ちょっと、夜会の会場を見てみたいって思って……』

「へぇ……それを信じろと？　そんなに気合の入った格好していて？　だったら精神体なんかじゃなく、直接王宮《ここ》に来ればよかったんじゃないの？」

――好きでこんな気合の入った格好したんじゃありません!!

ああ、夜会行きたかったよ！　行きたかったさ、私だって！

世の中にはねぇ、行きたくても行けない女だっているんだよ！　貴方なんかに……貴方なんかに、カボチャの馬車に乗り損なったシンデレラの気持ちが分かってたまるもんか！　あれってほんっと、虚しいんだからね!?

思わず涙目になってしまった私を見たフィンレー殿下は、ちょっとだけ目付きの鋭さを和らげると、今度は私と目線を合わせるように、鳥籠の前で膝を突いた。

「……泣かせたかった訳じゃないんだ。悪かった」

――え？　別に泣いてませんがな？

そんな私を宥めるように、フィンレー殿下の手が私の頬をスルリと撫でた。

……え？　撫でた……⁉

な、何でこの人、精神体の私に触れる事が出来るの⁉

そんな私の疑問を悟ったのか、フィンレー殿下が説明してくれた。

「この鳥籠は、僕の『闇』の魔力を使って作ってあるんだ。だから君の事も、この中でなら触る事が出来る」

『や……『闇』の魔力……⁉』

――『闇』の魔力⁉　うぉぉぉ……！　激レア属性キターッ！

前世で読んだラノベ小説や乙女ゲームで定番の、闇属性ですよ！

魔王や隠しキャラがよく使うアレですよ！

た、確かに……このなんとなく影のある、月夜が似合うフィンレー殿下には、ピッタリの属性かもしれない。

動揺したような私の態度を見て何か勘違いしたのか、フィンレー殿下の表情が曇り、その後無表情になった。

「『闇』の魔力なんて、やっぱり恐いよね……。確かに、『闇』の魔力の主な特徴は『精神干渉』や『魔力無効』だ。怯えるのは無理もない」

――え？　私、別に怯えてなんていませんけど？

「母が『光』の魔力保持者の聖女なのに、なんでその子供がよりによって『闇』の魔力属性なんだろう。……僕を産んだ時、母は凄く体調を崩してしまってね。数年間の療養生活を余儀なくされたんだ。リアムが僕達と年が離れているのも、その所為さ」

な、なんか……どんどんフィンレー殿下の表情と雰囲気がヤバイ感じになってる……！

こ、これがいわゆる『闇堕ち』ってやつなのだろうか？　ちょっと恐い。

――でも、そうか。

なんか他の殿下方と比べて、この方の雰囲気だけ違うなって感じたのは、そういう過去を背負っていたからなのかもしれない。

きっとこの属性の所為で、嫌な思いを沢山してきたのだろう。

他人に関心が無くて、自分の塔に引き籠っているって話だけど、それも自分の心を守る為に、そうせざるを得なかった結果だとしたら……。

『あの……。お母様の体調不良は、たまたまだったと思いますよ？』

私の言葉に、フィンレー殿下が冷めた視線を向ける。

「……それはそれは。君は優しいね。慰めてくれて、どうも有難う」

どうやら、同情からくる慰めと捉えられてしまったようだ。そうじゃないのになぁ……。

「そもそも、母は『癒しの力』を持つ聖女だ。その聖女が数年もの間体調を崩したんだよ。……『光』と対極な『闇』の魔力に身体を蝕まれたからに決まっているじゃないか。下手すると、母は命を落としていたかもしれないんだよ」

『あのですね。男の人には分からないかもしれませんけど、女性にとって子供を産むって事は、物凄く大変で命懸けなんです。たまたま相性が悪い魔力が遺伝しちゃったのが難産に繋がったのかもしれないけど、そういうの込みで、母親は子供を命懸けで産むんです！』

前世では実際、私も逆子で産まれたから、母も凄い難産で帝王切開寸前だったって聞いた事がある。それでも私が無事に産まれてくれたから、それまでの苦労なんてどっかに吹っ飛んだって、明るく笑ってくれてたっけ。

『そもそも、光と闇って対極していると言うより、表裏一体って感じですよね？　だって、光があったら必ず影が出来るし』

「――ッ!?」

『夜や暗闇って確かに恐いけど、昼間ばかりで明るいのがずっと続くのも嫌ですよ。だってずっと明るかったら、いつ寝るのかって話だし。それに夜でしか行動できない動物だって沢山いるんですよ？　『闇』って一概に悪いモノじゃないって、私はそう思います』

フィンレー殿下の目が見開かれる。

なんか表情も、先程までの冷静沈着さが完全に剥がれ落ちている感じだ。

『それに夜があるから、こんなに綺麗な星空や月を見る事が出来るんじゃないですか。『光』も『闇』も、互いが存在するから、お互いの良いところが分かるんですよ。だから『闇』も『光』と同じぐらい大切です。殿下のお母様も、きっとそう思っていらっしゃると思いますよ？』

「……でも、僕が産まれたから母は傷ついて……」

『子供を五体満足に産んであげられて、自分自身も体調不良ぐらいで済んで、最終的には無事復活したんですから、結果オーライです！　もし私がその立場だったら、全然気にしませんね。むしろ自分で自分を思いっきり褒めてやりますよ！』

拳を握りしめ、力説する私を、フィンレー殿下がまじまじと見つめている。

その視線に私はハッと我に返った。

『……あの……だから、お母様には「ごめんなさい」じゃなくて、「ありがとう」って言ってあげてください』

……あれ？　何か思いっきり、話の方向性ズレてない？

確か私、フィンレー殿下に事情聴取を受けていたはずでは……？

「……君は『闇』の魔力が恐くないのか？」

『恐く……は無いです。それに確か、『闇』の魔力の効力に『鎮静』があったと思いますから、その力を研究して、世の不眠症の方々を救う治療法を編み出せば、良い属性だって世間にアピール出来ると思います。ついでに特許を取って儲けて……いや、王家が無償で治療法を広めた方が、ポイント高いですよね』

真面目にアホな事を言っている私に対し、フィンレー殿下が派手に噴き出した。

「ククッ、あはは！　成程ね。この忌まわしい力を商売にして儲けるのか。しかも人の役に立つ事で。それは痛快だな！」

――……うわぁ、めっちゃ笑ってる。

さっきまでの冷たさが嘘のように笑い続ける殿下は、ちゃんと年相応の少年らしく見えて、不覚にもそのギャップにときめいてしまう。

それにしても、知的クール系美少年の笑顔か……。

クライヴ兄様やディラン殿下とはまた違ったギャップが発生している！　う～ん……尊い。

しかし……いかんな。この世界の野郎どもって、的確に喪女なオタクの萌えポイント、グイグイ刺激してくれるんだから。

私の鼻腔内毛細血管にとっては油断も隙もあったもんじゃないですよ！

「じゃあ君、僕の共同経営者になる？」

『は？』

ようやく笑いが一段落したらしい殿下が、笑顔のままで私にそう提案してくる。

「僕はお金要らないし、儲けは全部君にあげる。それに君が望むものなら、僕の叶えられる範囲でなんでも叶えてあげるよ。どう？」

『は、はぁ……？』

なにが「どう？」なのだろうか？

「だから一生、僕の傍にいてほしい」

顔を間近で覗き込まれて、まるで歌うように囁かれ、ボン！　と顔から火を噴いた。

――こここ……これっていわゆるあれか⁉　プププ、プロポーズ⁉

い、いやいや。んなことあるかい！

尋問からの人生お悩み相談から、何でまたプロポーズに行き着く訳さ⁉　落ち着け私！　正気に戻れ！

ほら、さっき殿下は「共同経営者に」って言っていただろうが！

そう、これはただのヘッドハンティングだ！　アホな妄想滾らせんな！　わざわざ自分で自分の首を絞めてどうする！　もし生身だったら、確実に鼻血を噴くところ……。

ふと、唇にくすぐったい感触を感じて我に返ると、何とフィンレー殿下が親指で私の唇をなぞっていた。

『で……殿下⁉』

お巡りさん、セクハラです！

「ああでも、君に断られたりしたらどうしようか。……このまま一生、この鳥籠の中に閉じ込めてしまおうかな？」

何故かウットリと、恍惚とした表情を浮かべながらサラッと吐かれた恐ろしい台詞に、再び背筋に震えが走った。

『あ、あのっ！　こ、このままここにいると、わ、私の本体がヤバいことになってしまうんです……けど？』

恐る恐るそう進言すると、フィンレー殿下が穏やかな表情で微笑んだ。

「それは大変だね。じゃあ君の名前を教えてくれる？　そうしたら、君の家族を呼んであげるよ。そして色々取り決めて、それからちゃんと解放してあげるから」

――何言ってんですかー！　んな事出来る訳ないでしょうがー‼

そんな事してみろ。色々と……本当に色々とお終いだよ！　終わりの始まりだよ！

ってか、色々取り決めるって、一体何を⁉

「どちらにしろ、君には断る選択肢は用意されていないよ。……初めてだ。こんなにも執着心を煽られたのは。……ああ、そんなに怯えた顔をしないで？　可愛がりたいのに、もっと苛めたくなってしまう……」

――フ、フィンレー殿下！　ヤンデレだったー‼

ひぃぃっ！　目……目が！　めっちゃマジです！　本気ですよこの人！

ああ……忘れてた！　闇属性って、病《や》み属性でもあったんだ！

で、でも何をどうして、この方の病みスイッチがオンになってしまったんだ⁉

し、しかし……。恐いのに……。めっちゃ恐怖なのに……。なんでこう、その病みすら魔性の魅力に昇華させちゃってんだよこの人！　反則でしょう⁉

M属性なんて持ってないはずなのに、うっかり「お許しくださいご主人様！」って言いたくなっちゃうじゃないか！　いや、許してほしいのは本当だけど！

「ああ……でもやっぱり、苛めるよりも可愛がりたいな。ドロドロに甘やかして可愛がって、僕無しでは生きていけなくなるようにしたい……」

いやぁぁぁ！　魔性の流し目付きで殺しにかかってくるなんて！　な、なんという、王族にあるまじき凶悪さ！

し、しかも！　どんどん顔が近付いてきています！　いつの間にやら顔がガッチリ両手でホールドされていて、逃げるに逃げられません！

こっ……このままでは……！

やがて、フィンレー殿下の吐息が唇に触れる距離にまで顔が近付いて来た。

も、もう……ダメ。身体から力がどんどん抜けていく。ライフがゼロに……。

誰か……！　誰か助けてー！

「――ッ⁉」

突然、フィンレー殿下が私から手を離し、鳥籠から飛びずさって距離を取る。

するとそれと同時に、鳥籠全体に亀裂が入った。

『今だ小娘！　抜け出せ！』

『――――！』

ミノムシ……ではなくワーズの声に、私はほぼ反射的にその場から飛び上がった。

すると鳥籠はまるで、脆いガラスのように粉々に砕け散り、私は空中へと脱出する事が出来た。

「――くっ！」

フィンレー殿下が、再び闇魔法を放つ。が、ソレは私に届く前に見えない壁に弾かれる。

その隙に、私は最後の力を振り絞る勢いで、空高く舞い上がった。

無我夢中で飛んでいてふと気が付くと、王宮が遥か彼方に豆粒ほどに見えるくらいになっていた。

『やれやれ、危機一髪だったな』

「……ワーズ……」

呑気な口調でふよふよ浮いているミノムシに、思わず殺意が湧いた。

おのれ、このクソミノムシ！　一体全体、誰の所為でこんな散々な目に遭ったと思ってんだ！

怒りに任せ、一発殴ろうと思ったその時だった。

いきなり身体が物凄い引力で引きずられてしまう。

「うえっ!?　な、何!?」

『ああ、どうやら身体の方に何かトラブルがあったようだな』

――トラブル!?　ちょっとー！　一体何があったって言うんだ!?

そうこうしている間にも、物凄い力で身体が引っ張られる。

――待って！　せめて……せめて、このクソミノムシに一発入れてから……！

そんな私の願いも虚しく。まるで高速のジェットコースターに乗ったように、私の身体（精神体）は流れ星のごとく、その場からフェードアウトしていったのだった。

夜会の後のお話　ＳＩＤＥ：バッシュ公爵家

「……ノア……ま……エレ……さま……！」

『……あれ……？』

暗闇の中、誰かが必死に何か叫んでいる……？

「エレノアお嬢様！」

私は、やけに重く感じる瞼をゆっくり開いた。

「――ッ！　エレノアお嬢様!?　……お、お嬢様!!　気が……付かれたのですね!?」

途端、目の前に飛び込んで来たのは、泣き腫らしたような真っ赤な目で私を見つめるウィルの顔だった。

そしてどうやら私はベッドに横になっているらしく、他にも沢山の使用人達が心配そうに私の様子を窺っている。

「お嬢様、私がお分かりになりますか？」

先程までとは一転。気を使うように静かに問い掛けられ、私は掠れた声で彼の名を呼んだ。

「……ウィル……？」

「――ッ！　はい！　ウィルです！　……お嬢様……。ああ……本当に、本当に良かった！　ご気分は？　どこか痛い所とかはありますか⁉」

途端、また凄い勢いで私に話しかけてくるウィル。言われてみれば、やけに身体が重ったるい。力もあんまり入らないし、頭もボーッとする。

え～と……。確か私、ワーズに一発ぶちかまそうとしたら、物凄い力で引っ張られて……。そのまま意識がフェードアウトして……。

というかなんで私、ベッドに寝かせられているの？

そんでもってなんでウィル、そんな泣き腫らしたような顔してるの？　というか、現在進行形で泣いてますけど、この人。

「うう……。女神様、感謝致します！　こ……このままお嬢様が目を覚まされなかったらと思うと、……私は……私は……っ‼」

「本当に良かったです！　お嬢様！」

「貴方様に何かあったら、私共も生きてはおれません！」

ウィルに続いて他の使用人達も、次々とそんな事を言いながらすすり泣き始める。

おいちょっと君達、本当に一体どうしちゃったの⁉

「もうじき、旦那様方やお兄様方もいらっしゃいますからね？　どうかそのまま、お気をしっかり持たれませ！　誰か！　先生をこちらへお連れしろ！」

ウィルの言葉に、使用人の一人がバタバタと慌ただしく部屋を出て行った。

……え？　先生？　そういえば「気分は？」とか「どこか痛くないか？」とか聞かれたけど、どういう事なんだろう。

あ！　そう言えばワーズが『身体の方になにやらトラブルがあったようだ』って言っていたな！

ひょっとして、これがそのトラブルってやつ？

「ウィル……。私、どうしちゃったのかな……？」

ちょっと不安そうにそう尋ねた私に対し、ウィルは涙を拭いながら、ここに至るまでの説明をしてくれた。

それによれば、どうやら私が幽体離脱してから一時間ほど経過した後、ジョゼフとウィルが「そろそろ就寝準備を……」と、私の部屋を訪れたのだそうだ。

そして彼らは目にしてしまった。

薄暗がりの部屋の中、床に倒れ伏している私の姿を。（そういえば精神体になった時、身体が床に倒れていたのを見たような……？）

しかも絨毯には大量の血が染み込んでいたらしく、まずはジョゼフが「お嬢様ー!?」と叫ぶなり、ショックのあまり膝から崩れ落ちた。

そしてウィルが、パニックになりながらも私の元へと駆け寄り、抱き起こした。

その瞬間、顔の下半分からドレスに至るまで血塗れ状態になった私を目にしてしまい、あまりのショックから「お、嬢様がー!!」と叫ぶなり、そのまま気を失ったのだそうだ。

――……ん？　ちょっと待て。顔の下半分からって……まさか鼻血……？

「最初は外傷か、もしくは吐血されたのかと思いました。……ですがどうやら、お鼻からの出血だったらしく……」

あ、やっぱ鼻血だった。

それからジョゼフとウィルの悲鳴を聞きつけ、慌てて駆け付けた他の使用人達も、次々悲鳴を上げたり腰を抜かしたり、ウィルのように気を失ったりと、まさに阿鼻叫喚といった状態になったのだそうだ。

その後。根性で復活したジョゼフが、気絶している面々を張り飛ばして正気に戻させ、医者を呼んだ後で血塗れになった私を着替えさせ、ベッドに寝かせてくれたんだそうだ。

勿論、影達を父様方の元に飛ばすのも忘れずに。

そ、そうだったのか。あ、よく見てみれば、ウィルや他の使用人達の頬にクッキリと手形が……。

あれ？　そういえば、そのジョゼフは一体どこに？

「ジョゼフ様は、お医者様がいらした時点で力尽き、今現在寝込んでおられます」

——ジ、ジョゼフー!!

ごめんよジョゼフ！　老体にそんなショッキングなモン見せてしまって！

真っ白いドレスを鮮血に塗れさせて倒れ伏す少女なんて、まさにサスペンス劇場の王道じゃないか！　そりゃ物凄いショックですよ。

ってか、そこまで鼻血噴けば貧血にもなるさ。成程、だから身体の緊急事態って事で、精神体が引きずり戻されたのか。

ジョゼフ……。下手すると仙人になる前に、心臓発作であの世行きだったかもしれない。

不可抗力だったとはいえ、本当に申し訳ない事をした。

それにしても、「精神体だから鼻血噴かなくて良かった」って安心していたってのに、身体の方が、しっかり鼻血噴いていたとは思ってもみなかったな。

身体と心って、やっぱ繋がっているんだね。うん、勉強になった。

それにしても、皆がパニックになるほど鼻血を噴いてしまったとは……。

まあ、あれだ。あの凶悪なロイヤル・カルテットの顔面攻撃が半端なかったからだ。

特に最後のフィンレー殿下の攻撃は凄まじいの一言だった。多分だけど、こんな大量出血したのは、まさにあの方の猛攻が原因だったんだろう。闇（病み）属性、恐るべし。

そんなこんなしているうちに、ジョゼフを診察してくれていた先生が、再び私を診る為に戻って来てくれた。

この先生、小柄で白髪の可愛らしいお爺ちゃんで、いつ見てもニコニコしている人なのだ。私の第二のお祖父ちゃんだね。

ちなみに、第一のお祖父ちゃんはジョゼフです。

実のお祖父ちゃんには、何故かまだお会いした事ないんだよね。何でだろ？

このお爺ちゃん先生、実は私が産まれた時に取り上げてくれた方なんだそうだ。なんでも代々、バッシュ公爵家と懇意にしている医師の家系なんだって。

お爺ちゃん先生、一通り私を診てから「貧血以外問題なさそうですね。お薬飲んで栄養取って、二日ほど安静にしていなされ。後、当分の間は果物を大量摂取するのは控えるようにね」と言って、私の頭を優しく撫でてくれた。

……………ん？　先生、何なんですか？　その果物の大量摂取って？

――ガッシャーン!!

「エレノアー!!」

「きゃああっ!!」

突然、ド派手な破壊音と共に、部屋の窓ガラスが派手にぶち破られ、グラント父様とクライヴ兄様が血相を変えて飛び込んで来た。

ちょ……ッ！　父様！　兄様！

いくら窓からベッドが離れているからって、窓ぶち破らないでくださいよ！　ほらー！　使用人達の何人かが、割れたガラス被って悲鳴上げてる！

そして私の方も、悲鳴を上げた拍子に貧血を起こして、ベッドに沈み込んでしまいました。

なのにそんな私を、クライヴ兄様とグラント父様が、ベッドの両端から奪い合うようにぎゅうぎゅうと抱き締めまくってくれる。

こ……この親子……！

「良かった……！　お前が血まみれ状態で意識不明になったって聞いて、生きた心地がしなかったぞ!!」

「一体全体、誰にやられたんだ!?　安心しろ、俺が必ずお前の仇を討ってやる！　骨の一欠けらすら、この世に残さねぇ!!」

「ク、クライヴ兄様……グラント父様……」

「落ち着いてください」……という言葉は、残念ながら頭に血が上った彼らの耳に届かなかったようだ。

「クライヴ様！　グラント様！　貴方がた、一体全体どこから入って来てるんですかー⁉」

青筋を立てて叫んだウィルの言葉も、どうやら彼らの耳には届かなかった模様。

「エレノアッ！　エレノアは無事なのか⁉」

クライヴ兄様方に遅れる事数分。

オリヴァー兄様までもが、破壊された窓から現れました。

「オリヴァー様までーー！　ちゃんとドアからお入りくださいってば‼」

当然のごとく、オリヴァー兄様の耳にもウィルの抗議の声は届かない。

オリヴァー兄様はクライヴ兄様とグラント父様を押しのけると、私を力一杯抱き締める。

「ああ……僕のエレノア！　無事だったんだね‼」

「オリヴァーー！　お前、後から来てエレノアを独占すんなよ！」

「そうだそうだ！　俺達の方が早く駆け付けたんだからな！　早いもの勝ちだぞ！」

「早いも何も関係ありません！　僕はエレノアの筆頭婚約者なんですから。真っ先にエレノアを心配する権利と義務があります！」

「みなさまー‼　エレノアお嬢様はお加減が悪いのですよ⁉　頼みますから、落ち着いてくださいっ‼」

——もはや私の寝室はカオスである。

ともかく、兄様方やグラント父様に、奪い合うように安否確認されたり抱き潰されたりしている間に、アイザック父様、メル父様、そしてセドリックが駆け付けてきた。……何故かやはり窓から。

「エレノア！　僕の命！　生きていたんだね⁉　ああ、女神様！　感謝いたします‼」

父様……。はい、生きております。ご心配おかけして申し訳ありませんでした。

「可愛いエレノア！　一体何があったと言うんだ!?　ひょっとしなくても、結界が甘かったのだな！　よし、今度は敷地に足を踏み入れた瞬間、不届き者が八つ裂きになる術式を……！」

あ、あの結界ってメル父様が張っていたのか……。

って！　納得している場合じゃない！　メル父様ー!!　やめて！　それだけはやめてー!!

「エレノア！　大丈夫なの!?　君に何かあったら僕は……！　僕はもう生きていけない!!」

セドリック……お願い。私に何があっても生きてくれ。後追いなんてされたら、それこそ死んでも死にきれない！

「だーかーらー！　旦那様方も若様方も、いい加減落ち着いてくださいーッ!!」

あ、ウィル。涙目になってる。

う〜ん……。ウィルも頑張っているんだけどなぁ。絶対的に相手が悪すぎる。

こういう時はやはり、ジョゼフがいないとどうにもならんな。

あの家令はこういった場合、どんな相手であろうと有無を言わさずビシッと仕切るからね。ああいうのを年の功って言うのだろうか。

という事は、ウィルもいずれはああいう風に……ならないか。

うん。でもそれがウィルだしね。今のままでいてくれればそれでいいや。

「アイザック様、皆様、落ち着いてくだされ。このままでは、お嬢様のお身体についての説明が出来ませんですぞー？」

のんびりとした声に、その場の喧騒がピタリと止まる。

声の主はお爺ちゃん先生だ。

こちらも流石は年の功。態度や見た目は正反対ながら、何となくジョゼフに通じるものを感じる。

「せ、先生！　エレノアは……エレノアはどうしてこんな事に⁉」

「ああ……その事ですか。ここではなんですので、別室に行きませんかな？」

先生のその思わせぶりな台詞に、その場の全員の表情に緊張の色が走った。

あれ？　もしもし先生？　私、鼻血の出し過ぎで貧血起こしただけですよね？　何でそんなシリアスチックな雰囲気させちゃっているんですか？

——ハッ！　ま、まさか……先生！　私が幽体離脱した事、見抜いちゃった……とか⁉

ヤバイ！　そんな事を兄様方や父様方に話されでもしたら、真面目に私の命が危ない！

「せ、先生……！　そ、その話をするのは……」

動揺しながら、お爺ちゃん先生の服の裾を掴む私に対し、お爺ちゃん先生は全てを悟ったような、慈愛のこもった微笑みを浮かべながら頷いた。

「大丈夫ですよお嬢様。ここは全て、私に任せておきなされ」

そんな謎セリフを残し、お爺ちゃん先生は兄様方と共に、私の部屋を出て行ってしまったのだった。

——そして、ヒヤヒヤドキドキしながらの三十分が経過した。

ゾロゾロと、私の部屋に戻って来た兄様方やセドリック。そして父様方はみな、一様に神妙な顔をしている。

「……エレノア……」

「はっ、はいっ⁉　オリヴァー兄様！」

思わず声を裏返し、ビクつきながら返事をした私を、オリヴァー兄様は優しく抱き締めた。

「え……？」

「ごめん……。僕達は君に、なんて残酷な事を強いてしまったんだ！　僕達の我儘が、君をそこまで追い詰めてしまっていたなんて……！」

──はい？　追い詰めた？　あの……一体何の事でしょうか？

「エレノア。俺達はお前の優しさに、いつの間にか甘え切ってしまっていたんだな。本当に……済まなかった！」

──クライヴ兄様？　どうしたんですか、そんな深刻そうな顔して。あれ？　父様方も、兄様の言葉にめっちゃ頷いていますよ。

「本当にごめんね、エレノア。君にそんな辛い思いをさせて……。なのにその気持ちを押し殺して、笑って僕らを送り出してくれていたなんて……。僕は自分自身が許せないよ！」

──セ、セドリック？　どうした君！　今にも泣き出しそうな顔しているんですけど⁉

「これからは君の声に、もっと耳を傾けるから！　君の方も、我儘でもなんでもいい。言いたい事や叶えたい事があったら、遠慮せずに僕らに伝えておくれ。……叶えられない事も多いけど、出来るだけ頑張って譲歩するから」

「は……はぁ……」

一体全体、なんの事を仰っているのかサッパリ分からん。

お爺ちゃん先生、一体全体、何を彼らに話したんだろ？

まあでも取り敢えず、私の幽体離脱の件はバレていないみたいだ。良かったー！

……それにしても、兄様方や父様方。

出かける前は髪も服もバッチリ決めていたのが、見る影もないほど乱れまくっていらっしゃいますよ。で、でもそれが、物凄くワイルドでカッコいい！

クライヴ兄様。貴方、バックに撫でつけていた長めの前髪がパラリですか！　痺れます！

グラント父様なんて、どこに上着脱ぎ捨ててきたんでしょうかね⁉

かろうじて取れていないボタンで留められている白い開襟シャツからバッチリ晒されている、鎖骨と胸筋、半端ないぐらい視覚の暴力となっています！

娘が貧血でぶっ倒れていると言うのに、その姿……。けしからん！　実にけしからんですよ！し、しかも……！　普段割と着崩しているクライヴ兄様やグラント父様と違い、いつも身なりを優雅に整えているクロス伯爵家ご一行様なんか、ギャップ萌えも発生していて、視覚の暴力が更にグレードアップしてますよ！

髪も服も乱れまくっているメル父様やセドリックは言うに及ばず、オリヴァー兄様なんて、憂いを帯びた伏目がちの顔に、乱れた髪が影を落として……。

エロい！　実にエロいです兄様!!

ああっ！　よく見てみれば、オルセン親子と同じく、服のボタンが幾つも飛んで、鎖骨や胸元のチラリズムが目に眩しい！　というか、目が潰れる!!

……クッ！　耐えろ私！　これ以上鼻血を噴いたら、真面目に出血多量で昇天してしまう！

「あ、そうだ！　置いてきた馬車を回収させなきゃね！」

アイザック父様の言葉に、私は脳内で繰り広げていた妄言を止め、首を傾げる。

……馬車を置いてきた……？

じゃあ皆、どうやって帰って来たって言うの？

「俺と親父は途中まで馬を駆って、その後、身体強化して走って帰って来た」

「そーそー！　馬車や馬なんて、まどろっこしくてやってられねぇよな！」

「僕も彼らと同じく。……ちょっと出遅れちゃったけどね」

「私とアイザック、そしてセドリックは、流石に馬を駆って帰って来たよ」

「僕らは流石に、グラント達みたいには動けないしね」

「御者の方にはちょっと気の毒でしたけど、緊急事態でしたし仕方ありませんよね」

……という事はバッシュ公爵家の馬車。今現在、馬無しの状態で王宮に乗り捨てられているって事ですか!?　な、なんてシュールな絵面！

まあ、それだけ皆、私の心配をしてくれていたのだろうけどね。

本当、こんな娘で申し訳ありません。元凶のあのクソミノムシは、いずれ私が地獄に叩き落としてやりますからね！

その夜、私は臨時で父様の部屋に移動し、幼い子供の時ぶりに父様と一緒のベッドで眠った。

なんせ私の部屋、絨毯は血塗れ。部屋の中はグチャグチャ。しまいに窓ガラスが破られていて、本気で強盗殺人事件の現場のようになっちゃっていたからね。

ええ、当然他の父様方や兄様方に「それじゃあ、僕（俺）（私）と一緒に寝よう！」と言われました。当然の事ながら、全員丁寧にお断りしましたけどね。

だってこれ以上鼻血噴いたら、真面目に命が危ないから（お爺ちゃん先生も止めてくれたし）。

「父様、折角の夜会だったのに、私の所為で途中で帰る事になってしまって、申し訳ありませんでした」

物凄く広いベッドの中。二人で寄り添うように寝ながら私が謝罪を口にすると、アイザック父様は優しく微笑みながら私の身体を自分の胸に引き寄せ、抱き締めてくれる。

ふんわりと甘く、どこかしら懐かしい匂いが鼻腔をくすぐる。

『そういえば私、父様に育てていただいたんだったな……』

まるで母親の胸に抱き締められているような安心感に、私も父様の胸に甘えるように顔を擦り付けた。

「大丈夫。夜会なんて、大切な君に比べたらどうでもいい事だから。……でも今度辛い事があったら、食べ過ぎる前に僕にちゃんと伝えておくれね？」

「……はい？」

──食べ過ぎって、何の事だろう？

父様の謎の台詞に首を傾げつつも、精神疲労&貧血により、へとへとだった身体は確実に睡魔に襲われていく。

私はその睡魔に抗う事無く、父様の胸に抱かれながら眠りについたのだった。

翌日、ジョゼフは何とか復活を果たしていた。……が、心なしか頬がこけて、白髪が増えた気がする。

「ジョゼフ、本当にごめんなさい。心配かけてしまって……」

「お気になさらずに。……私の方こそお嬢様に謝らなければなりません。まさかお嬢様が、あの果物全部を食べてしまわれるほど、夜会に行かれたかったとは……」

「……は？　果物を全部……？」

そこで初めて、私は事の真相を知った。

どうやら私、ドレスアップしたのに夜会に行けなかった辛さと悲しさから、自分の部屋に常備されていたフルーツを一気食いしたと勘違いされていたのだった。

……そ、そう言えば、ワーズがフルーツ食べ尽くしていたな……。

で、それが原因で血糖値が上がり、大量に鼻血を噴いて倒れてしまった……と。

どうやら私の鼻血の原因、そういう事になってしまっているらしいのだ。

――って、ちょっと待て！　何なんだその、あまりにも淑女として失格過ぎる、アホな理由は⁉

確かに素敵なドレス着たから、夜会行きたかったって思ったよ！　だけど何でそれで、果物自棄《やけ》食いして鼻血噴いた事になってんのさ！

どう考えてもおかしいし、むしろなんでそこに行きつくんだ⁉

……え？　日頃の行い？　なんでなんだー‼

……だけど、果物が食べ散らされていたのは事実だし、その見解を否定すれば「じゃあ誰があの果物食べたんだ？」と言われてしまうだろう。そうしたらなし崩し的に、真実を話さなくてはいけなくなるに違いない。

賭けてもいい。誤魔化そうとしたって、本気を出したオリヴァー兄様に嘘をつき通せるかと言われれば、答えは「ノー」だ。

……言えない。言える訳がない。

幽体離脱して夜会に忍び込んだ挙句、ロイヤル・カルテットと遭遇しちゃいましただなんて。

だったら、「いやしんぼの鼻血噴き女」の汚名を着た方が、ずっとマシだ。

そういう訳で、結局私は「果物一気食いして鼻血を出し、出血多量で死にかけた」という不名誉を甘んじて受ける羽目になってしまったのだった。

ここまでくると、思わず呪いの存在を疑ってしまうな。

神様、私前世でなんか悪い事しましたかね？

しかし、それにしてもあのクソミノムシ……！　とことん私を不幸にしおって！

今度会った時は、あんたが地獄を見る番だからね！　覚悟しとけよ‼

後日談だが、勘違いで反省した兄様方やセドリックに、私はここぞとばかりに『好きな時に、温泉に一人で入る権利』と、『もし皆が一緒に入りたい時は、全員男性用入浴着を着なくてはいけない』という確約をもぎ取ったのだった。

闇の王子様の呟き事

「あ～あ、逃げられちゃったか……」

フィンレーは、先程まで自分の傍に居た白い小さな鳥のような少女を思い、溜息をついた。

今夜もいつも通り、興味の無い夜会に参加せずに自分の塔で研究をしていたのだが、ふと少し休憩したくなって、外に出て夜空を見ていた。

——そんな時、白い「何か」を目の端に捉えた。

それは本当に、無意識の反射行動だったのだろう。

気が付けば、思わず自分の『闇』の魔力を使い、その「何か」を捕らえていたのだ。

最初は鳥か妖精かと思った。

なのに見てみれば、鳥籠の中にいたのは、とても可愛らしい小柄な少女だった。

真っ白いドレスに身を包み、闇夜の中でも艶やかに煌めくヘーゼルブロンドの髪と、インペリアルトパーズのような黄褐色の大きな瞳。健康的なバラ色の頬を持つ可憐な少女。

自分を怯えたように、それでいて恥じらうように見つめるその姿に、うっかり苛めたくなってしまい、結果泣かせそうになってしまったのは、ちょっといただけなかった。

母にも「女の子には優しく！」と、何故か他の兄弟達よりも事あるごとにしつこく言われ続けていたのだが……。

どうやら、可愛いと弄りたくなってしまう僕の性質《たち》を心配しての注意喚起だったらしい。

そして母のその懸念は、しっかり現実のものとなってしまったようだ。

「……それにしても……」

兄達とは違い、男子の嗜みを習得する以外、あまり女性と触れ合ってこなかった僕だったが、少女の初心な反応は、今迄見たり聞いたりするご令嬢方のそれとは全く違っていて、気が付けば思わず彼女に触れていた。

涙を溜めた瞳を大きく見開き、キョトンとした彼女に、気が付けばうっかり色々と話してしまっていて……。

「……それにしても、あんな事まで言うつもりなんてなかったんだけどなぁ……」

ずっと、誰にも吐露した事のない自分の気持ち。

自分を愛してくれている家族への、拭いきれない蟠り《わだかま》り。罪悪感。劣等感……。

それらを何故か気が付けば、あの少女に話してしまっていた。……自分が『闇』の魔力保持者であるという事も。

だが彼女は驚くほど、その事に対して怯まなかった。

『夜や暗闇って確かに恐いけど、昼間ばかりで明るいのがずっと続くのも嫌ですよ。だってずっと明るかったら、いつ寝るのかって話だし。それに夜でしか行動できない動物だって沢山いるんですよ？　『闇』って一概に悪いモノじゃないって、私はそう思います』

『それに夜があるから、こんなに綺麗な星空や月を見る事が出来るんじゃないですか。『光』も『闇』も、互いが存在するから、お互いの良いところが分かるんですよ。だから『闇』も『光』と同じぐらい大切です。殿下のお母様も、きっとそう思っていらっしゃると思いますよ？』

……等と、「当たり前だ」と言わんばかりの口調で、そう言い放ったのだった。

「……『ごめんなさい』じゃなく、『ありがとう』って言ってあげてください……か」

母親だったら、子供が『闇』の魔力を持って生まれた事を嘆くのではなく、無事に産んであげられた事を喜び、誇る……と力説していた彼女。

『闇』の魔力は彼女にとって、ただの一属性に過ぎないのだろう。

おまけにその『闇』の魔力を使って、不眠症の治療をしたらいいなどと……。なんて突拍子もない、愉快なことを言ってくれるのだろうか。

「一生、僕の傍にいてほしいって言ったのは、本心なんだけどね」

だけど、彼女の方はそう思っていなかったようだ。

妙に怯えられた挙句、逃げられてしまった。

……尤も、あの怯えようには少し……いや、かなり興奮してしまったけど。

「もし今度会えたら……。どんな手段を使おうとも、絶対に逃がさない」

そして当然の事だが、また偶然会える日を気長に待ってなどいない。まずは自分の『影』や魔導師団を使い、彼女の探索をするとしようか。

そう結論付け、ふと塔の近くにある王宮本殿の方へと目を向ける。

国中の貴族を集めた夜会だからか、今日はやけに騒々しく感じる。

「ま、どうでもいいけどね。……そうだ。まずは母上の元に行こうかな」

そう呟くと、少女の消えた夜空を見上げる。

そこには少女が綺麗だと言っていた月が、闇夜を照らすように美しく煌めいていた。

——あの月。まるで彼女のようだな……。

ふ……。と、フィンレーは小さく微笑む。

あんな風に、闇《自分》を照らす月《ひかり》になってくれたら……。

そう胸中で呟きながら、フィンレーは王宮に戻るべく、静かに歩き出したのだった。

夜会の後のお話　SIDE：王家

「バッシュ公爵令嬢の安否確認はまだ出来ないのか⁉」

王家直系が使役する『影』の精鋭達。

そして宮廷魔導師団の中にあって、王家直系の命令だけを遂行する者達が、アシュルの前で揃って頭を垂れる。

「も、申し訳ありません。ですが、どれほど使者を送っても、「今現在取り込み中」と言われて追い返されるばかりで……」

「お前達の方は⁉　魔導師団の力を駆使しても、バッシュ公爵邸の内部を探れないのか⁉」

「それこそ不可能です！　あのクロス魔導師団長が全力で施された結界を突破出来る者など、この場には一人もおりません！　それに万が一突破出来たとして、侵入に気が付かれるのは目に見えております！　あちらには今現在、クロス師団長のみならず、オルセン将軍までいらっしゃるのですよ⁉　下手すると術者が精神破壊されてしまいます！」

「八方ふさがりか……。くそっ！」

普段の冷静沈着さをかなぐりすて、苛立ちを隠そうともしない兄に、リアムは不安そうに問いただした。

「アシュル兄上。エレノアは……大丈夫なのでしょうか？」

そんな弟の姿に、アシュルは少しだけ冷静になる。

そして安心させるように、優しく微笑んだ。

「大丈夫だよリアム。僕が何としても、エレノア嬢の安否確認をするから。心配だろうけど、もう少し辛抱しておくれ」

「……はい」

リアムはアシュルの言葉に頷くと、チラリともう一人の兄の方へと目をやった。

「ヒュー……。俺はこれからの人生、何を支えに生きて行けば……！」

「しっかりなさってください！　だいたいまだ、エル君が死んだと決まった訳ではないのでしょう!?　それにそもそも、その妖精？　天使？　とにかく、その少女は本当にエル君だったんですか!?」

「あれは間違いなく、エルだった！　真っ白な服着て空中に浮いて、しかも触れることも出来なかったんだぞ!?　死んで天使に生まれ変わったのか!?　死んでも死にきれず、魂になってまで俺に会いに来たってのか!?　……ああ……エル。あの時俺が、お前の手を離さなければ……！」

「ディラン殿下……！　ってか貴方、なに都合よくエル君が自分に会いに来たって思っているんですか？　そういう自意識過剰、止めた方が良いですよ？」

「ヒューバード！　貴様、俺を慰めに来たのか貶めに来たのか、どっちなんだよ!?」

「あの……アシュル兄上。ディラン兄上、一体どうしちゃったんですか？」

兄と従者の様子を見て冷汗を流しているリアムに、アシュルはディランへと同情の眼差しを向けながら説明をする。

「ああ、ディランね。……うん、ほら。以前ディランが出逢ったって言っていた、例の運命の少女。その子、どうやら亡くなっていたらしくてね。幽霊になって、ディランに会いに来たんだそうだよ」

「幽霊になって⁉　本当ですか⁉」

「うん、本当だよ。僕もその少女の幽霊（？）目撃したから、間違いない。真っ白いドレスを着た、長いヘーゼルブロンドの髪の可愛らしい子だったよ」

「真っ白いドレス……。ヘーゼルブロンド……」

——それじゃあ、バルコニーで見たあの不思議な美しい少女はエレノアではなく、全く別の少女だったのか。しかもディラン兄上の想い人……。

少女の正体を知ったリアムはホッとすると同時に、何故か少しだけガッカリする。

「とにかく、ディランの事は置いておくとして。まずはエレノア嬢の安否確認が先決だ！　いざとなったら、僕が直々にバッシュ公爵家に出向く！」

「兄上！　俺も是非、お供させてください！」

「お、お待ちください‼」

「殿下方を行かせる訳には‼」

今現在、王族が集うサロンの中は、エレノアの現状を掴もうとするアシュルとリアム。

そして地獄に落ちたがごとくに落ち込んでいるディランと、それを必死に宥め（貶め？）、自分自身も悲愴な表情を浮かべたヒュー……といった面々のせいで、ちょっとしたカオス状態となっていた。

事の発端は夜会の最中。

まずいきなり、オルセン子爵とその息子のクライヴが、会場から姿を消したのである。

そう……本当に、大勢の目の前から一瞬で。

呆気にとられていた周囲を余所に、今度はクロス伯爵とその息子のオリヴァーとセドリックが、一陣の風のごとくその場から立ち去り、遂にはバッシュ公爵が「エレノアー!!」と絶叫した後、あろう事か側にいた王弟のレナルドを突き飛ばし、爆走しながらその場を後にしたのである。

当然、会場中が何事かと大騒ぎになった。

そしてどうやら、バッシュ公爵令嬢に何かあったらしいと参加者の誰かが話せば、あっという間に会場中の人間が、興味と憶測とが入り交じった噂話を囁き合う。

その結果。夜会の会場はある意味、近年まれにみる大盛り上がりを見せたのだった。

そして幽体離脱していたエレノアを目撃し、パニック状態になったディランを宥めていたアシュルも、エレノアの身に何かが起こったことを知り、軽い恐慌状態に陥った。

そうして騒ぎを聞きつけ、戻ってきたリアムと共に、エレノアの安否を知るべく、今の今まで奔走していた……という訳なのである。

その間、幽体離脱したエレノアを幽霊だと勘違いしたディランはと言えば、最愛の少女を失ったショックで茫然自失となり、その話を聞き駆け付けやってきたヒューバードに必死に慰められ（貶められ？）ているといった状況だ。

「何？　一体どうしたって言うの？」

そんな中。フィンレーが騒然とした部屋に入って来るなり、室内のカオス状態に眉根を寄せる。

「ああ、フィンレー。実は……」

アシュルが今までの出来事を話して聞かせると、フィンレーは納得したように頷いた。

「成程ね。今夜はやけに騒がしいなと思っていたんだけど、そういう事だったんだ。……ふ～ん……」

何やら思案しているフィンレーに、アシュルが暫しの逡巡の後、声を掛ける。

「フィンレー。お前の『闇』の魔力で、バッシュ公爵家に張り巡らされている結界を、どうにか出来ないか？」

ピクリ……と、フィンレーの眉が僅かに上がった。

「お前が自分の力を使いたがっていないのは十分分かっている。だがそれを承知の上で敢えて言う。頼む！　力を貸してくれ！」

自分に対し、頭を下げるアシュルに、フィンレーは溜息をついた。

「やめてよ兄上。兄上に頼まれなくても、最初から動こうと思っていたんだから」

「え？　フィンレー⁉」

驚いた様子のアシュルに肩をすくめ、フィンレーは顎に手を当て、再び思案顔になる。

「ただ……。あのクロス宮廷魔導師団長の結界。あれは厄介なんてもんじゃないね。なんせ元々が超強力な防御結界なのに、それに加え、自己修復機能が備わっている。しかも、かけた張本人が戻っているのなら、僕の『闇』の魔力を以ってしても、侵入する事すら難しいだろうね」

「自己修復機能⁉　……って、ちょっと待て！　何でお前、その事を知ってるんだ？」

「以前、面白半分に侵入しようとした事があるから」

サラッと言い放ったフィンレーに対し、アシュルが何かを言う前に、王家直轄の魔導師達が悲鳴を上げた。

「フィンレー殿下ー!!　あ……貴方様というお方は……!　なんって事を!!」

「だ……だからバッシュ公爵家の結界、あんなえげつない仕様になってるのか!!」

「うん。それにあれ、クロス宮廷魔導師団長の結界だけじゃなくて、他者の結界も織り交ぜられているよね。多分、オリヴァー・クロスあたりだろうけど。本当にあの連中、愛が重いね。執念すら感じるよ」

「感心されている場合ですかー!!」

フィンレーと魔導師達とのやり取りに脱力しきりのアシュルだったが、ふと、フィンレーの姿を不思議な感覚で見つめる。

『あのフィンレーが、自分から率先して動こうとしてくれていたなんて……』

基本、フィンレーは自分が興味を持ったもの以外には淡白な性質だ。おまけに自分の魔力属性を心底嫌ってもいる。

だから、いくら兄弟の頼みとはいえ、あんなにあっさりと『闇』の魔力を使う事に同意するとは、思ってもみなかったのだ。

それに何か……。いつもどこかピンと張り詰めていたフィンレーの気配が、どことなく柔らかいものになっている……ような?

『フィンレーを変えた何かが……あったのだろうか?』

だったらそれは……?　と思案するアシュルに向かって、フィンレーが再び声をかけた。

「ねえ、アシュル兄上。ディラン兄上、一体どうしたの?」

「あ、ああ。……実はな……」

フィンレーの言葉に我に返ると、アシュルはリアムにしたのと同じ説明をフィンレーに行う。

「……白いドレスに、ヘーゼルブロンドの髪……？　……ねえ、ディラン兄上。その子の瞳って、黄褐色？　インペリアルトパーズみたいにキラキラしていた？」

途端、ディランが物凄い勢いで顔を上げた。

「何でお前がそれ、知ってるんだよ⁉」

「そっか……。リアムじゃなく、ディラン兄上の方だったのか……」

「は？」

「いやね、リアムの夜這い狙いだと思っていたんだけど、ディラン兄上だったんだなーって。……僕には違うって言っていたのに……。今度会ったら、やっぱりちょっと苛めちゃおうかな？」

「……おい、フィンレー？」

フィンレーの謎発言に、ディランや周囲が首を傾げる中。当の本人が、今度は爆弾発言をぶちかました。

「兄上が見た子って、生きているよ」

途端、その場が騒然とする。

「え⁉　だ、だが俺は確かにこの目で、エルの幽霊を……」

「って言うかあれ、幽霊じゃなくて精神体だから。……まあ、分かりやすく言えば、生霊？」

「はぁっ⁉　お、おい、ちょっと待て！　精神体……だと⁉　じゃあ本当に、エルは生きて……⁉」

「フィンレー殿下、それは本当ですか⁉」

鬼気迫る形相で詰め寄るディランと、そして何故かヒューバードに、フィンレーが訝し気に眉を顰める。

「何でヒューバードまで食い付いてくる訳？　うん。捕まえて確認したから、間違いないよ」

更なる爆弾発言に、ディランの目がクワッと見開かれる。

「つ……捕まえた⁉　おい！　どこだ⁉　あの子は今、どこにいる⁉」

「もういないよ。逃げられちゃった」

「何やってんだよ、おまえぇー‼」

まさに『上げて落とす』的な爆弾発言の数々にHPを削られ、絶叫するディランに対し、フィンレーがムッとした顔をする。

「僕だって、好きで逃がした訳じゃないから。……ああ……でも惜しかったな。あと数秒あれば……」

うっとりとした表情を浮かべたフィンレーを見るなり、ディランがこめかみにビキリと青筋を立てた。

「フィンレー！　お前、何が惜しかったと⁉　俺のエルに何しやがったんだ！　言ってみろ‼」

「ディラン兄上、うるさい！」

良くも悪くもマイペースなフィンレーと、それに対してブチ切れるディラン。

ぎゃあぎゃあと喚き合う兄弟達を、冷汗を流しながら見つめていたアシュルだったが、周囲の急などよめきに後方を振り返る。

「アシュル。どうやら難儀しているようだな」

「父上！」

「国王陛下！　それにレナルド王弟殿下！」

王と王弟の登場に、その場の全員が一斉に跪く。アシュル達も姿勢を正し、軽く一礼した。

「父上。夜会を途中で退席してしまい、申し訳ありませんでした」

「いや、構わないよ。アイザック達のやらかしで、会場中が大盛り上がりになったからな。お前達が抜けても、気にする者はいなかっただろう。皆、様々に思惑はあろうが、楽しんでいたようで何よりだ。なあ？　レナルド」

「ええ、そうですね」

互いに顔を見合わせ、笑い合う国王と王弟を、周囲は緊張の面持ちで、アシュルは怪訝そうな顔で見つめた。

「父上。叔父上。それで？　我々に何か御用でしょうか？」

「うん。ちょっとな。……それにしてもアシュル。少し前から様子を見ていたが、お前がそれほどまでに感情を剥き出しにしている姿を見るのは初めてだな」

「……申し訳ありません。お見苦しいところをお見せしてしまいました」

「責めているのではない。確かに公の場では問題ありだろうが、父親として見れば、今のお前は大変好ましいぞ。年相応の男の顔をしている。良い傾向だ」

父の含みのある言葉に、アシュルの顔に朱が走った。

そんな息子の姿を、目を細めながら見ているアイゼイアの横で、レナルドが口を開く。

「リアム。バッシュ公爵令嬢の事が心配か？」

「――ッ！　父上……。はい、凄く！」

レナルドは、愛息子の言葉に頷く。

「リアム。そしてアシュル。バッシュ公爵令嬢の安否を知る、いい方法があるよ？」

息子達にそう告げると、レナルドはアイゼイアと再び顔を見合わせ、含み笑いを浮かべたのだった。

国王陛下とのご対面

「……」

「……」

完全に舗装された道を軽快に進む豪華な馬車の中では、その軽快さとは無縁の重苦しい空気で満ち満ちていた。

「……うう……。御免ねエレノア。僕が不甲斐ないばかりに……！」

「父様、それはもう言わないって約束ではありませんか！」

「でも……でも……！　僕の所為でエレノアが……！」

「良いのです。そもそも原因を作ったのは私自身なのですから。それに父様の為でしたら、私はどんな苦難でも受け入れる覚悟が出来ております！」

「ああっ！　エレノア!!」

「父様!!」

仮想BGM『ドナドナ』をバックに、ヒシッと抱き合う親子。その様子をオリヴァーとクライヴは、半目で汗を流しながら見つめていた。

――一体全体このやり取り、あと何回繰り返されるのであろうか。

ちなみにこの馬車に乗ってからこの流れを見るのは、もう既に五回目に突入している。

「公爵様はともかくとして、エレノアもよく付き合っているな……」と、思わず感心してしまう二人だった。多分、これが親子の絆というものなのだろう。

もし自分達が何かやらかしても、自分達の父親達であれば爆笑した挙句、散々揶揄って殺意を煽ってくるに違いない。うん、断言できる。

「……公爵様、エレノア。そろそろ到着しますよ」

オリヴァーの言葉に、アイザックとエレノアが共に緊張した様子で、外から内部が見えない結界を張った窓から外に目をやる。

すると視線の先には、今では見慣れた白亜の宮殿が聳え立っていたのだった。

さて、何故バッシュ公爵家ご一行様が揃って王宮に来る羽目になったのか。

その理由はエレノアが貧血でぶっ倒れた翌日。王宮からの使者がバッシュ公爵邸を訪れた所まで遡る。

「えええーっ!?」

あの騒動の翌朝。それぞれ仕事を休んだ（職場放棄した）父達と、学院が長期休暇なオリヴァー、セドリック、エレノア、そしてクライヴとで、仲良く朝食を取っていた席での事。

ジョゼフから手渡された手紙を読んだアイザックが、唐突に叫び声を上げたのだった。

「と、父様⁉」

「公爵様⁉」

「アイザック⁉　一体どうしたんだ⁉」

そのただならぬ様子に皆が注目する中、アイザックは顔面蒼白になった顔を上げる。

「……こ、国王陛下からの……『勅命』が……」

瞬間、皆の顔に緊張が走った。（エレノアは除外する）

「勅命⁉」

「なんと！　で？　勅命の内容は⁉」

――はて？　勅命？

何だろうと思いながら、私は咀嚼していたパンケーキを飲み込み、傍に控えていたウィルに小声で聞いてみた。

「国王様や皇帝陛下といった、その国の君主様が、臣下や国家機関に対して下す命令の事です」

そして、『勅命』の最大の特徴。……それは、この国に忠誠を誓った者が、決して逆らう事の許されない絶対命令であるという事……だそうだ。

ウィルの顔も緊張で強張っている。そう言えば、以前読んだ小説か漫画かで、主人公クラスの偉いお方が『勅命である』ってやっていた。

そんでもって、その勅命を受けた部下はというと、涙ながらにそれに従い、主人の領地に物凄い威力の砲弾をぶちかまして城を崩壊させていたっけ。

成程。君主の絶対命令か……。って、待て！　何でそんなもんが我がバッシュ公爵家に⁉

「……さ、『昨夜の夜会で貴君の行った非礼について、直接の謝罪を命ずる。近日中に王宮に来るように』って……」

「ああ、何だ。夜会を途中退席した件かい？　それならもう連名で『娘の体調不良の為』って報告書を提出済じゃないか。はて？　入れ違いになったのかな？」

途端、ホッとした様子のメル父様がそう口にすれば、グラント父様も相槌を打つ。

「しかもお前、今日から各方面に謝罪行脚に行くって言っていて、それも理由にして仕事サボったんだろ？　あれ？　ひょっとしてサボりがバレた？　だったら勅命通りに、今日中にでも国王に謝罪しに行けよ」

「……違うんだ、みんな！　その『非礼』って……僕がレナルド王弟殿下を突き飛ばして怪我をさせた事について……みたいで……。しかも、『謝罪の席には、娘のエレノアと一緒に来るように』……って書いてあるんだ……！」

「「「「はぁぁぁーっ！！？」」」」

途端、朝食の和やかな空気は完膚なきまでに霧散した。

「ち、ちょ……っ！　公爵様！　何なんですか、その勅命はっ⁉　というか、公爵様のやらかしに、何でエレノアを同席させねばならないのですか⁉」

「本当にそうだよね⁉　ってか、何でって僕も聞きたい‼　……あ、『バッシュ公爵が不敬に走る、そもそもの切っ掛けとなったエレノア嬢の、安否確認とお見舞いの為』って書いてあるー‼」

「なんだそりゃー!!　公爵様！　とっとと『無事です。全快しました。お気遣いどうも』って手紙を勅使に叩き付けて下さいよ!!」

「ごめん!!　勅命って、出ちゃったら後出し不可なんだ!!　ほんっとうにゴメン!!」

「アイザックー!!　何をやっているんだお前はっ!!　何でよりにもよって、王族突き飛ばすなんて、そんな相手を喜ばすような絶好のネタ与えてやっているんだー!!」

「そっ、それは……！　傍にあの方がいたからです！　……と言うしか……！」

「アイザック!!　おまえぇー!!　このバカ!!　もし万が一でも、これが切っ掛けでエレノア奪われる事になったらどうすんだ!?　その時は詰め腹切る!?　お前が腹切ったってエレノアは戻らねぇっての!!　まぁ、その時は介錯してやるけどな！　いや、寧ろさせろ!!」

——昨夜に引き続き、今度は食堂がカオスです。

というか、この世界にも『サムライ腹切り』の概念があったのか！　……なんて、現実逃避している場合じゃない！

唯一セドリックだけ、何も言っていないけど……。あ、真っ青になって口パクパクしている。ショックのあまり、咄嗟に言葉が出て来ないだけですか……。

って！　周り！　ジョゼフとウィルが物凄い形相になってるー!!　あああ！　他の召使達まで!!　ヤバい！　このままではバッシュ公爵家が精神的にも物理的にも崩壊する！

私は慌てて、兄様方や父様方、果ては召使達にまで（こちらは口に出さずに表情でだが）責められまくっている涙目の父様の元へと駆け寄ると、庇うように父様の前に立ち塞がった。

「兄様方、父様方、やめて下さい！　父様を責めないで！　責めるなら、私の方を責めて下さい!!」

「エレノア!?」

「いや、何でエレノアを責めるんだ？　むしろ一番憤らなければいけないのはお前の方じゃ……」

「いいえ！　元はと言えば私が全部悪いんです！　だから、責めを負うべきは私なんです!!」

――そう、本当に百パーセント私が悪いんだよ。

ワーズの口車に乗せられて幽体離脱した挙句、ロイヤル・カルテットの顔面破壊力にやられ、大量出血《鼻血》で血塗れサスペンス劇場やらかして、周囲を大パニックに陥れてしまったんだから。

この誰よりも私を愛し、大切に思ってくれている父が『エレノアお嬢様が血塗れで意識不明です』なんて『影』に告げられた時の心境を思うと、本当に申し訳なくて仕方が無い。

そりゃあ、娘の元に一刻も早く駆け付けようと、たとえ王族であっても、進行方向にいたら突き飛ばすよね。

「エ……エレノア……!!」

「父様！　ごめんなさい！　父様がこうなったのは、全部私のせいなんです！　親不孝な娘で、本当に申し訳ありません！」

「――ッ！　何を言うんだ！　君に非なんてある筈がないだろ!?　君が親不孝なら、僕は最低最悪な父親の風上にも置けない大馬鹿者だよ!!　ああ……僕のエレノア！　僕をどうか許しておくれ！」

「許すも許さないもありません！　父様は私にとってかけがえのない、世界一大切で大好きな父様ですから！」

「エレノア！」

「父様！」

ヒシッと抱き合う私達の、感動極まる親子ショー（？）に毒気を抜かれ、兄様方や父様方は一斉に口をつぐんだ。

……というか、この流れでこれ以上アイザック父様を責めたら、私に嫌われると理解したのだろう（嫌いませんけど）

そもそも勅命とは、この国で生活し、王家に忠誠を誓う者にとって、拒む事の出来ない絶対命令……だそうだ。

そのうえ、『非礼の埋め合わせに、エレノア嬢を王子の嫁に』と言われたのならともかく『王族への不敬に対するお詫び』だの『娘さんのお見舞い』なんて言われてしまったら、もし万が一お断りしたりした場合、「非はあちらにあるのに、王家の労わりを無下にした」って、バッシュ公爵家が国中の貴族達から非難される結果になってしまいかねないんですよ。

「自分達の不名誉なんてどうでもいい……と、言いたい所だけど。寧ろそれを逆手に、エレノアをリアム殿下に嫁がせる形で手打ち……なんて事になりかねないからね……」

オリヴァー兄様がそう言って、悔しそうな顔をする。

クライヴ兄様やセドリックも同様に眉を顰めていますよ。うう……。本当に皆さん、ご迷惑おかけして済みません！

「父様、もうこうなったら腹を括りましょう！　王弟殿下のお怪我がどれ程のものなのかは分かりませんが、不詳エレノア、謁見の場で誠心誠意説明をし、お詫びいたします！　そうすればきっと、国王様も王弟殿下も許して下さいます！」

兄様方や父様方を安心させるように、精一杯の笑顔で言い放った私に対し、その場の全員が（何故かアイザック父様までもが）据わった目で「君（お前）は絶対に、一言も喋るな！」と仰ったのだった。……解せぬ。


「エレノア、おいで」

馬車が王宮の正門に到着し、私が遮光眼鏡を装着しようとした時、オリヴァー兄様がそれを止め、私を抱き寄せた。

「不安だろうけど、公爵様に全て任せて、堂々としていなさい。……君が無事に帰って来るまで、ここで待っている。……愛してるよエレノア」

そう優しく耳元で囁いた後、オリヴァー兄様は私の唇に、深く優しいキスを落とした。

私は目を閉じ、兄様の抱擁に応えるように兄様に抱き着く。

「エレノア。専従執事なんてやってんのに、肝心な時に傍にいてやれなくて御免な。……早く、俺達の元に帰ってこいよ？」

バトンタッチの要領で、オリヴァー兄様から離れた私を抱き締めるクライヴ兄様。そう、実は私と父様以外は入城禁止なのだそうで、兄様方とはここでお別れ。

悔しそうな、不安そうな顔のクライヴ兄様に、私は自分からキスをした。……勿論、軽くですよ。ええ、まだ自分からディープなやつなんて出来る訳ないっての！　……なんて思っている間に、クライヴ兄様から深く口付けられちゃいました。

「エレノア！　またクライヴには自分から！」

「お前！　この期に及んで、子供みたいに拗ねんな！」

兄様方のいつもの言い合いに、思わず笑いがこみ上げてしまう。ちなみにセドリックは万が一の事を考えて、今回はお留守番なんだって。

万が一ってなんぞ？　とオリヴァー兄様に聞いてみたら、もし私が王宮から返してもらえなかった時に、討ち入りするかもしれないから、巻き添えにしない為だそうだ。成程。

——ってか、討ち入りって何!?　赤穂浪士じゃないんですから、止めて下さい！　お願いしますよ!!

私は改めて遮光眼鏡を装着すると、王立学院仕様のエレノアに変身する。

ちなみに今現在私の着ている服は、王立学院の制服だ。私の前世と同じく、この世界でも制服は立派な正装と認められているから……という事も勿論あるが、単純にこの逆メイクアップに合わせる、奇抜なドレスが無かったからである。

しかし……。国王様や家臣がズラッと居並ぶ中、この姿を晒す羽目になってしまうとは……。ちょっと……いや、かなり憂鬱だなぁ……。

「では兄様方。行って来ます！」

心配顔のオリヴァー兄様とクライヴ兄様に笑顔でそう言うと、私は父様と一緒に馬車から降り立った。

ちなみにこの馬車。メル父様とグラント父様が御者役として運転してました。……メル父様、グラント父様……。貴方がた、ひょっとしなくても息子達の討ち入り、止めるどころか参加する気満々でついて来ましたね？　その殺気、バレバレですよ！

——アルバ王国の平和の為にも、無事に帰って来なくては……！

再度気合を入れ直すと、私は勅使の方に案内され、父様の後ろを歩きながら、王宮へと入って行ったのだった。


「……あの、父様？」

「なんだい？　エレノア」

「ここって、その……。謁見の場……ですか？」

「違うねぇ。どちらかと言えば、サロン……みたいだね」

「ですよねー!?」

私達親子は今現在、めちゃくちゃ豪華なサロン……的な部屋に通され、お茶やらお菓子やらを振る舞われているのである。

——あれー？　おっかしいな？

てっきり謁見の場で、玉座に座った国王陛下と、その周囲にずらりと居並ぶ家臣達の前に引っ立てられ、厳しい視線の中、公開処刑よろしく糾弾されるものだとばかり……。

「まあ、まず間違いなく、王弟殿下の怪我は嘘だろうからね」

「えっ!?　嘘!?」

「そう。大体、腐ってもこの国を統べる頂点の一角が、僕ごときに突き飛ばされたぐらいで怪我する訳ないでしょ？　僕を……と言うか、君をここに呼ぶのが目的だから、あちらにとって謝罪云々はどうでも良い事なんだよ」

あ、そうなんですか。

……にしても父様、仮にも次期宰相が王族の事を『腐っても』なんて口にしていいんですか？　え？　それぐらい言いたくもなる？　誰も居ないからいいんだ？　……ってか、誰も居ないもなにも、そこら中に召使さん達、ワラワラいますけど？

しかし……そっか。王弟殿下、怪我してなかったんだ。

リアムのお父さんだし、密かに心配していたんだよね。無事で良かった、本当に良かった。

それにしても父様。舌打ちせんばかりのそのあからさまなしかめっ面、ヤバいですって！

「エレノアッ!!」

バーンと、何の前触れもなく、勢いよく扉が開かれる。

そして血相を変えた様子で入って来るなり、私に駆け寄って来たのはリアムだった。

「大丈夫か!?　まさかこんなに早くこちらに来るとは思っていなかった！　具合が悪いのに、無理しているんじゃないのか!?　というか、どこが悪いんだ!?」

矢継ぎ早に話しながら、ビックリしている私に駆け寄ろうとするリアムの首根っこを掴んで止めたのは、ド金髪で顔がめっちゃぼやけて見えないお方……そう、アシュル殿下だった。

「兄上！」

「リアム！　国王陛下よりも先に部屋に入るな！　無礼だろう!?」

「――――ッ！」

言葉に詰まったリアムと共に、扉の脇に移動するアシュル殿下。

すると、豪奢で上品な服とマントを付けた、アシュル殿下と同じ、ゆるくウェーブのかかった、輝く金髪の男性が部屋の中へと入ってきた。

オーラまで金色に輝いているように見える。間違いない、この方が国王様だ！

「国王陛下」

父様が座っていたソファーから立ち上がり、臣下の礼を取る。私も最上級のカーテシーで陛下にご挨拶をした。

うおぉぉ……！　ふ、震えるな私！　マナーのレッスンを思い出せ！　鎮まれ手足！　女は度胸だ！

「許す。顔を上げよ」

バリトンボイスのめっちゃいい声が聞こえ、おずおずと顔を上げると、国王陛下が上座と知れるソファーにゆったりと腰掛けていた。

しかも陛下の他に、三人の男性がいつの間にか増えていて、彼らも陛下の左右に置かれたソファーに座っている。多分……いやきっと、彼らが王弟殿下方なのだろう。

ってか、あんた方、いつの間に入って来たの!?　というか、いつ座った!?　確か私のしていたカーテシー、二十秒にも満たなかった筈！　……そ、そうか……。これこそが選ばれしＤＮＡの御業！　恐るべし、ロイヤルファミリー！

国王陛下の右側に座っている、物凄く鮮やかな紅い髪の方は、多分ディラン殿下の御父上であるデーヴィス王弟殿下。

ワイルドショートな髪形だったディラン殿下と違い、後方の一部分だけ長く伸ばされていて、その一房にされた髪を前方に垂らしている。服装は、ちょっと豪華な軍服的なものをお召しである。

そして左側に座っているお方が、フィンレー殿下の御父上であるフェリクス王弟殿下。え？　何で分かるのかって？　だって髪が黒髪だから。

フェリクス殿下はフィンレー殿下よりも、やや長めにスッキリと纏められた髪形だ。

こちらは髪の色に合わせたのか、黒を基調とした服をお召しになっていて、艶やかなローブのような上着を羽織っていらっしゃる。

更にただ一人、父様に近い席に座っている鮮やかな紺色の髪の方は、多分というか、絶対リアムの御父上であるレナルド王弟殿下だ。髪型も何気にリアムと似ている。

フェリクス王弟殿下とは反対に、白を基調としたシャープなラインの服をお召しです。

――そして当然と言うか、全員顔がめっちゃぼやけていて、口元くらいしか分かりません。

まあ、当然だよね。あのロイヤル・カルテットのお父様方なんだから。

きっと……いや間違いなく、凶器のような麗しい顔面をお持ちでいらっしゃるに違いない。

ロイヤル軍団の、いわば総大将的な方々を前にし、私の喉がゴクリと鳴った。

「国王陛下。この度は多大なるご迷惑をお掛け致しました。また、レナルド王弟殿下におかれましては、私の軽率かつ不敬な行動により、尊き御身を……」

「ああ、謝罪はもうそれぐらいでいい。レナルドの怪我も大した事無かったしな」

「……お心遣い、まことに感謝致します。ですがこのような、大罪人にも等しき罪を犯したこの身をそう易々と許されては、王家の沽券にかかわりましょう。ですので私は次期宰相の地位と共に、爵位も返上いたしたく……」

「いやいや、バッシュ公爵。国王である兄の仰る通り、私の怪我も君に突き飛ばされて転んだ拍子に、手首を捻った程度だったしね。このまま君が罰を受けてしまえば、「王族でありながら、受け身も取れない軟弱者」と、私がそしられてしまいかねない」

「……」

「だから国王陛下にお願いして、謝罪も謁見の場ではなく、こうしてプライベートな場所にしてもらったんだ。……お互い、同い年の子供がいる親として、これからも君とは『良好な関係』を築いていきたいと思っているんだからね」

「……勿体ない過分なお心遣い、痛み入ります」

そんな二人の会話を聞きながら、私はゴクリと喉を鳴らした。

――す、凄い……！　青いプラズマが散っている!!

レナルド王弟殿下と父様との会話。一見、非礼を犯した臣下を労わる優しい王族……といった風に聞こえるが、父様の表情、めっちゃ能面です！　冷え切っています！　対してレナルド王弟殿下の方はと言えば、めっちゃ口角上がっていて、雰囲気も上機嫌そのものです。

「立ち話もなんだ。アイザック、そしてエレノア嬢。椅子に腰かけるように」

国王陛下にそう言われ、父様と私は深々と一礼した後、言われた通り、陛下方と向かい合うようにソファーへと腰を下ろした。

「さて。レナルドの言う通り、形式上の謝罪は終了した。これからはお互い、堅苦しいやり取りは無しにしようじゃないか。なあ、アイザック」

「御冗談を、陛下。陛下に対する不敬とも取れるやり取りを、いくら謁見の場でないとはいえ、晒す訳には……」

「何だ、遠慮するな。ここには私の身内と、信を置く者達しかおらぬのだ。いつもの通り、『は？

何を仰ってるんですか陛下。日頃の激務で頭沸きましたか？』ぐらいの口調で話せばよかろう」

――ノォォォォー！　お、お父様ッ!!

あ、貴方、なんちゅう……！　不敬で済ませられるレベル超えてます！　陛下、いくらなんでもそれ、冗談ですよね!?　……あっ！　他の王弟殿下方が一斉に頷いている！　マジか！

こ、ここは私が、娘として父親の非礼をお詫びしなくては！

「あ、あの……っ」

私が決死の覚悟で謝罪を口にしようとした途端、父様に今までにない程据わった目で睨みつけられ、慌てて口をつぐんだ。

「そういえばエレノア嬢。そもそも、アイザックがレナルドを突き飛ばしたのも、そなたに大事があったからと聞くが、息災であったか？」

「あ……」

「お陰様で。何があったかは我が家のプライバシーに関わる事ですので、身内でもない陛下にはお伝えする事は出来ません。が、この通り娘は元気です。要らぬご心配をおかけ致しました」

――おおう、父様！　所々に隠そうともしないトゲが!!

「まあ、そう言うな。ひょっとしたら将来、お前とは身内になるかもしれないじゃないか？」

――身内……？　……あっ……！（察し）陛下ー!!　父様煽らないでー!!

「……陛下、白昼夢でもご覧になられましたか？　億が一にも、そのような事態にはなり得ません」

――父様ー!!　易々と挑発に乗らないでっ!!

「はっはっは！　本当にお前と話していると飽きないな。特にこうして私と話している時の慇懃無礼なお前が、家に帰れば娘に溺れ、デロデロの甘々男になっているかと思うと、想像するだに笑いがこみ上げてくるよ」

――へ、陛下……っ！　父様のトゲに負けていませんね⁉　っていうか、キレッキレですね‼

「……陛下のうっぷん晴らしのネタに使われるのは、大変不本意ですね。というか、娘を持つ男親なら、大なり小なり私のようになるものでしょう？　ご子息だけの陛下には、お分かりになられないかと思いますが……」

――だーかーらー父様！　国家最高権力者を煽らないで‼

「ふむ。まあ、そうだろうが、ものには程度というものがあってだな？　限度が過ぎると、相手に隙を与える事になりかねん……と、私はそう思うのだが？」

「……ご忠告、痛み入ります。ほんっとーに！　今回の件で思い知りましたよ‼」

「それは重畳《ちょうじょう》。次期宰相が、簡単に足元を掬われるような愚か者では、この国の未来は暗いからな」

「精進致します！」

陛下と父様、ここで一旦口撃を止めると、互いにお茶を口にする。

その阿吽の呼吸で、この戦いが常日頃繰り広げられているものだと、嫌でも分かってしまいましたよ。

それにしても……。

切れ者と噂の父様と互角以上の戦いを繰り広げ、挙句、爽やかな笑顔で勝利をもぎ取るこの手腕。

流石はロイヤルファミリーの頂点に君臨する、選ばれしＤＮＡ。

その実力の一端、しかと拝見させて頂きました！　お見事です陛下‼

そんな私の尊敬の眼差しに気が付いた陛下は、私に優しく微笑みかけた後、父様に向かって余裕の笑みを浮かべた（ように見えた）。

「おやおや、私にそんなキラキラしい視線を向けて来るとは……。アイザック、お前の娘は父親に似ず、素直で可愛いな」

「くっ……！　エレノア！　言っておくけど、まだ僕は陛下に負けた訳じゃないからね!?」

「父様ー！　いつの間に、国王陛下と勝負してる事になっちゃってんですか!?」

「クッ！」

「ブハッ！」

父様のボケ発言に、思わずツッコんでしまった途端、陛下や王弟殿下ご一同が、揃って噴き出した。あっ！　よく見たらリアムとアシュル殿下も俯いて肩震わせている。うう……で、でも……。思わずツッコミ入れた私は、この場合悪くない……筈。

「リ……リアム……。お前の言う通り、エレノア嬢は楽しい子だね」

何とか笑うのを耐えているリアムに、父親であるレナルドが声をかける。その肩は小刻みに震え、手で口元を覆っていた。

そんな父に、リアムは同じく肩を震わせながらコクコクと頷く。

「はい……。楽し過ぎて、毎回爆笑するのを耐えるのに苦労します……」

実は今の今迄、アイゼイアとアイザックのやり取りをずっと見ていたリアムとアシュル、そして王弟達は、思わず噴き出しそうになるのを必死に耐える為、かなりの腹筋を使っていたのである。

なにせ、アイゼイアとアイザックが互いに何か言い合う度、エレノアはオロオロしながら、右、左、と忙しなく顔を動かし、あわあわと百面相しながら、（多分父を諌めようと）口を挟もうとしては父親に睨まれて口をつぐみ、また口を開こうとすれば父親に睨まれ……を繰り返していたのだから。

その聞きしに勝る、ご令嬢らしからぬ態度に、その場の全員が噴き出したくなるのを必死に耐えていたという訳なのである。……結局、最終的には噴き出してしまったのだけれど。

「やっぱり……。兄上に勅命を出してもらって正解だったな」

そう呟くと、レナルドは羞恥に真っ赤になって俯く最愛の息子の想い人を、優しい眼差しで見つめたのだった。

「さて。では陛下、王弟殿下方、そしてアシュル殿下、リアム殿下。私とエレノアはこれにて失礼致します。これから各方面に、私の仕出かした事態のお詫びをせねばなりませんので……」

そう言って立ち上がった父様に、国王陛下は再び笑みを浮かべる。

「うむ。お前ならそう言うと思ってな。私がその面々を王宮《ここ》に呼び出しておいたぞ。良かったな、これで一気に片が付く。特に宰相のワイアットなど、今か今かと謁見の場でお前が現れるのを、手ぐすね引いて待っている事だろう」

「げっ！」と小さく呟いた父様。

そしてその言葉を皮切りに、先程まで国王陛下の後方で控えていた、近衛であろう方々が二人、父様の左右に立ち、その腕を掴んだ。

「なっ！　き、君達！　何をするんだ!?」

動揺し、叫ぶ父様を見た私も慌てて立ち上がる。……が、絶妙のタイミングで国王陛下と王弟殿下方が次々と立ち上がった為、私は慌ててカーテシーをした。

「では、エレノア嬢。そなたの父親は連れて行くので、暫くここで待っているように。ああ、ただ待つのも退屈であろうから、アシュルとリアムを残していこうか。二人とも、エレノア嬢をしっかりもてなすように」

「はい。かしこまりました父上」

「お任せ下さい、国王陛下」

「それが目的かー!! あんたら、どこまで汚いんだっ!!」

ギャアギャア喚く、不敬の塊たる父様を華麗にスルーし、自分に対して一礼する息子達と、カーテシーをしたまま汗を流している私に優しく微笑みかけると、国王陛下は王弟方と共に「エレノアーッ!」と叫ぶ父様を引き連れ、部屋から出て行ってしまったのだった。

アシュル殿下とリアムは早速、私と向かい合わせになる席に座る。

すると絶妙なタイミングで、控えていた召使さん達が、私達の茶器を新しいものへと変えていく。

……主人も召使達も、ここまでのスマートな流れ、本当に見事としか言いようがありません。

「エレノア嬢。気が張って疲れただろう? まずはお茶を飲んで、喉の渇きを癒すといい」

「あ、は、はい! い、頂きます!」

言われるがまま、良い香りのするカップに口を付ける。うわっ! 美味しい!

こんなにも美味しいお茶を飲んだのは生まれて初めてだ。流石は王宮。茶葉も超一級品ですね!

「このお茶は、母のお気に入りの茶葉でね。わざわざ南方の国から取り寄せているんだ。君の口に合えば良いのだが」

「は、はい！　凄く美味しいです！」

「それは良かった」

ニッコリ笑顔になるアシュル殿下。そして何故か無言のリアム。その後は互いに黙ったまま、お茶を飲む。……う～ん……。沈黙が辛い。でも父様方や兄様方に、極力話すなって言われているしな……。

あ、でもそうだ！　私、初潮を迎えた時に助けてもらったお礼、まだしていなかった！　お祝いのお花を頂いたお礼もしていないし……。うん、いい機会だ。今この場でまとめてお礼をしてしまおう。

「あ、あのっ！　アシュル殿下」

「ん？」

「あ……あの時は……その……。助けて頂き、有難う御座いました。お花も凄く嬉しかったです。……その……。それと、あの時はお見苦しい所をお見せして、大変申し訳ありませんでした」

なんせ私、上から下から血塗れだったしね。

でもさ、初潮は仕方が無いとは言っても、あの時の鼻血はアシュル殿下の所為でもあるんだよね。だってアシュル殿下の御尊顔が、あまりにも破壊力あり過ぎたから……。

途端、私の顔がボンッと真っ赤に染まった。

――い、いかん！　折角、遮光眼鏡でアシュル殿下の顔が見えないってのに、あの時のアシュル殿下の顔が瞼の裏に浮かんできてしまった！　うわぁぁあ！　ダメダメ！　また鼻血噴いちゃう！

私の脳内から消え去れ！　キラキラしい記憶！

「――？　……ああ。いや、気にしないで欲しい。寧ろ君に恥をかかせてしまう形になって、本当に申し訳なく思っているんだよ。お花もそのお詫びも兼ねているから、感謝されると逆に恐縮してしまうな」

私の挙動不審っぷりに引くことなく、『あの時』という言葉で、すぐに何を言いたかったのか察してくれたうえ、私の感謝に対し「気遣い不要」と、優しい笑顔と口調で言い放つアシュル殿下。

本当に、なんてスマートで優しくて、寛大なお方なんだろう。

というか、この国の王族って美しいだけじゃなくて、偉ぶらない優しい方々ばかりだよね。国王様だって、父の不敬を笑って許してくれるぐらい、おおらかなお方だったし。

「……エレノア。お前、本当に元気なのか？　やっぱ、いつもより顔色が……」

「リアム？　……じゃなくて！　リアム殿下？」

途端、リアムの顔がムッとした（気がする）。

友達なのにその敬称！　って思っているのが丸わかりだよ。本当、女より綺麗な顔をしてるってのに、中身はしっかり男の子なんだから……って……。

『あっ！　そ、そういえば私、リアムの顔も見ちゃったんだった――!!』

自覚してしまった途端、透き通るようなあの美貌が脳裏にまざまざと蘇ってきてしまい、少しは引いたはずの顔の熱が再燃する。

うぉぉぉ……！　さ、幸い眼鏡のお陰で視覚の暴力による目潰し攻撃は免れているが、脳内映像による精神攻撃はしっかり喰らってしまっている。耐えろ！　私の鼻腔内毛細血管!!

「……エレノア……？」

挙動不審な私に対し、リアムが訝し気に声をかけてくる。

「ご、ごめんリアム！　でも本当、大した事ないんだって！　顔色悪いのも、鼻血出して貧血になった所為で……」

「……鼻血？」

「……あっ……！」

慌てた私はよりにもよって、とってもいらん事を口にしてしまった。

シン……と静まり返る室内。

リアムもアシュル殿下も、どうリアクションをしていいのか分からない様子だ。特にリアムなんか、物凄く申し訳なさそうなオーラ、出しまくってますよ。きっと今頃「余計な言を聞いて、女性に恥をかかせてしまった。どうしよう！」って、脳内で己を責めてるんだよ。基本レディーファーストだしね、この国の男性達は。

駄目だ……空気が重い！　いつ帰って来るか分からない父様を待つ間、ずっとこれでは、私の精神状態がもたない！　静かなる拷問でしょこれ。

……あーもう！　こうなったら!!

「あの……実は……ですね」

私はこのいたたまれない空気を払拭すべく、「私、こんなアホやっちゃいました！　でも全然気にしていませんよ？　あはははっ！」って感じに、事の次第を説明し始めた（自棄になったとも言う）。

「……とまあ、そう言った訳なんです。幸い、主治医の迅速な処置のお陰で、今ではこの通り、大変元気です！」

力強く、己の無事をアピールしつつ、説明終了。

そして私の目の前には、何とか笑顔を浮かべつつも、肩が震えているアシュル殿下と、同じく肩を震わせ俯いているリアムの姿が。……ふっ……。いいんですよあんた方。我慢しないでお笑いなさいな。

「そ……そうか……。それは大変な目にあったね……」

何とか落ち着こうとしているのか、アシュル殿下がソーサーと共にカップを手にするが、手が震えてカチカチ音を立てている。私はアシュル殿下に同意するように深く頷いた。

「はい。不幸だったのは、糖分多めな果物が多かったって事ですかね。特にバナナが」

「ブハッ!!」

その言葉が最後のとどめとなったか、遂にリアムが噴き出し、爆笑しだしてしまう。アシュル殿下も飲んでいた紅茶を噴いてしまい、そのままリアムと一緒に笑いだしてしまった。

ロイヤルな方々の爆笑シーンという、世にも貴重な衝撃映像を遠い目で見つめている私のカップに、召使の一人がお茶を継ぎ足してくれる。うん、流石はエキスパート。動じないね。

……あ。お茶を注いでいるティーポットの注ぎ口が、カップにカチカチ当たってる。うん、しっかり動揺していましたか。

後方に控えている近衛の方々も俯いて震えている。……多分彼らの腹筋、明日は筋肉痛で大変な事になるんだろうな。本当、こんな女で御免なさい。

そうして殿下方の笑い声に包まれていた空間は、彼らが落ち着きを取り戻すと共に、再び静かになっていった。

「……え～と……エレノア嬢……」

「あのっ！　こ、この場で私が殿下方にベラベラ話をしてしまった事は、どうかご内密に！　特に兄様方には！」

なんかちょっと、バツが悪そうなアシュル殿下に、私はすかさずお願いごとをした。

だって兄様方にバレたら間違いなく、「お前はー!!　黙って大人しくしてろって、あれ程言っただろうがー!!」って雷落とされる。特にクライヴ兄様に。

私のお願いに、アシュル殿下はニッコリ笑顔で頷いた。

「勿論だよ。この場で聞いた事は、絶対に外部には漏らさないから安心して欲しい。ね？　リアム」

アシュル殿下に話を振られたリアムはというと、過呼吸でも起こしたのか、必死に息を整えながら頷いている。……リアム……。あんた、本当に見た目とのギャップ凄いね。

という訳で、私は更に話題を変えた。

「あの……アシュル殿下。他の殿下方は、今日はいらっしゃらないのですか？」

実はこれ、今回の王室訪問で一番気になっていた所なのである。

「ああ……うん。ディランもフィンレーも、忙しいみたいでね。二人もエレノア嬢に会えないのをとても残念がっていたよ」

「そうですか……」

つまり今日、彼らは私の所に来ないという事だ。

私はこっそりと、安堵の溜息を漏らした。だってもしあの二人がいたりしたら、絶対なんらかのボロを出すに違いないと覚悟していたから。

そもそも、ディラン殿下とは直接お会いしている。しかも信じられない事に、私の事を嫁にと望んでいるらしいから、話をしていたらうっかりバレてしまうかもしれない。

フィンレー殿下に至っては、あの捕らえられた時の恐怖が蘇ってきてしまって、まともに話どころではなくなってしまうに違いない。それにあの方、妙に鋭い所がありそうだから、うっかり身バレしちゃう恐れだってあるし。

もしどちらかが私をあの時の少女だと感づいてしまい、王家特権を発動させ、私を家に帰そうとしなかったら……。外で控えている討ち入り部隊が、一斉に突撃して来てしまう！

確実に起こるであろう未来予想図に、私はブルりと身体を震わせた。

「そうそう、母からも「くれぐれもお大事に」って伝言頂いていたんだった。生憎母も、視察が入っていてね。君に会えないのをとても残念がっていたよ」

「聖女様が……」

そこで私はふと、常日頃疑問に思っていた事をアシュル殿下に聞いてみる事にした。

「あの、アシュル殿下。聖女様はよく視察で国中を巡られているってお聞きしたのですが……その、公妃様……なのですよね？　なのにその……そんなに出歩かれて、大丈夫なのでしょうか？」

以前、『公妃』に限らず、王家に嫁いだ女性は、他の男の手が付かないよう、王宮に囲われて籠の鳥になってしまう……と、オリヴァー兄様に教わった事があるのだが、なんか聖女様見ていると、とてもそうは見えないんだよね。

私の疑問に、アシュル殿下は何か考えるような仕草をした後、召使の一人に何事かを指示した。

すると、召使達が揃って私達に一礼すると、部屋から出て行ってしまう。ついでに近衛の方々も、揃って礼を取るや、召使達にならうように、全員が部屋から退出してしまった。え？　何故に？

更にアシュル殿下が手を一振りすると、一瞬浮かんだ魔方陣が部屋全体を包み込み、霧散した。

「さあ、これでこの場の会話は一切、外に漏れないようになった。……ではエレノア嬢。さっき君の話を笑ってしまったお詫びに、面白い事を教えてあげようか。本当は絶対に他人に喋ってはいけないんだけど、君にならば構わないだろう。……でも、内緒だよ？」

そう言って、アシュル殿下は人差し指を唇に押し付け「内緒」のポーズをとる。

そんな仕草に、思わず赤くなった私に笑顔を向けながら、アシュル殿下の「内緒話」が始まったのだった。

内緒の真実

「さて、さっきの君の質問だけど、『公妃』である母上が、何故王宮を出る事を許されているのか……それが知りたいんだったよね？」

私はゴクリ……と喉を鳴らしながら、緊張の面持ちで頷いた。

「エレノア嬢は、もう知っていると思うけど。我々王家の者は、様々な特権を持っている。その中でも最たるものが『女性を選ぶ権利』だ。この国において、男性の方が女性を選べるのは、我々王家の……特に直系にのみ許される権利だ」

「はい」

「……と、されている」

「……は？」

──『と、されている』……？

「皆、誤解しているんだけど、確かに僕達王族は女性に選ばれるのではなく、自らに選ぶ権利がある。だけど正しくは『女性を選ぶ権利はあるが、最終的に女性に認められなければ、求愛は無効』なんだよ」

私はその衝撃発言に目を丸くしてしまった。

だって、じゃあつまりは、女性には自由意志が認められている……って事じゃないか⁉

「嫌がる女性を無理矢理召し上げるなんて、この間粛清したリンチャウ国じゃあるまいし、この国で……ましてや王族が出来る訳ないだろう？」

「た……確かに……そうですね」

考えてみたら、あんな野蛮な国ばりの事していて、並外れたＤＮＡを維持する事なんて不可能だよ。国民からの反発だって想像出来るし、逆臣なんかも生み出しかねない。

「まあ……正しく世間に伝わってこなかったのは、僕ら王族の求愛を断る女性がほぼいなかったからと、王家が敢えて訂正しなかったから……かな？　ああ、後は婚約者を王家に奪われた形になった者達の恨みつらみで、今現在の内容で伝えられているってのもあるかな？」

そ、そうか……。確かに王家に連なる者。ましてや直系の方々に望まれたとして、それを拒む女性が、この国に果たしているのかどうか。……いや、いない。彼らこそ間違いなく、肉食女子達《ハンター》が望む、最も得難い結婚相手《獲物》なのだから。

という事は、嫁いだら籠の鳥って言うあれも嘘なのかな？

「いや、あれは割と本当。基本この国の男性は、愛する女性に対する独占欲が凄まじく強いからね」

あ、それは本当でしたか。

でもむしろ、望まれた方も「私、凄く愛されてる！」なんて、喜んで受け入れちゃって、自ら籠の鳥になっていたっぽいな。

――……ああ、そうか。

ひょっとして、それで王家は敢えて訂正や否定をしなかったのかな？

だってそうすれば、『女性を選ぶ権利』を有する、王族である夫の目が他の女性に向かないよう、愛しい女性が自ら進んで籠の鳥になってくれるのだから。

私の考えを読んだように、アシュル殿下の口元に微笑が広がる。

「エレノア嬢は相手からの言葉を、ちゃんと自分の頭で考えようとするんだね。それはとても素晴らしい事だよ」

おわっ！　ロイヤルなお方直々に褒められた！　うわぁぁ……！　なんか、凄く嬉しいな。

「でね、このアルバ王国の歴史の中で、我々王族の求愛を蹴った女性が、実は何人かいるんだよ」

「えっ⁉」

こ、この国の女子が、超絶優良物件の求愛を……⁉　マジですか⁉

「まあ百年に一人、出るか出ないかの確率だそうだし、ここ数百年は出ていなかったらしいんだけどね。……ちなみに、その内の希少な一人が『聖女』である僕達の母親」

「ええっ！！？」

アシュル殿下の爆弾発言に、思わず大声を上げてしまった。

え？　殿下方のお母様である聖女様が、『あの』国王陛下や王弟陛下方の求愛を蹴った……と⁉

嘘でしょー‼　殿下方全員の顔を見ちゃったけど、全員オリヴァー兄様やクライヴ兄様ばりの超絶美形集団だったよ⁉　って事は、お父様である国王陛下や王弟殿下方も、当然超絶美形な訳で……。しかも選ばれしDNAをお持ちの、肉食女子達いわく、超絶優良物件じゃないか‼　聖女様、何でそんな方々の求愛をお断りしたんだ⁉

「せ、聖女様……。ひょっとして婚約者とか、他に好きな方がいらっしゃったのですか？　もしくは、ご家族と離れ離れになるのが嫌だったとか……？」

「いや、母上には婚約者も恋人も……ましてや離れるのが辛い家族さえ、誰一人いなかったよ」

――誰もいなかった……？

「あの……それってどういう……」

「ごめんね。たとえ君であっても、流石にそこまでは話せない。……けど、とにかく母は父上達の求愛を拒み続けた。しかも、『光』属性で癒しの力があるのをこれ幸いと、『聖女』になって教会に逃げ込んじゃったりしてね」

なんと！　そんな逃げ回るぐらいに嫌だったとは！

ってか聖女様！　聖女になったのって、求婚から逃げる為だったの⁉　あの清楚でたおやかなお姿からは想像出来ない。私の母とはまた違ったアグレッシブさだ。

「あ……あの……。一体全体聖女様は、国王陛下方の何がそこまで嫌だったんですか？」

「うん。『美形過ぎる所』だったそうだよ」

「……はぁ⁉」

「母はね、美形に全く興味が無かったんだよ。だから父上や叔父上達は、母にとって『範疇外』だった訳で、とにかくフラれまくったって言っていた。『この顔に生まれた事を、あの時程呪った事はない』ってのが、父上達の口癖。何とか母を口説き落とした時なんて『以前は呪いまくっていた女神様に、あの時は心の底から感謝した』って言っていたかな？」

こ、国王陛下方……。いくら意中の女性が女神に仕える聖女様になって、自分達の元から逃げたって言ったって、女神様呪うって不敬の極みでは？　というか女神様、とんだとばっちり！　……はっ！　そうか！　だから父様の不敬に対して、あんなに寛容なのか⁉　（違うと思うけど）

「で、でも聖女様、最終的には陛下方の求愛を受け入れたんですよね？」

「うん。母上いわく『あのしつこさに根負けした』だって。だからまぁ、厳密に言えば、未だに父上達は母上に絶賛片思い中……って事になるのかな？」

成程。だから聖女様の自由行動を制限出来ないのかもしれないな。……でも……。

「アシュル殿下」

「うん？」

「ちなみに聖女様って、どんな風に国王陛下方に接せられているのですか？」

「え？　そうだな……。普段はとても仲良くしているけど、父上達が他人や僕達の前で母上と触れ合おうとすると、嫌がって怒ったり……。後は、何かが母上の逆鱗に触れたりすると、ずっとツンとして返事をしなくなったりする……かな？」

——ツンとする……だと⁉

「そういう時、陛下方はどうされているのですか？」

「それ以上怒らせないように、なるべくそっとするようにしている」

「それで聖女様のご機嫌は直るのですか？」

「う〜ん……。なんか母上、父上達の事気にしているっぽいんだけど、むしろ増々ツンとしてしまう事が多いかな？　まあ、何日か経つと、元に戻るけど」

――間違いない！　聖女様はツンデレだ!!　しかもツン要素多めの、不器用系ツンデレ！

「アシュル殿下。片思い中って事は無いと思いますよ？　国王陛下方と聖女様、多分両想いだと思います」

私の言葉に、アシュル殿下とリアムが揃って目を丸くした（ような気がした）。

「え？　でも未だに母上、俺や父上達には事あるごとに、さっき言ったみたいな事を……」

「リアム。それ多分、照れ隠しだと思うよ？　散々国王様方をフリまくっていたのに、今では大好きになっちゃったから、それ悟られたくなくて、わざとそう言っているんじゃないかな？　それか、遠回しな惚気？」

うん、多分そうだと思うよ。

だって聖女様の態度って、前世の漫画でよく見た『ツンデレ』キャラにそっくりなんだもん。

そもそもツンデレの人って、ツン状態になっている時ほど、甘く優しく攻めると途端にデレるって、ある漫画で描いてあった。

という事は、陛下方の対応は寧ろ、ツン状態の聖女様にとっては逆効果だ。だからいつまでもデレを出す事が出来ずに、何十年もやってきたのではなかろうか。だとしたら聖女様って、筋金入りのツンデレなんだな。

ううむ……。しかし、まさかこの世界にツンデレの女性が生存していたとは……！

「ねえリアム。貴方やお兄様方、聖女様に物凄い愛情いっぱいに育てられたよね？　それに、いっぱい「愛している」って言われて育ったんでしょう？」

「え？　……う、うん」

「ほらね、やっぱり聖女様は陛下方の事愛しているんだよ」

「意味が分からない。何でそれで愛しているって分かるんだ？」

「だって、大好きな人達が自分にくれた、かけがえのない子供達だもん。思いっきり大切にするに決まっているじゃない！」

「――ッ！」

リアムと……そしてアシュル殿下が息を呑んだ。

ひょっとしたら聖女様、陛下達の事、最初から好きだったのかもしれないな。でも一旦断ったら意地になっちゃって、ツンデレなのも相まって、誤解されてそのまま……とか。

うわぁ！　前世における、王道青春ラブロマンスの匂いがする！　そういう展開、大好物です！想像するだけで滾るわ～!!

それに、いくら根負けしたからって、好きでもない相手を四人も夫になんか出来ないし、ましてや全員の子供をちゃんと産むなんて事も有り得ない。これが愛でなくてなんだと言うのか。

そんな事を、ツンデレだの王道ラブロマンスだのはオブラートに包み、アシュル殿下とリアムに説明していく。勿論「あくまで私の想像ですが」って付け加えるのも忘れずに。

「……ん？」

――はっ！　な、なんか凄い視線を感じる。

あっ！　アシュル殿下とリアムが、めっちゃ私を見ている。ひょっとして「お前、何言ってんだ？」的な視線？　……そうかもしれない。いや、きっとそうだ。

たかが十二歳の、鼻血噴いちゃう痛い女が、男女間の恋愛語るなって、普通は思うよね。……あっ……！　ヤバい。これって不敬？　私、詰んだ⁉

「エレノア嬢……」

「も、申し訳ありませんっ！　変な事をベラベラと！　わ、悪気はなかったんです‼　どうか許して下さい！　私が無事に帰らないと、討ち入りが……！　アルバ王国に不幸が……‼」

「エ、エレノア、落ち着け！　ってか、討ち入りだの不幸だの、一体何言ってるんだお前？」

「だ、だって……！」

慌てているリアムに涙目を向ける。すると……。

「……クッ……は、はははは‼」

突然笑い出したアシュル殿下に、私とリアムは同時に殿下の方へと顔を向けた。

そんな私達にお構いなしに、アシュル殿下は楽しそうに笑い続けている。

「そ……そうか……。じゃあ、父上達はもうとっくに、本懐を果たしていたって訳だ……！　ははっ！　そうか、母上のあれ、照れ隠しだったんだ！　……参ったな。それが分からなかったなんて、僕も父上達もまだまだだな！」

クックッ……と、なおも楽し気に笑いながら、そう話すアシュル殿下は、何だか凄く嬉しそうだ。

……えーと。取り敢えず、私の不敬発言でお怒りモードだった訳ではなかったんだ。良かった。

「ああ。本当、スッキリしたよ。エレノア嬢のお陰で、父上達が初の『例外』にならなくて済んだ」

「例外？」

「……さっき言った『女性を選ぶ権利』を、王家が何故間違ったまま放置してきたのか。それはね、求愛を断られても、最終的には相手の心を手に入れてきたからなんだよ。つまり結果的には、愛した女性を手に入れられなかった王族は一人もいない……って事になるからね」

――な、成程……。確かに。

「父上達は、母上を『公妃』には出来ても、心から愛されているって思っていなかった。だから自分達は『例外』だと思っていたって訳。……でも、それは間違っていた。父上達はちゃんと、母上の心を手に入れられていたんだ。……じゃあ僕も、父上達を見習って頑張らないとね。初の『例外』になりたくないし」

えっと……。何を頑張るのかな……？　って、あっ！　そうか。自分の伴侶の事か。って事はアシュル殿下、好きな人いるのかな？

「えっと……頑張って下さい。応援しています！」

「うん、有難う。エレノア嬢のお陰で、心が決まったよ」

確かに。なんかアシュル殿下の雰囲気、何かを吹っ切ったように、凄く明るくなっている。きっと今、彼は輝くような笑顔を浮かべているに違いない。……おっといかん。あの顔面凶器を想像してはいけない。

「ねぇ、エレノア嬢」

「はい？」

「これね、僕が一番好きなお菓子なんだ。卵をたっぷり使用したフワフワのスポンジ生地に、蜜をたっぷり染み込ませたケーキ」

そう言ってアシュル殿下が手にしたのは、説明通りに、トロリとした蜜と、砕いた乾燥ラズベリーであろうものがかかっている、小さなカップケーキだ。美味しそうなその見た目に、思わず喉が鳴る。

「エレノア嬢にも、きっと気に入ってもらえる筈だよ。食べてみない？」

「い、いえ。あの、今はお腹が空いていないので……」

本当はちょっと、お菓子食べたいモードになっていたのだが、万が一の事を考え、私は即座に、その魅力的な提案を辞退する。

「そう。美味しいんだけどな」

でも、アシュル殿下はそんな私に気を悪くした様子も無く、手にしたケーキをパクリと口に含んだ。

そして、それを見ていた私の口が思わず開いたその隙を逃さず、アシュル殿下は一口齧ったケーキを、私の口の中へと押し込んだ。

「むぐっ！」

思わずケーキを含んでしまった私の唇に、アシュル殿下の指が触れ、思わず反射的に閉じてしまう。

「味見。これぐらいならいいだろう？」

そう言って、ニッコリ笑うアシュル殿下に何も言えず、私は口をもぐもぐしながら、目を白黒とさせた。

「美味しかった？」

味なんか分からなかったけど、反射的にコクコクと頷く。

「ねえ、エレノア嬢。君が今聞いたように、王家の男は、こうだと決めた女性は必ず手に入れようとするんだ。……僕も、愛する女性を手に入れる為なら誰とだって戦うし、決して諦めない。……それを覚えておいてね？」

「は……はぁ……？」

何故そんな事を私に言うのかと首を傾げると、アシュル殿下は呆れたように苦笑した。

「全く……。君って他人の事には聡いのに、自分事には驚く程鈍感だよね」

「兄上！　なに抜け駆けしてんだよ！　エレノア、俺はこれが好物だから、これも食べろよ！」

「リアム、お前は自分の作ったクッキーを食べさせたいんだろう？　初心は忘れちゃいけないよ。ああ、エレノア嬢。こっちのクッキーも美味しいよ？　はい、あーん」

私はブンブンと首を横に振ったが、そんな私にアシュル殿下は、ニッコリ笑顔でこう言い放った。

「僕にお菓子を食べさせてもらったって、クライヴ達には内緒にしてあげるから……ね？」
ア、アシュル殿下ー!!　食べなきゃ、私がうっかりお菓子頂いちゃった事、兄様達に言うって言いたいんですね!?　それって脅迫ー!!
「はい、あーん」

「……」

アルバ王国と私自身の平和の為に、私は顔を引き攣らせながら、アシュル殿下が差し出すお菓子を、次々と口に入れていった。

――私は気が付かなかった。

遮光眼鏡に阻まれ、見えなかったアシュル殿下の瞳に、蕩けるような甘い熱が灯っていた事を。

そしてその熱が、真っすぐ私に向け注がれていた事を。

そうして甘い拷問は、父様がげっそりやつれた様子で帰って来るまで、延々続けられたのだった。

番外編

奇跡のような少女

ある少年の追憶と決意　ＳＩＤＥ：セドリック

僕の名前はセドリック・クロス。

メルヴィル・クロス子爵の第二子として、この世に生を享けた。

母は地方領主の娘で、その領主が預かっている領土がクロス子爵領の一つだった。

母は幼い頃、たまたま領地視察をしていた父を目にし、それからずっと父を恋い慕っていたのだそうだ。

女性が尊重されるこの世の中であっても、父と母とでは流石に身分差があり過ぎると、地方領主だった祖父が止めるのも聞かず、母はなりふり構わず父に求愛し、父も女性に対する礼儀としてその想いに応えた。

やがて母は身籠もり、僕を産んだ。

僕を産んだ事で、母は自分が父に最も愛されている恋人だと思い込んでいたようだ。

けれども実際は、僕の他にもバッシュ侯爵夫人のマリア様が僕の兄、オリヴァーをすでに産んでいた。

だが父以外に夫も恋人もつくらず、ただ一途に父を愛していた母にとって、その事実は些末事であったようだ。

それどころか他の男の妻であり、父を含めて何人もの恋人を持っているマリア様は、父の単なる火遊びの相手に過ぎず、自分よりも立場が下だと、勝手に見下していた。

当然オリヴァー兄上の事も、火遊びのついでに生まれた子供だと馬鹿にしていた。

そして、いずれは自分が妻の座に納まれると、そう信じ切っていた。

けれども母の思惑とは裏腹に、父は自分に求愛してくる女性全てを平等に扱い、オリヴァー兄上を産んだマリア様を含め、誰とも婚姻関係を結ぼうとはしなかった。

当然、母も他の恋人達と同様に扱われ、その事実は母の矜持を深く傷つけた。

そして母は、自分が父の唯一になれなかった原因を僕の所為にしたのだった。

――産んだ息子が、あの方の容姿も資質も何もかも受け継がなかったから、その母親である自分はあの方の妻になれなかった……。

母はそう信じ込み、事あるごとに僕を罵った。

「他のどの女達より、私の方がずっとあの方に相応しいのに！　なのに、お前が出来損ないなばかりに、旦那様は私を娶られなかったのよ！」

父には既に、父の全てをそのまま受け継いだと言われている優秀なオリヴァー兄上がいたから、その事が更に母の苛立ちを募らせていたのだろう。

僕は少しでも母が心安らかになれるよう、勉強も剣術も必死に頑張った。

だが母の苛立ちは募る一方で、僕が母の為にと作ったお菓子も食べられる事なく、捨てられたり踏みつけられたりした。

本来、女性が産んだ子供は、父親に引き取られるのが普通だ。

だが、母は僕をどれだけ罵倒しようとも、決して自分の手元から放そうとはしなかった。

それは愛情からではなく、打算からだった。

……だって僕がいれば、父は必ず自分の元に訪ねて来てくれるから……。

父はとても優しい方だ。

僕を訪ねて来てくれる時は、いつも笑顔を浮かべながら愛情深く接してくれた。

僕はその時だけ、この世に存在してもいいのだと心から思う事が出来た。

だが母に対しては……。

父は形式通りにしか母に接しないばかりか、恋人としてその肌に触れる事すらせず、あくまで『僕《セドリック》の母親』として母を扱った。

次第に母は僕に対し、歪んだ嫉妬心をぶつけるようになっていった。

罵詈雑言は言うに及ばず、時には棒で叩いたり水をかけたまま放置されたりもした。

「出来損ないの癖に！　私から旦那様を奪うなんて、なんて憎らしい子なの⁉」

そんな言葉を何回も投げつけられて……。

次第に僕は、僕自身の存在意義が分からなくなってきてしまった。

思考は停止し、何をされても何を言われても、悲しいとも辛いとも感じなくなっていた。

そうして僕が五歳になったある日、僕はまた母に酷く殴られていた。

悲鳴を上げる事無く、ただ蹲って殴られるがまま暴力が過ぎ去るのを待っていた僕だったが、どうやら途中で気を失ってしまったようだった。

目を覚ますと、僕は知らない部屋のベッドに寝かされていて、傍らには父そっくりの顔をした少年が心配そうな顔で僕を覗き込んでいた。

「ああ、良かった。気が付いたんだね！」

そう言って僕の頭をそっと撫でながら、少年は嬉しそうに笑ったが、その笑顔はすぐに困惑したものへと変わる。

「どうしたの？　まだどこか痛い？」

そう言われ、僕は自分が泣いている事に気が付いた。

その時、何故か凄くホッとして「ああ、もう大丈夫だ」と、自然に思えたのを覚えている。

あの時の気持ちを、僕はきっと一生忘れないだろう。

僕の意識が戻った事を知り、父も僕の傍へと駆け付けてくれた。

そして僕をずっと看病してくれた少年が、僕の母親違いの兄であるオリヴァーである事。僕をクロス子爵家に引き取った事。母は精神を病んでしまい、療養施設に行った事などを説明してくれたのだった。

後にオリヴァー兄上から聞いた話によれば、父は僕が母から虐待を受けている事を薄々察し、何度も僕を引き取ろうと手を尽くしてくれていたのだそうだ。

けれど母が頑なにそれを拒み、また女性である母の望みを無視する事も出来ず、実現する事が叶わなかったのだという。

なので母の屋敷に手の者を紛れ込ませ、動向を探っていたところ、あの日の酷い虐待が起こり、父は自分の血を分けた息子を殺されかけたとして、母から僕を取り上げ、母を厳重な監視付きの療養施設に隔離したのだそうだ。

そして母を諌めようともせず、僕の虐待を半ば黙認していた祖父は地方領主の地位を剥奪され、クロス子爵領から追放されたとの事だった。

それを聞いた時の僕の内心はと言えば、母への慕わしさや、もう会う事がないだろう悲しみはあれど……。もう傷つけられずに済むのだという安堵感に溢れていて、己の薄情さに自己嫌悪を覚えた。

「お前はこれからこの屋敷で、私やオリヴァー、そしてクライヴと一緒に暮らすんだよ。それにね、いずれお前には、このクロス子爵家を継いでもらいたいと思っているんだ」

そう言われ、いきなりの展開に頭が追い付いていかず、暫くの間呆然としてしまった。

何故、僕が子爵家を継ぐ予定なのか。それは後で分かってくるのだけれど。

ちなみにクライヴ様とは、オリヴァー兄上と父親違いの兄弟で、国の英雄と謳われているオルセン男爵の一人息子なのだという。

なんでもオルセン男爵が冒険者な関係で、オリヴァー兄上とはこの屋敷でずっと実の兄弟のように過ごしてきたのだそうだ。

「お前がセドリックか？　俺はクライヴってんだ。これから宜しくな！　オリヴァーの弟なら、俺にとっても弟同然だから、俺の事は兄さんって呼んでくれ」

そう言って優しく笑ってくれたクライヴ……兄上は、オリヴァー兄上同様、とても優しい方だった。

銀髪碧眼で、強力な『水』の魔力持ち。

オリヴァー兄上と並んでも遜色ないほどの美しい容姿。

そして剣技も魔力量もずば抜けて高く、クロス家の騎士達から絶大な信頼を寄せられていて……。

父上と見た目も才能も生き写しなオリヴァー兄上共々、自分なんかが並び立つには気後れしてしまうほど、眩しい存在だった。

優秀な兄達。そして偉大な父と共に暮らすうち、母から植え付けられていた虚無感と劣等感が心の中で徐々に育っていき、こびりついていった。

父も兄達も、僕の事をとても可愛がってくれたし、騎士達も使用人達も皆、僕の事を大切にしてくれた。僕も皆の事をとても大切な家族だと思っている。

それでも「ソレ」は、どんどん僕の心を覆う殻となっていった。

「このままではいけない」と心では分かってはいても、自分ではそれを壊す事が出来なくて。

ただ焦りと諦めが交互に押し寄せる、やるせない日々が続いていった。

やがて、オリヴァー兄上とクライヴ兄上は王立学院に通う為、王都へと旅立って行った。

兄上達は休みの度、こちらに帰って来てくれていたが、僕は己の劣等感から兄上達と上手く接する事が出来ずにいた。

そんな折、オリヴァー兄上がバッシュ侯爵家の一人娘であり、妹であるエレノア嬢の筆頭婚約者となる事が決まり、正式にバッシュ侯爵家に婿入りする事となった。

それに伴い、クライヴ兄上もオリヴァー兄上を支える為、兄上の執事としてバッシュ侯爵家に入る事となり、僕は正式にクロス子爵家の跡取りとなったのだった。

正直、僕なんかが偉大な父の後継者なんて相応しくないと思うのだが、オリヴァー兄上がいない以上、僕が継ぐより他無い。

だから、兄達には追い付けないのは百も承知で、僕は僕なりに努力した。

たまに帰省する兄上達が指南役を申し出てくれるのは、流石に気後れして遠慮してしまっているのだけれど……。

そんな中、僕はオリヴァー兄上と婚約者のエレノア嬢との仲が、あまり上手くいっていないという噂を聞いた。

なんでも、エレノア嬢がオリヴァー兄上の事を嫌い、邪険に接しているとの事だった。

しかも実際に血の繋がっているクライヴ兄上の事も、平民と馬鹿にして兄とも認めていないというのだ。

クロス子爵領の者達は皆、優しく完璧なオリヴァー兄上とクライヴ兄上を誇りに思っている。勿論、僕も同様だ。

だから、その兄上達を冷遇しているというエレノア嬢の事は、皆口には出さないものの、あまり快く思ってはいなかった。

「まあ、女性とは、得てしてそういうものだからね」

そう言って静観していた父上が一年前、エレノア嬢の誕生日を機に、クライヴ兄上の父上であるグラント様共々、王都住まいを始めたのも、兄上達を心配しての事だと思っていた。

だって何故か、クライヴ兄上までもが、エレノア嬢と婚約したというのだから。

あれほど嫌われていて、兄上自身も嫌っていたはずなのに婚約した……？

一体どういう事なのだろうか。

ルーベン達は、エレノア嬢が美しいアクセサリーを欲しがるように、クライヴ兄上を欲しがったのではないかと言っていたが……。

果たしてあの兄上が、そんな動機での婚約を黙って了承するものだろうか。

心配してクライヴ兄上に送った手紙。

それに対する返事はと言えば、『心配するな。今、ちょっと忙しくてそちらに中々帰れないが、いずれエレノアを連れて帰って、ちゃんとお前に説明するから』だった。

何故クライヴ兄上に手紙を送ったのかと言うと、オリヴァー兄上はエレノア嬢と出逢ってからは一貫して『エレノアの可愛らしさと素晴らしさについて』という、ほぼのろけに近い手紙しか寄越さなくなったので、状況を知る参考にならなかったからだ。

「……う〜ん……。みんなはエレノア嬢の事、悪く言うけど……。あのオリヴァー兄上がそこまで愛している子なんだから、そんなに酷い子ではないと思うんだよね……」

クライヴ兄上の手紙にも、悪感情はどこにも見受けられない。

むしろ、そこかしこに隠し切れない好意が見え隠れしているように感じる。

「どんな子なんだろう……エレノア様……」

いつしか僕は、まだ見ぬ兄達の婚約者に対し、強い興味を抱くようになっていった。

◆◆◆◆◆

やがて兄上達が通う王立学院が長期休暇になったのに合わせ、兄上達がクロス子爵領に帰省する事になった。

しかも驚いた事に、エレノア嬢を連れて来るというのだ。

だけどその前にエレノア嬢の希望で、出来たばかりのダンジョンの視察に行くのだという。

……って、ご令嬢がダンジョン視察⁉　普通に考えて有り得ない。

『本当に……。どんなご令嬢なんだろう？』

そう思っていた僕の元に、ダンジョンに同行した騎士団長のルーベンから、火急の魔道通信がもたらされた。

なんでもエレノア嬢が魔力切れを起こし、瀕死の状態になっているので、なるべく目立たぬよう、急いでこちらに向かってほしいとの事だった。

エレノア嬢の魔力は僕と同じ『土』だから、魔力供給に協力してほしいと。

僕は急いで、指示された場所へと向かった。

「オリヴァー兄上！　クライヴ兄上！」

「ああ、セドリック！　よく来てくれた！」

そう言って僕を迎えてくれたオリヴァー兄上は、満身創痍といった状態で、思わず息を吞んでしまった。

確かベビーダンジョンを視察すると言っていたのに、何故兄上がこんな怪我を負っているのだろうか。

「セドリック！　こっちだ！」

そう言って、エレノア嬢の元に僕を連れて行ったクライヴ兄上も、オリヴァー兄上同様、酷い有様だった。

だが二人とも自分の事には一切構わず、部屋のベッドに眠る少女を心配そうな顔で見つめている。

僕も急いで少女の状態を確認した。

『土』の魔力持ちだという少女の身体からは、殆ど魔力を感じる事が出来ない。明らかに魔力が枯渇している状態だった。

急いで少女の手を握りしめ、僕の魔力を流し入れるが、少女の魔力量は中々増えない。

あまりにも魔力が足りず、衰弱してしまっている為、上手く魔力を受け入れる事が出来ないでいるのだ。

「兄上！　手からではなく、口から直接魔力を流し入れます！　宜しいでしょうか⁉」

一瞬、兄上達の顔が微妙なものになったが、すぐに承諾してくれた。……が、何故か二人とも「部屋の外で待っている」と言って、部屋から出ていってしまった。

今思えば、心中察して余りある兄上達の行動であったが、その時の僕はとにかく目の前の少女を救うのに必死で、躊躇する事無くエレノア嬢に口付けして魔力を注いだ。

やがて。氷のようだった少女の身体が徐々に熱を持ち、触れている唇からも微かに吐息が漏れてくる。

良かった……。これで取り敢えず、命の危険は脱したはずだ。

「……ん……」

小さな声が漏れたのを切っ掛けに唇を離してみると、エレノア嬢が目を開け、ぱちぱちと瞬きしながら僕を見ていた。

まるで宝石のようにキラキラ煌めく、黄褐色の大きな瞳。

少し乱れて埃を被っていてもなお、艶やかな輝きを放つヘーゼルブロンドの髪。そして、とてもあどけないその表情。

『可愛いな……』

そう、素直に思った。

「ああ、良かった。気が付かれたのですね？」

そう言ってニッコリ笑いかけた僕の顔を、エレノア嬢は何故か凝視していたが、突然「ひゃあああぁっ！」と、叫び声を上げた。

ビックリして、思わず椅子から跳びあがるのと同時に、兄上達が部屋の中に雪崩れ込むように入って来て、エレノア嬢を抱き締める。

「に……っ……にい……さま……。よかった……！　生きてたぁ……！」

そう言って互いの無事を喜び会い、涙を流しているエレノア嬢は噂と全く違い、とても愛情深い方のように見えた。

そして、そんな彼らを見ながら、エレノア嬢を救う事が出来て本当に良かったと、心の底からそう思ったのだった。

――……エレノア嬢が、兄達のどちらともまだ口付けを交わした事がなく、自分が彼女の最初の口付けを奪った形になってしまったという事実を知るまで、あともう少し……。

「本当に、申し訳ありません！　僕が迂闊な事を話してしまったばかりに……！」

そう言って僕は、深々と頭を下げた。

『男子の嗜み』の話をした後、僕やウィルを締め出したエレノアは、ドアの向こう側から必死に説得し続けた兄達や父達の言葉にもまるで聞く耳を持たず、終始無言を貫いた。（というか後で聞いたら、ただ単に寝ていて聞こえなかっただけらしい）

まさか口付けだけでなく、エレノアが貴族社会の男性の嗜みについて、まるで理解していなかったなんて思ってもみなかった僕は、ベラベラと余計な事を話しまくってしまったのだ。

結果、この屋敷の全ての者がエレノアの部屋に出入り禁止となってしまった。

ウィルの言う通り、口付けだけであれほど恥じらっていたのだから、指摘されずとも気が付くべきだったというのに……。

そういえば……と思い出すのは、何回か参加した事のあるお茶会だ。

自分とあまり年が変わらなそうなご令嬢方は皆、とても早熟で、普通に婚約者や恋人達と口付けをしていたし、エレノアのように恥じらいを見せる子は一人もいなかった。

僕はご令嬢方とはあまり話をせず、空気に徹していた。

母の事があって、女性に苦手意識があったという事もあるけど、何より彼女達から向けられる、まるで品定めをされているような視線と何かを含んだ笑顔が恐かったからだ。

エレノアは、あのご令嬢方とは全く違っていたというのに……。

とにかく、兄上達には申し訳なさしかない。

エレノアに対しても、彼女の無垢で繊細な心に深い傷を負わせてしまったのではないだろうか。もし穴があれば入りたい。そしてどうか埋めてくださいとお願いしたい。

とばっちりで部屋の出入りを禁止されてしまったウィルにも、本当に申し訳ない事をしてしまった。

ウィル……ショックのあまり、部屋で寝込んでしまったらしく、「お嬢様に嫌われた……この世の終わりだ……」と、うわ言のように繰り返しているみたいだから、後でまた誠心誠意謝る事にしよう。そしてウィルの好物の苺のタルトを持って行ってあげるとしよう。

「いや。お前にエレノアの事情を話していなかった僕達の責任だから、気にしなくていいよ」

そう、疲れた声で僕を慰めてくれるオリヴァー兄上の言葉に、クライヴ兄上と父上、そしてエレノアのお父上であるバッシュ侯爵様が、それぞれ同意するように頷いた。

「エレノアの事情……ですか？」

下げていた頭を上げ、首を傾げる僕を、父上が面白そうな顔で見つめる。

「おや？　セドリック。お前、何時の間にエレノアを呼び捨てにするようになったんだい？」

「えっ⁉　あ、そ、それは……あのっ！　ぼ、僕たち、友達になったから……そのっ、エ、エレノアが、お互いに名前を呼び捨てにしようって……」

指摘され、思わず顔を赤らめ、挙動不審になりながらも必死に先程のエレノアとのやり取りを説明すると、その場の全員が揃って苦笑した。

「エレノアらしいね」

「ああ、本当にな」

そう言い合っている兄上達の表情は、エレノアに対する愛情に満ち溢れていた。

ああ……この人達は本当に、心の底からエレノアの事を想っているんだなって、そう感じられた。

「そうか……。あの子がそんな事を。確かにあの子には今まで、年の近い友達がいなかったからね。セドリック、済まないがあの子の望み通り、今後もエレノアと仲良くしてやってほしい」

「は、はいっ！　勿論です！」

バッシュ侯爵様に優しい顔でそう言われ、僕は何度も頷いた。

「でも、あの……。宜しいのでしょうか？　僕なんかが、エレノアの友達になんて……」

一番認めてほしかった人に否定され続けてきた。

そんな僕の事を、あっさりと肯定し、優しく微笑んでくれた人。

そして、誰かを守る為、自分の命すら顧みる事無く命の危険に立ち向かう事が出来る、とても強い人。

『確かに、セドリック様はオリヴァー兄様やメルヴィル父様とは似ておりませんが、それでも、セドリック様にはセドリック様にしか出来ない、素晴らしいことが沢山あると思います』

『私、今迄食べた中で、貴方の作ったお菓子が一番好きです。美味しいだけじゃなくて、食べるとホッとする優しい味がします。まるで、セドリック様の優しいお心のようですね』

優秀で美しくて、女性なら誰もが望むであろう、理想的な婚約者である兄上達がいるというのに、ちゃんと僕を見て、僕を理解した上で笑って手を差しのべてくれた。

あんな奇跡のような子がこの世にいたなんて……。

きっと、彼女が望めば兄上達のみならず、誰もがその心を彼女に捧げてしまうだろう。

そんな彼女の傍に、友人とは言え僕なんかがいるなんて……。果たして正しい事なのだろうか。

「……お前には、話しておくとしよう。セドリック。エレノアはね、二年前に突然、記憶喪失になってしまったんだよ」

「え!?」

オリヴァー兄上の言葉に衝撃を受ける。

あのエレノアが、記憶喪失に……？

「それ以降、あの子は変わってしまった。僕達の事や、この世界の常識を全て忘れ、純粋無垢でとても優しい……。今、お前が知っている『エレノア』になったんだよ。以前のエレノアは普通の女の子達同様、とても我が儘を言う子だったし、僕とクライヴを嫌ってもいた」

そんな……。じゃあ、僕が聞いていたエレノアの噂は真実で、それが二年前に突然、今のエレノアになったというのか？

突然、今迄生きて来た事。親兄弟、知人……それら全てを忘れてしまう。

そんな辛い経験をしたというのに、僕なんかを励ましてくれて……。

その上、友達になりたいとまで言ってくれたなんて……。

「セドリック。エレノアと接したお前なら分かると思うが、あの子を不用意に外に出すのは危険なんだ。きっと、あの子と接した誰もがあの子に心奪われ、共に在ろうと望むだろう。実際今回の件に絡んで、以前からあった危険要素が更に増してしまった。僕達はきっと、今まで以上に彼女の自由を奪ってしまう事になるだろう。……彼女を……失わない為に」

彼女《エレノア》を失う？　それは一体、どういう事なのだろうか。

「だからお前がエレノアと友達になったと聞いて、僕達はとても喜んでいるんだ。……セドリック」

「は、はい。兄上」

「同年代の友達として、同じ属性の魔力を持つ者として、どうかこれからもエレノアを傍で支え、守ってやってほしい。お前なら、僕やクライヴとは違う角度から、あの子と接する事が出来るはずだから」

いつもいつも、手の届かぬ場所に立っていた完璧な兄。その兄からの言葉。

誰よりも大切にしている存在を、共に守ってほしい。そう告げられた事実に胸が震える。

――エレノア……。

硬い殻に覆われ、縮こまっていた僕に、温かい微笑みと優しい手を差しのべてくれた愛らしい少女。

あの貴石のような存在を守る。

その為には、「僕なんかが」なんて、言い訳を言って逃げていてはいけないんだ。

「オリヴァー兄上、クライヴ兄上。僕は強く……なりたいです！　どうか僕を、鍛えていただけないでしょうか」

兄上や父上を、手が届かない、決して追いつく事の出来ない存在だと諦めるのではなく、理想の自分に近付く為の目標にしたい。

そんな僕を、兄上達は嬉しそうな顔で見つめ、頷いた。

◆◆◆◆◆

その日から僕は兄上達に師事し、剣と魔力の修行に明け暮れた。

兄上達も、普段の優しさはいずこへ？　というほどのスパルタ指導だったが、手を抜かれていない事が分かって、逆に僕は嬉しかった。

勿論、修行と並行して未だに使用人はおろか、兄上達の入室も禁じているエレノアへの魔力供給は言うに及ばず、食事や僕の作ったスイーツを届けるなど、エレノアが快適に過ごせるように尽力する事も忘れない。

それにしても……。

他の皆が入室禁止になっている中、何故僕だけ入室許可が下りているのだろうか。

訳が分からないので、兄上達や父上に訳を聞いてみたものの「ずっと、分からないままのお前でいてくれ」と、よく分からない言葉ではぐらかされてしまった。

なのでエレノア本人に直接聞いてみたら、「だって、セドリックは穢れてないって分かっているから……」と言って、遠い目をしていた。

穢れてない？　という事は、兄上達や父上達は穢れているって事？

……えっと、何がどう穢れているのかな？

悩む僕に、エレノアは「深く考えなくてもいいから」と言ったが、『余計な事考えたら、貴方も出入り禁止にするからね？』という言葉が同時に聞こえた気がして、僕はその事に対して詮索するのを止めた。

その後。体調が復活したエレノアは、「明日からセドリックと一緒に剣の訓練に参加するから！……それと、兄様方に、お部屋への立ち入りを許可しますって、伝えておいてくれるかな？」と、僕にお願いして来た。どうやら心の整理がついたみたいだ。

僕はホッと胸を撫で下ろしながら、兄上達にその事を報告しに行った。

その後はというと……。

兄上達は、今迄触れられなかった鬱憤もあったのか、エレノアを物凄い勢いで抱き潰していた。

父上やバッシュ侯爵様も、そんな兄上達の横で今か今かとソワソワしている。

エレノアは顔を赤くし、苦笑しながらも、そんな兄上達の腕の中で甘えていた。

——それを目にした瞬間、僕の胸に小さな痛みが走った。

キスをしたり抱き締めたり。……それは女性が認めた恋人ないし、夫となるべき者だけに許された特権だ。

僕は……確かにエレノアの友達だけれども、兄上達のように気軽に彼女に触れる資格は無い。

その事実を目の前で嫌と言うほど突き付けられたようで、意識なく拳を握りしめた。

その後も訓練のたびに、クライヴ兄上とエレノアが楽しそうに戯れているのを見た時や、エレノアを膝に乗せ、お菓子を食べさせているオリヴァー兄上を眺めていた時にも、同様の痛みが僕を襲った。

『あの子と接した誰もがあの子に心奪われ、共に在ろうと望むだろう』

ふと、兄上が仰っていた言葉が脳裏に蘇ってきた瞬間、僕はその言葉を完全に理解した。

エレノアの事を、とても素敵な女の子だと好意を持った。

そんな彼女と友達になれた。

その事が本当に幸せで……天にも昇る心地だった。

もっともっと、彼女の為に強くなろうと誓った。彼女の傍らにいるのに、恥ずかしくないように。

――でも、僕は気が付いてしまった。それだけでは……足りないと。

本当はもっと傍にいたい。

兄上達のように、気軽に触れたい。

蕩けるような笑顔を向けてもらいたい。

……僕の事を……愛してもらいたい。

そう。僕はエレノアに恋していた。

自覚してしまえば、欲望はどんどん溢れ出てきて止まらない。

当然のようにエレノアの傍にいる兄上達に、妬ましささえ抱いてしまう。

そんなのは間違っている。僕はあくまでエレノアの友達で、エレノアも友達として、僕に好意を持っていてくれている。……けど、ただそれだけだ。

たとえこの気持ちをエレノアに伝えたとしても、僕が兄上達みたいに、彼女から愛される事は決してない。

「セドリック？　ぼんやりしてどうしたの？」

「……え？　うわっ！」

気持ちを落ち着かせる為、クッキーを焼いていたのだが、どうやら上の空になってしまっていたらしい。

生地を見てみれば、いつのまにか物凄く薄く引き延ばしてしまっていた。多分これの厚さ、一ミリも無いんじゃないかな。

「何か考え事していたの？」

「う……うん……。ちょっとね……」

「ひょっとして、剣の事？　セドリック、凄く上達しているから安心して！　毎日凄く頑張っているもん。今度打ち合ったら私、負けちゃうかもしれないね」

そう言って笑うエレノアが愛しい。

ふと、形の良い唇に目が留まる。

そうだ……。魔力を流し込む時、この唇に口付けたっけな。

「セドリック？　顔が赤いよ。ぼんやりしているし、ひょっとして熱でもあるの？」

そう言って、エレノアが心配そうに僕の顔を覗き込んだ後、そっと額に手を触れた。

突然の事に、僕は一瞬で身体中が熱くなってしまった。

「……うん。顔は赤いけど、熱は無いね。でも体調が悪い時は、無理せずちゃんと言うんだよ？　我慢するのなんて、ちっとも偉くなんかないんだからね。それに自分を大切にしない人は、他人を大切にする事なんて出来ないんだからね」

慈愛に満ちた顔で、まるで母か姉のように僕に言ってくれたその言葉に、目を見開く。

「自分を……大切に……？」

「うん。だって、自分が辛かったり苦しかったりした時、他人の事なんて構ってられないし、ましてや心から思いやる事なんて出来ないでしょう？　勿論、出来る人もちゃんといるけど。でも大抵の人はそんなの無理だと思うんだよね。平気だってフリして頑張っても、相手はそういうのちゃんと見抜くもんだよ」

……まるで、今迄の僕自身の事を言われているような気持になってしまう。

勿論、エレノアはそんな事なんて欠片も思っていないんだろうけど。

「で、無理したツケは、必ず自分自身に返ってくる。結局誰もが幸せになれない。そんなのバカみたいでしょう？」

エレノアの言葉を聞いているうちに、もやもやとした苦しさが無くなっていく。

「……ごめん、エレノア。僕、急用が出来た」

「え？　あ、そう？」

「うん。帰って来たら、ちゃんとエレノアの為にとびきり美味しいクッキーを作るよ」

そう言ってエプロンを脱ぎ捨て、僕は厨房を後にする。

「『自分を大切にしない人は、他人を大切にする事なんて出来ない』……か。そうだねエレノア。だったら僕も、足掻くぐらいはしてみるよ。……僕自身の為に」

そうしてオリヴァー兄上の部屋の前に到着する。

僕は気持ちを整える為、深呼吸を一つした後、ドアをノックした。

書き下ろし

影のアイドル

「エレノアお嬢様。本日のお弁当です。どうぞ」

「ありがとうジョゼフ！」

家令のジョゼフから渡されたバスケットを、エレノアの代わりにクライヴが受け取る。

ズッシリと重いこのバスケット、横も長いが異様に縦に長い。

まあ、それもそのはず。実はこのバスケット、エレノアの要望で三段式となっているのだ。

中身は、上段に様々な具を挟んだサンドイッチ。

中段に片手で摘めるように工夫されたガッツリ系のおかず。

そして下段にはブドウやブルーベリーといった、皮を剥く手間の要らないフルーツと共に、プチタルトやマフィンといったデザートがぎっしりと詰め込まれている。

「今日も美味しそうだね！」

馬車の中、こっそり中身を覗くエレノアに対し、オリヴァーが「摘まんじゃだめだよ？」と苦笑交じりに言うと、ちょっと手をワキワキさせていたエレノアは、慌ててその手を引っ込めた。

「お前、そんな毎日弁当の中身が気になるんなら、俺達の分も作ってもらえばいいじゃん？」

呆れ顔のクライヴに、エレノアはプルプルと首を横に振った。

「いえ、いいんです。そうするとカフェテリアの日替わりランチが食べられなくなりますし！」

「結局は食い気か」

「だってクライヴ兄様！　日替わりランチ、毎日三種類あるんですよ!?　私とセドリックが抜けたらリアムだけ食べる事になるし、そしたら全種類味見出来ないじゃないですか！」

「味見は義務じゃゃねぇ!!　というか、令嬢が味見なんてしてんじゃねーよ!!」

エレノアとクライヴのやり取りを見ながら、オリヴァーとセドリックが含み笑いを浮かべる。

「そうだね。リアムも毎日楽しみにしているもんね。……ふふっ。エレノアらしい」

セドリックの言葉に、「うん、そうなの！」と同意するエレノアだったが、実のところは自分達が弁当を持っていけば、リアムが一人だけランチを食べる事になってしまうのが心苦しいからだという事を、その場の全員が気付いていた。

王立学院のカフェテリアは王族の直轄事業である為、徹底的に毒見を済ませた食事が提供される。だから王族のリアムが、何を食べても飲んでも問題は無い。

だが、それ以外の者が持って来た食べ物や飲み物を飲食する行為は基本、タブーとされているのだ。

その理由はというと、特定の者と王族が懇意にする事と、薬や魔力といった類のものを摂取するかもしれない事に対する警戒である。

たとえリアムが特別好意を向けている相手であったとしても、その慣習は覆らない。だからエレノアがお弁当を持参したとしても、必然的にリアムだけがエレノア達と違うものを食べる事になってしまうのだ。

まあ、そんなこんなで、エレノアは今迄一度もお弁当を王立学院に持って来ていないのである。

——ならば何故、エレノアは毎日沢山のお弁当を持っていくのか？

それは・・・ある人達への、感謝を込めたお礼なのだった。


「ほれ、エレノア」

教室に向かう前に、人気の無い中庭の一角へと立ち寄ったエレノアは、ズッシリと重量のあるランチボックスをクライヴに渡される。

それを「よいしょ、よいしょ」とベンチへと運んで下ろすと、「いつも守ってくれて有難う。今日も宜しくお願いします」そう呟き、クライヴとセドリックの元へと小走りで戻る。

そうして三人で歩き出す前に、チラリとベンチに視線をやると、さっき置いたばかりのランチボックスは跡形なく消え去っていたのだった。

◆◆◆◆◆

深夜。バッシュ公爵家の地下に設置された鍛錬場の一つに、十数人の男達が、ある男の元へと招集された。

「エレノアお嬢様が王立学院に通われる事となった」

ザワリ……と、集まった者達に動揺が走った。

――何故だ⁉　ご当主様も若様方も、何故そのような暴挙とも取れるご決断を……⁉

誰もがそんな言葉を心の中で叫ぶ中、彼らを取りまとめる長であろう男が更に言葉を続ける。

「どうやら、お母上のマリア様が独断で決められたようだ」

「「「「あー……」」」」

その一言で、全ての者達が脱力すると共に深く納得した。

成程……。確かにあの奥様が決められた事であるのなら、ご当主様も若様方も従わざるを得なかっただろう。

え？　それでも若様方、果敢に戦われた？　でも返り討ちに遭ってしまったと。……成程。

「かくなる上は、バッシュ公爵家王都邸における我ら『影』の威信にかけ、総員でエレノアお嬢様をお守りするのだ！　特に此度、マリア様を唆してエレノアお嬢様を学院に入学せねばならぬ状況をつくった王家からは、徹底的にお嬢様をお守りしろ‼　王家の『影』共にも遠慮はいらん！　叩き潰すつもりで挑め！」

「「「「はっ！」」」」

――頭目……ブチ切れてるな。

皆がヤル気に燃える中、『影』である青年の一人が胸中で呟いた。

――ま、それはそうか。エレノアお嬢様が学院に通われるという事は、お嬢様とご一緒する時間が極端に削られるという事なのだから。正直自分もそれ、めっちゃ悔しい。

……おのれ、王家め……。

エレノアお嬢様は絶対、王家の嫁にはやらん！　目にもの見せてくれるわ‼

そうしてエレノアお嬢様は王立学院ご入学の日を迎えられた。

……でもあれ、なんだろう。本当にお嬢様？

宝石のようなキラキラした瞳は、分厚い眼鏡に覆われて隠れているし、艶やかに波打つヘーゼルブロンドは、枯れ葉色になってドリル形のツインテールになっている。

健康そうな薔薇色の頬は色味を無くし、うっすらとソバカスまで浮いていて……うん。どこからどうみても、控えめにいってブサイ……いやいや。超地味になっている。

……あれやったの、若様方かな？　旦那様方からクレーム出なかったのかな？

え？　旦那様方もノリノリだった？　本当はもっと色々と飛ばしたかったところを、お嬢様に「王家に嫁にいくぞ」と脅されてあれで止めたと。

むしろ最初はもっとえげつなかったって⁉　マジか……！

……お嬢様、ブチ切れちゃったんですね。そのお気持ち、とてもよく分かります。

それにしても、若様方と旦那様方……。エレノアお嬢様への愛がヤバイ……。

いや、分かります。分かりますよ⁉

エレノアお嬢様を素のまま王立学院に通わせたりなんてしたら、すぐに婚約の打診が雨あられとバッシュ公爵家に殺到するであろうことは。というより、王家に秒で掻っ攫われますよね！

だってうちのお嬢様、可愛くて優しくて思いやりに溢れていて、ついでに言うと、仕草も笑顔も何もかもが滅茶苦茶可愛くて……。とにかくお可愛らしい、最高のお嬢様なのだから。

旦那様方や若様方が溺愛されるのも、心の底から納得出来る。とにかくうちのお嬢様、ヤバイぐらいにお可愛らしいのだ‼

これは自分だけではなく、お嬢様と縁のある者達全てに共通した思いだ。

それに、お嬢様の真の魅力はなんと言ってもその内面にある。

現にリアム殿下など、十歳のお茶会の折。あの変装用眼鏡をかけた冴えないご容姿のお嬢様に出会い、そのお心に触れてお嬢様をお気に召されたのだという。

……ハッキリ言って、あのご容姿のお嬢様によくぞ……と、思わなくもない。

――このアルバ王国において、女性は愛し尊ぶ宝そのもの。

そしてその不文律は、たとえどのような容姿の女性においても適用される。

それを理解してもなお、王家対策と言う名の虫除けスタイルになられているお嬢様をお見初めになられた殿下に、ちょっとだけ拍手を送りたい。

過去における、子猿だった頃のお嬢様をひたすらに愛し続けられた、オリヴァー様と匹敵する偉業であると、自分的にはそう思う。

あの第一騎士団団長の息子が、エレノアお嬢様に酷い言い掛かりを吹っ掛けやがった時も、王家の秘密を暴露してまでお嬢様を庇われたしな。

お嬢様が学院に通わなければならなくなった元凶ではあるが、個人的には非常に好感度が上がった。

え？　お前達もか？　そうか。それじゃあ満場一致で、無駄に王家の影達に喧嘩吹っ掛けるのは止める事にしよう。……でも、あの第一騎士団団長の息子。あいつには後で、ちょっと足を引っかけて池に落とすぐらいの報復はしておこうな。

後で頭目に聞いた話によれば、自分達と別の班の連中も、後日彼を池に落としたそうだ。

全員仲良く頭目に怒られたが、口頭注意だけで済んだところを見ると、その理由を知っていた頭目自身も頭にきていたんだろう。

ちなみにその後、ご当主様から王都で有名な菓子店の焼き菓子詰め合わせセットが影達に差し入れられた。

ご当主様、有難う御座いました！　とても美味かったです！


ところで。

王立学院には貴族のご令息方だけではなく、ご令嬢方も多く通われている。

だがご令嬢の方々は、男性達と違って勉強する為に学院に通われているのではない。

より良いご縁を得る為に通われているのである。

特に今年は王家直系であらせられる第四王子リアム殿下が通われている為、学院に通われるご令嬢方の数は、第一王子であるアシュル殿下が学院にご入学された時と張るそうだ。

当然と言うか、各ご令嬢方をお守りする『影』達も、学院のあちらこちらに身を潜めている。

ただ、ご令嬢方は大抵、人気のあるご令息のいる場所かカフェテリアに集中している為、必然的に『影』達もそこに集中する。

そして学院内は、厳重な警備と結界に守られているお陰で、実は『影』の出番はあまり無い。

たまにご令嬢に捨てられた元恋人が復縁を迫ろうとするのを牽制したり、ご令嬢同士が男子学生を巡ってあわやバトル……というところをさりげなく仲裁したりする以外、本当にあまりする事は無い。というかぶっちゃけ暇である。

そうすると、何気に顔なじみとなった『影』同士が挨拶を交わしたり、言葉を交わしたりする機会が増えるのである。

そして「うちのご当主様が、そちらのご令嬢の兄君に目を付けていらっしゃるのだが……」「おお！　それじゃあそれ、うちのご当主様にさりげなく報告しとくわ」という、ある意味釣書《つりがき》的な会話もなされるようになるのだ。

これも我々『影』達の大事な仕事の一環である。

まあお嬢様には今のところ、虫除けスタイルが効いているのか、そういった類の接触は皆無だが……。

ちなみに当のエレノアお嬢様だが、金魚のフンのように……ゲフンゲフン。いやいや、不敬だったな。とにかくいつもリアム殿下が一緒に行動されているお陰で、必然的に他のご令嬢方の影達と我々が遭遇する機会が増える。

どの『影』達も、自分達がお仕えするお嬢様に忠誠心があるから、そのお嬢様がご執心なご令息についての情報を探ったり、同じご子息を探っている影同士が牽制しあったりしている。

当然、ご令嬢方の垂涎の的であるリアム殿下や、オリヴァー様、クライヴ様、セドリック様といった、我々男性から見ても別格と言える方々から好意を向けられているお嬢様は、ご令嬢方共通の敵である。

その為、お嬢様の『影』である我々に向けられる視線も、最初の頃はかなり厳しかったりしたし、嫌みを言われたりもしたものだ。

まあ尤もこのアルバ王国において、女性はすべからく宝であり大切に守るべき存在な為、嫌みを言われるとは言っても。

「お前達のお仕えするお嬢様……ちょっと……なぁ？」

「そうだな。ご容姿が……ちょっと……」

といった具合に、非常にぬるいものである。

だが、真のお嬢様のお姿を知っているこちらとしては、そういう言葉を言われる度に、もどかしく歯痒い思いを味わったものだった。

リアム殿下付きの影達も、そういう事は一切口にしないが、そう思っているであろう事はバレバレで……。いや、約一名。お嬢様の事を「ブス」だの「冴えない」だの、容赦なく直接言いまくっている、許しがたい奴がいたな。

リアム殿下の側近として学生を装ってはいるが、あれは間違いなく王家の『影』だろう。それもかなり上位の奴だ。

どうやら奴はリアム殿下に惚れているようだ。

だからこそ、エレノアお嬢様を目の敵にしているのだろう。……鬱陶しい。一発ぶちかましてやりてぇ……！

まあ本音はともかく、いつもクライヴ様が報復まがいな事をされているので、直接我々が手を下す事は無い。

が、いつか必ず痛い目を見せてやろうと、仲間内で誓いあっていたりするのはここだけの話だ。

ちなみに奴と同じ第三勢力《同性愛者》だらけのうちの美容班曰く、奴らは容姿にダメージを食らうのが一番こたえるんだそうだ。

だから報復をする際は必ず、銅貨ハゲを何個か作ってやろうと心に決めていたりする。

それにしても、何度「本当のお嬢様は天使よりも天使なんだぞ!?」……と、声を大にして叫びたくなった事か……！

いくら「お嬢様の尊さは、我々だけが知っていればいい」がバッシュ公爵家の家訓であるとはいえ、お嬢様が他の、ご容姿だけが取り柄である自分勝手で我儘なご令嬢方と比較され、貶められるのは、やはりこたえるものだ。

それにそのご令嬢方に、これ見よがしに悪口を言われまくっている事実にも胸が痛くなる。

当のお嬢様はまるで気になさっておられないのは幸いなのだが、それが癇に障るのか、自分の取

り巻き達や恋人候補を使って嫌みを言わせているのは如何なものだろうか⁉

姿を悟らせぬよう影に潜み、人知れず行動すべき自分達が、いくらエレノアお嬢様に害を為す相手であるとは言え、他家のご令息やご令嬢方をどうこうしようなど出来るはずもない。

自分達に出来る事はと言えば、彼らの行動をさりげなくチェックし、痛い腹を探ってネタを仕入れ、オリヴァー様にお渡しして有効活用していただく事ぐらいだ。

エレノアお嬢様。不甲斐ない我々をどうかお許しください！

……だが考えてみれば、ああいった方々が一般的な貴族令嬢の姿であって、言ってしまえばエレノアお嬢様の方が規格外であるのだ。

エレノアお嬢様と接していると、そんな当たり前の常識を忘れてしまう。

有り得ない事ではあるが、もしこれからエレノアお嬢様以外のご令嬢にお仕えしろと命じられたとする。

だが自分を含め、バッシュ公爵家に……いや、エレノアお嬢様にお仕えした事のある者達なら、その命令には絶対に従わないに違いない。

そう。エレノアお嬢様の、あの春の陽だまりのような優しいあたたかさに触れてしまった今となっては……。

そうしてエレノアお嬢様が学院で過ごされるようになり、徐々に周囲のお嬢様への評価は変わっていった。

特に顕著なのは、ご学友のご令息方や若様方と笑い合っているエレノアお嬢様の姿を、自分達同様、微笑ましそうに見つめる他のご令嬢方の『影』達である。

しかも時たま「はぁ……。可愛い」「癒される……」「うちのお嬢様も、あんなんだったら良かったのに……！」等と呟く者達まで出始めてきたのだ。

多分だが、比較対象者（自分のところのお嬢様）がすぐ傍に居るのと、エレノアお嬢様のご様子を間近で見る機会が多いのがその一因だろう。

それに加え、時たま見慣れない『影』達までも、あちらこちらで見かけるようになってきたのである。

多分だが彼らは、エレノアお嬢様のご学友であるご子息方の親達が放った『影』であろう。

実はお嬢様が知らないだけで、バッシュ公爵家にはお嬢様との縁を望む他家からの打診がかなり舞い込んでいるのだ。

無論、由緒正しきバッシュ公爵家直系の血筋と縁を結びたいという理由のものもあるが、その多くは純粋にエレノアお嬢様ご自身を求められてのものだと聞く。

そう。エレノアお嬢様が知らないだけで、エレノアお嬢様に淡い恋心を抱く男子学生は、実はかなり多い。

そしてその多くは、実際にエレノアお嬢様と接している同学年のご学友方なのだ。

この女性の少ない世の中で、男達は自分が彼女らに選ばれるべく、必死に自分を磨きながら他と競り合って生きている。

だがたとえ女性に選ばれたとしても、いつ自分よりもスペックの高い男に、恋人ないし婚約者の座を奪われてしまうのかという緊張感に常に晒されているのである。

そんな我々男性達にとって、容姿も身分も何も関係なく、ただ相手の事をちゃんと見て接してくれるエレノアお嬢様の存在は、例えようもないほどの癒しなのだろう。

だからこそ旦那様方や若様方が、あれほどエレノアお嬢様の外見を弄ろうとも、皆がエレノアお嬢様に好意を寄せてしまうのだ。

お嬢様の輝きは、まやかし《ドブス化》などでは損なえないのである。やはり本物は違う。

お陰で最近は、オリヴァー様やクライヴ様、そしてセドリック様がライバルに睨みを利かせたり、裏で縁組の話を揉みつぶしたりするのにとても忙しいらしい。

若様方。大変でしょうが、是非とも頑張ってください。

王家は元より、他家にエレノアお嬢様を取られる事など、あってはなりません。全従業員が泣きます。私も泣きます。

私共もエレノアお嬢様目当ての『影』達の駆逐、全力で励みます！


そんな中、重大事件が起こった。

なんと、このアルバ王国王太子であらせられるアシュル殿下が、あろう事かリアム殿下の『影』を使い、エレノアお嬢様と二人きりでお会いする事となってしまったのだ。

我々はこの緊急事態を、急ぎオリヴァー様とクライヴ様にお知らせすべく、動こうとした。

――が、当然と言うか王家の『影』共に邪魔され、ブチ切れた我々は遂に奴らとぶつかり合ってしまったのだった。

後にその事で、頭目とアイザック様に大目玉を食らってしまったが、我々に悔いは一欠けらも存在しない。

あるとすれば、後から参戦して来た王家の影の一人に、俺達全員の獲物を全て一瞬で打ち払われてしまった事だろう。

屈辱的ではあったが、見事な腕であった。……あれは一体何者だったのだろうか……。

ともかくあの日を境とし、我々は全員、更なる精進を心に誓い合ったのだった。


——ところでだ。

結果的にお嬢様の記念すべきおめでたい出来事があったあの日を境に、お嬢様がある事を始められた。

それはなんと！　我々『影』の為に、お嬢様がお弁当を用意されるようになったのである。

お嬢様曰く「いつも私の為に、見えない所で一生懸命頑張っていてくれるから。せめて美味しいものを食べてほしい」との事。……くっ……尊過ぎて涙が……！

……お嬢様、貴女様は真実、女神様の御使いなのでしょうか⁉

毎日毎日、欠かさずお嬢様から差し入れられるお弁当を、まずは女神様とお嬢様に感謝の祈りを捧げてから、有難く頂く。

我々を思って差し入れられたお弁当はとても美味しく、腹も心も満たされていく。

ついでに、他の『影』達からの羨望と嫉妬と歯軋り交じりの視線を向けられながらの食事は、自尊心と優越感を際限なく満たしてくれる。

我々はそれを、特に王家の影達に見せ付けるように食べている。

たまに飛んで来る暗器も、食事の良いスパイスだ。ふふん、ざまぁみろ！

パチン、パチンと剪定を行う音が、バッシュ公爵家の庭園に響く。

「精が出るなリドリー。そちらはどんな感じだ？」

「頭目！　……いえ、ベン様。はい。黒百合も白百合も、どちらも順調に成長しております」

「ふむ……。成程。お前、腕を上げたな」

滅多に他人を褒めないベン様からのお言葉に、嬉しさのあまり頬が紅潮する。

「有難う御座います！　こちらの百合はお嬢様がお育てになっているものですから。細心の注意を払い、満開に咲き誇る姿をお見せしたいと思っております！」

「うむ。その心意気やよし！」

庭師長であるベン様は俺の言葉を聞いた後、満足気に頷きながら、残りの百合の生育具合のチェックを始めた。

「エレノアお嬢様の御身も、お育てになっている花達も。これからもより一層の精進のもと、滞りなくお守りせねばならぬぞ」

「はっ!!」

ベン様のお言葉を受け、気が引き締まる思いで頭を下げる。見れば仲間達も自分同様、深々と頭を下げていた。

そう。俺達庭師は全員、バッシュ公爵家の『影』なのである。

表では庭師としてバッシュ公爵家の庭に彩を添えるべく、花々を育て木々を剪定していく。

そしてバッシュ公爵邸の至る所に散り、不審人物や侵入者を発見次第追跡し、時にはその命を刈り取る。

そしてひとたびご当主様の命を受ければ、その名の通り陰で暗躍し、任務を遂行するのだ。

「ベンさーん！　みんなー!!　お疲れ様！　おやつ持って来たから、お茶にしよー！」

元気な掛け声と共に、大きなバスケットを持ったウィルを引き連れ、エレノアお嬢様がこちらに向かって走って来る。

ああ。エレノアお嬢様。学院からお戻りになられたのですね。

今日は学院担当ではなかったから見守り……いえ、お守り出来ませんでしたが、ご無事なご様子何よりです。

そんな事を心の中で思いながら、作業用のつなぎをお召しになり、可愛らしいピンクの長靴を履いて駆けて来る愛らしいお姿に、思わず相好を崩す。

……あ、頭目。俺達に対しては滅茶苦茶厳しいのに、何ですかその好々爺然とした締まりのない顔は。

「あのね、今日のおやつは、半生タイプのドライフルーツをたっぷり入れたマフィンにしたんだよ！　これ、『影』の人達のお弁当にも入れたの。疲れた時は甘いものが美味しいもんね！」

成程。今日の弁当に入っていたデザート、マフィンでしたか。

弁当が食えないお庭番担当の時に食べられるなんて、今日は滅茶苦茶ついてるな！

そうこうしているうちに、どこから湧いて出たのか、ワラワラと庭師達が集まって来る。

というか右端のお前、確か北の池の水草刈ってたよな？　いくら『影』でも嗅覚鋭過ぎだろ！

「本当にお嬢様はお優しいですなぁ。ちなみに今日のお弁当のメインは何だったのでしょうか？」

「えっとね、分厚い豚肉を揚げたものに、たっぷりのソースを絡めたカツサンドでしょ？　ハムと卵のサンドイッチに、ひき肉たっぷりのミニオムレツ！」

おおお……！　聞いているだけで涎が溜まる。

特にお嬢様が考案されたという『カツサンド』は、このバッシュ公爵家の使用人全ての大好物だ。あのザクッとした衣に、甘辛いソースがたっぷり絡んだ豚肉。パンと一緒に食べると滅茶苦茶美味いんだよな。

畜生。今日の学院担当の連中、ついてたなー！

「随分ガッツリなメニューでございますね」

「うん！　男の人達だからパワーが出るように、お弁当の中身はガッツリメニューにしてもらってるの」

「そうですか。……ですがお嬢様。たとえ若い男であろうとも、胃が繊細な者や肉が苦手な者もおります。それらの者達の為にも、常にガッツリメニューではなく、サッパリとしたメニューと半々にされた方が宜しいかと思われますぞ？　例えば野菜中心にしたり、肉の代わりに魚にしたり……」

んん!?　頭目、何言ってんですか？　俺達全員、ガッツリメニュー大好きなんですが!?

「そっかー……。分かった！　それじゃあ何日かおきに、ヘルシーメニューにしてみるね！」

「ええ。そうなさると宜しいかと。味付けもマリネとか塩コショウ中心にされると宜しいでしょう」

「うん！　じゃあ早速、明日はヘルシーメニューにしてみるね！」

ちょっ、ちょっと待ってください！　それって頭目の好みですよね!?

そういえば頭目、最近「こってりした料理が進まなくなった」って言っていたけど……。

あっ！　まさか頭目、自分も学院担当に入って、ちゃっかり弁当食うつもりじゃないでしょうね⁉　だから弁当の中身を自分好みのヘルシーメニューにしようと、お嬢様を誘導したとか⁉

畜生！　きったねぇ‼

あっ！　ちょっと！　なにデザートにオートミールクッキーリクエストしているんですか！

クッキーは、いつものバターと卵たっぷりで、ついでにチョコチップやクルミがゴロゴロ入っているヤツが至高なんですからね⁉

「オリヴァー兄様とクライヴ兄様のお花、綺麗に咲くといいなぁ……」

そんな俺達の心の葛藤を知る由もなく、お嬢様はまだ小さな蕾を付けた状態の百合を、優しい眼差しで見つめている。

この百合達は、エレノアお嬢様がご婚約者様であるオリヴァー様とクライヴ様の為に育てられているものだ。

今迄この国では、女性が男性に花を贈る習慣は無かった。

だが、エレノアお嬢様は今迄の慣習を覆し、ご婚約者様の誕生日に花を贈るおつもりなのだ。しかもご自身で育てられた花を。

このような、男にとってまさに至宝とも言える女性を、将来得る事が出来るご婚約者様方に対しては、同じ男として羨望と嫉妬の念を禁じ得ない。

……だがこうしてお側近くで見守り、お守りする事が出来るだけで、自分や仲間達は満たされるのだ。

ふと、以前ベン様が仰っていた話を思い出した。なんでも他国でなにやら怪しい動きがあるらしい。国が絡むきな臭い動きは大抵、希少な女性絡みである事が多い。……考えたくはないが、トラブル体質のお嬢様が、それに巻き込まれたりしなければいいが……。

敬愛するお嬢様。

どうかいつまでもその笑顔を私達に見せてください。

そして願わくば、頭目のヘルシーメニューが定番化しませんように。

そう心の中で祈りながら、俺はとろけるように甘いドライフルーツ入りのマフィンを、口一杯に頬張ったのだった。

あとがき

初めましての方も、一巻を見て下さった方々も、こんにちは。暁　晴海です。

このたびは、本作品を手に取って下さり、誠に有難う御座いました。心よりお礼を申し上げます。

一巻に引き続き、『この世界の顔面偏差値が高すぎて目が痛い』の二巻を刊行して頂けました。これもひとえに、本作を読んで応援して下さった皆様のおかげです。本当に有難う御座いました！

今回のお話は、前巻のダンジョン編に引き続いたお話でスタートいたしました。

その過程で、またしても素敵な婚約者をゲットしてしまったエレノア。そして遂に、自身が『転生者』である事が、兄様方や父様方に知られてしまいました。

……結果、溺愛が加速し、鼻腔内毛細血管の危機が更に深まった結果になりましたが、そんなエレノアに更なる溺愛の魔の手（？）が襲い掛かり、結果として王立学院に通う事となってしまった訳ですが、何故か『悪女』認定からのスタートです。

アオハル学院生活どこに行った⁉　なスクールライフを送るエレノアですが、めげずに変わらぬ天然脳筋ライフを送っております。考えてみれば、エレノアみたいな子は、今迄のアルバ王国の常識に染まっているご令嬢方にとっては、確かに『悪女』なのかもしれませんね。

そして、リアムから始まり、ディラン、アシュル……と、そうそうたる王家直系達のハートを、（エレノア本人とロイヤルズも）知らぬうちにゲットしてしまっているエレノアですが、訳アリ第三王子までも、どうやらたらし込んでしまったようです。

オリヴァー、クライヴ、セドリックの向ける溺愛の嵐に加え、王家直系達の溺愛にも立ち向かわなくてはならなくなったエレノアです。彼女の鼻腔内毛細血管の明日はどっちだ⁉

今回も一巻同様、美麗な表紙&口絵&挿絵をこの世に生み出して下さった、茶乃ひなの様。眼福通り越し、五体投地必須です！　兄様方もリアムも成長して、増々素敵になっているし、フィンレーとセドリックも本当にイメージ通りです。そして何と言ってもエレノアが本当に可愛い……！

執筆作業の大きな潤いと励みになりました。

最後に、一巻に引き続き、沢山のアドバイスを下さった担当様。そしてこの本の出版に携わって下さった全ての方々に、今回も心からの感謝を捧げさせて頂きます。

皆様、本当に有難う御座いました。

暁　晴海

この世界の顔面偏差値が高すぎて目が痛い2

2023年4月　1日　第1刷発行
2023年6月10日　第2刷発行

著　者　**暁 晴海**

発行者　**本田武市**

発行所　**TOブックス**
〒150-0002
東京都渋谷区渋谷三丁目1番1号　PMO渋谷Ⅱ　11階
TEL 0120-933-772(営業フリーダイヤル)
FAX 050-3156-0508

印刷・製本　中央精版印刷株式会社

ISBN978-4-86699-814-5

Printed in Japan